청소년 장편소설

그 숲에 깃들다

그 숲에 깃들다

2판 1쇄 인쇄 2012년 03월 07일
2판 1쇄 발행 2012년 03월 14일

지은이 | 명혜정
펴낸이 | 손형국
펴낸곳 | (주)에세이퍼블리싱
출판등록 | 2004. 12. 1(제2011-77호)
주소 | 서울시 금천구 가산동 371-28 우림라이온스밸리 C동 101호
홈페이지 | www.book.co.kr
전화번호 | (02)2026-5777
팩스 | (02)2026-5747

ISBN 978-89-6023-765-0 03810

청소년
장편소설

그 숲에
깃들다

명혜정 지음

차례

당집의 전설

일요일이다. 하림은 자전거를 타고 밭으로 간다. 마을이 한눈에 내려다보이는 산자락에 이순신의 사당 충무사가 자리 잡고 있다. 근처는 온통 취나물 밭이다. 취밭 아래로 올망졸망 모인 집들과 포구를 감싼 당숲이 한눈에 들어온다. 하림은 가파른 언덕을 오르느라 페달에 힘을 주며 당숲을 내려다본다. 마을 어귀가 떠들썩하다. 겨울 내내 텅 비어 있던 당숲에 첫 왜가리 떼가 나타난 것이다. 할아버지들이 아침부터 모여서 축원을 하고 풍어를 빌고 있다.

"챙기챙기챙기챈 챙기챙기챙기챈."

상쇠 할아버지가 꽹과리를 쳐댄다. 그 옛날 이순신 장군이 마을 앞 바다에서 왜구를 물리치고 성문에서 쳤다는 문굿 가락이다. 하림은 어렸을 때부터 들어온 그 가락에 발짓으로 박자를 맞춰 본다.

"문 열어라, 문을 열어. 성문을 열어라."

하림은 어느새 병사가 되어 문굿 가락을 읊어 본다. 그리고 자전거에서 훌쩍 내려 자전거를 밀며 언덕을 올라간다. 봄날의 환한 햇살이 이마로 찾아든다. 눈이 부시다. 언덕 아래 바다에도 햇살이 반사되고 있다. 파도는 소리도 없이 하얀 물거품으로 모래톱에 밀린다. 백사장 그득 아지랑이가 진을 친다. 하림은 자전거를 받쳐 놓고 밭으로 오른다. 할머니가 취나물을 산더미처럼 쌓아 놓고 앉아 있다.

"더 자제, 뭐 하러 올라오냐?"

할머니는 머릿수건을 털며 하림의 손부터 살핀다. 이마에서 턱까지 흘러내린 땀방울을 보며 하림은 얼른 물병을 꺼내 준다. 할머니가 턱에다 물을 줄줄 흘리며 마서 댄다. 목울대가 위아래로 꿈틀거린다. 목덜미에 땀방울과 물방울이 섞여 흥건하다.

"아따, 할매! 일요일이라고 낮잠 좀 자려고 했는디, 할배들이 왜가리 왔다고 어떻게나 떠든지, 잠이 와야제?"

"맨날 보는 왜가리 떼가 뭐가 좋다고 모여들어. 그놈의 영감탱이들이 할 일이 없은께 왜가리 핑계 대고 숲가에서 술추렴하제. 함씨들은 밭 매느라 정신이 없는디, 영감들은 쓸 데가 없당께. 이장도 끼어 있드냐?"

"그람, 마을일에 이장 하네가 빠진 것 봤소? 상쇠 히네랑 벌써 막걸리 한잔 한 것 같든다라?"

하림은 숲가에서 할아버지들이 한 상 차려 놓고 떠들썩하게 꽹과리랑 북이랑 쳐대는 바람에 더 이상 잠을 잘 수가 없었다. 그렇다고 시끄럽다고 투정부릴 수도 없었다. 마을은 노인들 세상이었다. 잘못 보였다간 버릇없다고 혼나기 일쑤였다.

"오늘 왜가리도 오고, 구름이 끼면 올해 대박난다고 상쇠 하네가 어찌나 꽹과리를 억세게 치던지, 귀가 떨어져 나갈 것 같소."

할머니는 물병을 턱 내려놓고 하늘을 올려다본다. 흰 구름이 두 둥실 떠간다.

"그게 솔개의 구름이라고, 음력으로 2월 초하룻날 솔개만 한 구름만 덮어도 풍어가 든다고 했는디, 요새 시상에 그런 말 믿는 사람이 어딨다냐?"

하림은 아직도 떠들썩한 숲가를 내려다보며 취나물을 베기 시작한다. 할머니도 숲 언저리를 돌아다보며 굽은 허리를 편다. 할머니는 허리가 쉽게 펴지지 않아서 엉거주춤 손으로 허리를 받치고 겨우겨우 일어선다. 구부정한 누에 같다.

"아이고, 쪼그리고 앉아서 취나물 베는 것도 보통 일이 아니여. 이 징글맞은 거."

할머니의 푸념을 노래삼아 하림은 취나물을 자루에 담기 시작한다. 향긋한 취향기가 코를 스친다. 밭 아래 마을은 봄날의 포근한 햇살에 잠겨 아른아른 아지랑이가 피어난다. 하림은 모자를 내려쓰고 다시 낫질을 시작한다. 할머니도 반대쪽에서부터 다시 취를 베기 시작한다. 새순 베는 소리가 사아악사아악 부서진다. 여린 새순이 베인 자리는 그루터기가 남아 추수 끝난 들판 같다. 그러나 두어 번 봄비가 스치고 지나가면 다시 새순이 돌아 금방 연초록 물결을 이룰 것이다. 쪼그려 앉아 한 두둑 베고 나니 다리가 아파오기 시작한다. 하림은 엉금엉금 걷다가 다시 쪼그려 앉아 낫질을 계속한다. 생각보다 쉽지 않다. 다리가 저리고 쑤신다. 굵은 땀방울이 목덜미를 타고 내려온다.

하림은 어기적거리며 베어 낸 두둑을 돌아본다. 겨우 몇 미터 베었을 뿐인데 숨이 헉헉거린다. 휴우, 한숨을 몰아쉬고 또다시 할머니를 건너다본다. 할머니는 아무 표정이 없다. 지치지도 않는지 그저 기계처럼 낫질을 한다. 할머니의 낫질에는 힘이 들어 있지 않다. 하림은 자신의 손을 내려다본다. 손에 힘이 잔뜩 들어가서 어깨까지 저리다.

"할매, 오늘은 하림이가 있으니 좋겠소?"

누군가 밭 아래서 소리친다. 하림은 쉬고 싶은 마음이 굴뚝같아 얼른 일어선다. 저울을 들쳐 멘 딱돌이 아저씨다. 할머니는 딱돌이 아저씨를 보자 수건을 머리에서 풀어 땀을 닦는다.

"암, 좋고말고. 사람 손 하나가 얼마나 큰디. 근디 말이시, 올해는 취 값이 어쩐가? 우리처럼 이렇게 잔 것도 벤 디가 있던가?"

아저씨는 할머니가 베어 놓은 취나물을 눈대중으로 어림잡아 보고는 자루에다 넣기 시작한다. 눈앞에 있던 취나물이 금세 자루 속으로 쏙쏙 들어간다.

"내 손이 저울이여."

아저씨는 가운뎃손가락과 엄지를 부딪쳐 딱 소리를 낸다. 그리고 취나물 자루를 후끈 들어서 트럭으로 던진다.

"할매, 지금이 지 철이요. 햅취는 공판장에서도 불티나게 팔린다요. 이번 주가 최고로 좋고, 다음 주면 좀 떨어진답디다. 이번 주까진 베어 낸 데가 별로 없은께 근수가 덜 나가도 지금이 금값이제. 다음 주부터는 쏟아져 부러. 하루가 다르게 크고 있다요. 오늘은 밭을 돌면서 취나물을 가져갈랑께 싸게싸게 베시오."

"응, 그래야제. 택배만치로 방문 서비스를 해준단 말이지. 그거 좋은 생각이제."

할머니는 싱글벙글 낫질을 계속한다. 딱돌이는 아저씨가 일을 야무지게 해서 붙은 별명이었다. 동네 아이들과 나이를 상관하지 않고 잘 놀아서 약간 모자란 듯하지만 일만은 딱 부러지게 잘했다. 아저씨는 취 잎 하나도 남기지 않고 자루에 깨끗이 담아서 언덕 아래 받쳐 둔 트럭에 싣는다. 할머니와 하림은 한 줌이라도 더 많이 베어 내려 낫질을 서두른다. 줄기가 세지 않아 취나물은 낫이 스치자마자 금방금방 베어진다. 딱돌이 아저씨는 고목나무 아래서 잠시 담배를 피우며 취나물이 쌓이길 기다린다.

왜가리 숲가에는 여남은 개의 열녀비가 늘어서 있다. 억센 바다 일에 지아비를 잃고 살아온 바닷가 아낙네들의 고달픈 삶을 위로하듯 줄지어 선 열녀비들. 그 위로 고목나무 몇 그루가 괴기스럽고 음산하게 서 있다. 죽은 듯하다가도 봄이 오면 새순이 돋는 나뭇가지에 올해도 파르스름한 기운이 넘쳐난다. 아저씨의 공장은 열녀비가 늘어선 마을 초입에 있다. 공장에선 더운 김이 뿜어져 나온다. 취나물을 데쳐서 포장하는 일이 진행 중이었다. 이른 봄 데친 취나물은 포장되어 읍내 마트의 채소 코너로 팔려 나간다. 나머지 취나물은 길가에서 말려진다. 마른 취나물은 전국으로 팔려나간다. 나무 그늘 아래서 담배를 피던 아저씨가 다시 언덕을 올라오더니 하림에게 슬쩍 묻는다.

"하림아, 게임 점수 잔 올랐냐? 난 요즘 취나물이 쏟아져 나오는 통에 통 몰방을 못 해서 지난주랑 똑 같이 분다."

하림이 코를 벌름거리며 아저씨에게로 다가간다.

"점심시간마다 열나게 몰방해서 엘리베이터로 올려 놨았제라."

"뭣이라고?"

"지가 아저씨에게 지면 되겠소? 그래도 명색이 십대인디, 사십대 하곤 다르지라."

"암만, 그 사이에 날 추월하겠다고? 고것이 쉽냐? 나는 맨날 날 새고 실력을 쌓아온 사람인디, 니가 날 따라오겠다 이 말이제. 초벌만 걷어서 넘기고 다시 한판하자야? 니 실력 좀 점검해야 쓰겠다아?"

아저씨는 코를 파며 싱글벙글 웃는다. 하림도 만만치 않다는 것을 보여주려고 침묵을 지킨다. 기를 쓰고 점수를 올려도 아저씨를 이기기는 쉽지 않다. 노총각 아저씨는 오로지 게임하는 것이 취미라서 웬만한 아이들은 당해 낼 수가 없었다. 그래도 마을 아이들은 공장으로 놀러가서 번번이 아저씨에게 도전장을 내곤 했다. 코를 쓰다듬던 아저씨가 갑자기 굳은 표정으로 하림에게 물었다.

"하림아, 오늘 깡이 못 봤냐? 깡이 고것이 또 집을 나갔다고 아빠가 찾고 난리던디? 깡이 아빠가 깡이 때문에 배를 나갈 수가 없게 되었 부렀으니 어쩐다냐?"

"깡이가 집 나간 것하고 그 아저씨 희망 호 출어하고 무슨 상관 있다요?"

시큰둥한 하림의 대구에 딱돌이 아저씨는 말을 더듬으며 대답을 찾는다.

"희망 호 기름 값을 갖고 나갔은게 그러제. 날이 풀려서 괴기들이 깊은 바다에서 슬슬 올라오는 시간데, 지금 나가면 딱 한몫 보는 것인디, 그놈도 지지리도 운이 없당게."

아저씨는 할머니가 듣지 않게 하려고 일부러 작은 목소리로 속삭였다.

"이젠 아빠 돈까지 손댄다요?"

하림은 낫질을 멈추고 아저씨를 돌아보았다.

"그란디 이번엔 왠지 불길하당께. 전에처럼 그냥 나간 게 아닌 것 같다야."

아저씨는 손깍지를 끼며 걱정스런 표정으로 말을 이었다.

"요새 기름 값이 보통이 아니여, 배 한번 나가려 하믄 깡이 아빠는 이장 어른에게 돈을 빌려서 기름을 넣는단 말이다. 돈 백이나 있어야 출어가 되제. 고기를 많이 잡아야 그 돈이 한번에 빠지지, 그렇지 않으면 본전도 못 찾어 부러. 그래서 바다에 안 나가고 엎어 놓은 배들도 많아져 부렀냐?"

아저씨가 포구를 가리켰다. 마을엔 젊은 사람이 거의 없었다. 이웃마을에서 배를 갖고 사는 사람들은 마을의 포구에 배를 정박시키곤 했다. 양쪽으로 선착장을 만들어서 호수처럼 끌어들인 바다가 웬만한 파도에도 배를 보호해 주고 있었다. 선착장 위로 올려진 배들이 몇 척 보였다.

"그나저나 네이트에나 좀 들어가 봐라? 요즘 새끼들은 컴퓨터하고만 논께, 컴퓨터가 아니면 찾을 수가 없제. 근디 깡이 아빠는 그것도 모르고 지금 천지를 쏘다니고 있다야. 내가 충고를 해도 통 듣지를 않어. 애들을 좀 알아야 쓴디, 왜 젊은 놈이 지 고집만 늘어갖고 큰 일이다야."

"돈 떨어지면 오제, 지가 벨 수 있겄소. 늘 그랬는디… 울 집에 컴퓨터 읎어라. 그건 교회에 살고 있는 충호한테 시켜야제. 컴퓨터 야 송충이가 박사제. 송충이 부를까요?"

그러자 아저씨는 고개를 흔들며 대꾸했다.

"아이고, 냅둬라. 송충이한테 내가 그 일을 시킬라면 목사님 허락을 받아야 쓴디, 맨날 교회 댕기라고 해싼께 징해 죽겄다. 나 같은 사이비가 뭔 교회 가서 기도를 한다냐? 나는 하나님보다 게임이 더 좋드라. 목사님은 내가 송충이만 찾으면 게임 도전하는 줄 알고 충고부터 하는디, 그것도 귀찮아 죽겄어."

아저씨는 중얼거리며 취나물을 싣고 내려가 버린다. 충호는 할머니가 돌아가신 후 교회로 들어갔다. 교회 허드렛일을 도와주고 초딩들 공부방 보조를 한다. 이름 때문에 아이들은 충호를 송충이라고 불렀다.

아저씨의 트럭이 사라져 버리자 할머니는 하림에게 깡이에 대해서 캐물었다. 그러나 하림은 대꾸하지 않았다. 깡이 생각만 해도 기분이 나빴다. 아무 대꾸가 없자 할머니는 일손을 놓고 먼 바다만 물끄러미 쳐다보았다.

"그 녀석 버르장머리는 언제 잡힐런고? 에비 애간장 좀 애지간이 녹이제, 각시도 없이 깡이 아빠도 참말로 못 할 노릇이다. 이놈의 새끼야, 부모 속을 애지간이 뒤집어라. 요즘은 집집마다 애들이 어디 많기를 하냐, 고작해야 한둘인디, 왜 그래쌓냐? 느그들 덕분에 어른들이 험한 시상 전디고 산단 말이다."

할머니는 없는 대상도 마치 눈앞에 있는 것처럼 이야기를 잘도 나눈다. 하림은 할머니를 쳐다보았다. 할머니는 돌멩이도 깡이고,

바다도 깡이고, 하늘도 깡이인 것처럼, 보이는 것마다 깡이다. 하림은 멀건 바다만 바라보았다. 파도가 할매의 노래에 박자를 맞췄다.

하림은 점심을 먹고 아주 달게 한숨 자고 난 뒤 딱돌이 아저씨네 공장으로 갔다. 더운 김이 펄펄 넘쳐나는데, 아저씨는 베트남 아줌마에게 일을 맡기고 게임을 즐기고 있었다. 이제 겨우 한국말을 한마디씩 배우고 있는 베트남 아줌마가 취나물을 다듬고 있었다.

"안녕하세요. 후첸!"

하림이 인사하자 아줌마는 어색한 웃음을 지으며 대답했다.

"안녕!"

아줌마는 읍내 다문화 센터에서 준 한국어 책을 펼쳐 보이며 하림에게 몇 가지를 물었다.

"밥, 기치. 구."

하림은 책을 훑어보았다. 한국음식에 관한 페이지였다.

"어제 여기 배웠어요?"

아줌마가 고개를 끄덕였다. 아줌마의 이름은 후첸이지만, 마을에선 아무도 후첸이라고 부르지 않았다. 하노이에서 왔다고 하노이 댁이라고 하다가, 할매들 사이에서 하롱하롱하더니 이름이 하롱으로 바뀌어 버렸다. 아저씨는 의사소통이 안 되는 것이 젤 답답해서 다문화 센터까지 실어다 줘가며 일주일에 두 번 한국말을 배우게 했다. 하림은 아줌마에게 김치와 국 그리고 나물 등을 차례로 읽어주었다. 아줌마가 고개를 끄덕이며 좋아했다.

"티칭 미."

아줌마는 책에다 영어로 자기를 가르쳐 달라고 썼다. 아줌마는 한국어보다 영어를 더 잘했다. 하림은 아줌마에게 고개를 끄덕이고 아줌마가 다듬어 놓은 나물을 찬찬히 훑어보았다. 너무 깔끔하게 다듬어서 잔잎이 하나도 남아 있지 않았지만 시간이 많이 걸릴 것 같았다. 하림은 웃으면서 취나물에서 뿌리를 떼어 내고 누런 잔잎들을 뜯어냈다. 하림의 빠른 손을 보고 있던 아줌마가 입술을 동그랗게 내밀고 놀라는 시늉을 했다.

"하림아, 아줌마에게 물고기 요리하는 것 좀 가르쳐 줘라. 생선은 모두 튀겨 버려서 맛없어 못 먹겠다. 마늘 팍팍 까넣고 고춧가루 듬뿍 넣어서 자글자글 끓인 찌개가 먹고 싶어 죽겠어."

"와우? 생선튀김이요이? 그거 맛있겠는디."

하림이 입맛을 다시자 아저씨가 투덜거렸다.

"생선튀김이 아니고 튀긴 생선이랑께. 깡이 아빠가 어제 낚시했다고 생선을 주었는디, 하롱 아줌마가 몽땅 튀겨 버렸어. 난 튀긴 건 질색인께 너나 가져다 많이 묵고, 니그 할매가 끓여 놓은 된장국이라도 가지고 와라."

하림은 끙끙거리며 하롱 아줌마에게 주방으로 가자고 했다. 지난 겨울 목사님의 소개로 아저씨네 공장에 온 하롱 아줌마는 처음에는 청소만 하더니 요즘에는 취나물 공장 일을 하나씩 배워 나가고 있었다. 하림은 하롱 아줌마를 곁에 두고 생선찌개를 만들기 시작했다. 하롱 아줌마가 메모지를 가져와서 적기 시작했다. 무를 사각형으로 잘라서 간장과 물을 넣어 조리고, 마늘 두어 쪽을 까서 빻기 시작했다. 아줌마는 강한 마늘 냄새에 코를 감싸 쥔 채 도망갔다.

"한국 요리의 기본은 마늘이어라. 마늘이 생선 냄새를 없애 주고, 영양가도 많아요잉."

하림은 제법 요리사같이 설명을 덧붙였다. 하지만 동그란 눈을 부풀리며 하롱은 놀란 표정만 지었다. 하림은 냉동실에서 아저씨가 손질해 놓은 생선을 꺼내 냄비에 넣고 파와 양파를 마저 넣었다. 바글바글 끓는 소리가 나자 불을 조금 줄였다.

"낮은 불로 삼십분 정도 끓이면 아주 기막힌 찌개가 되제라."

"찌개?"

아줌마는 찌개라는 말을 되뇌었다. 하림은 숟가락으로 국물을 떠서 간을 보았다. 짭조름하고 상큼한 맛이 느껴졌다.

"국물 본께 이젠 밥맛이 땡기네. 다 좋은디 말이다, 저 아짐이 하는 요리가 나하곤 영 안 맞아서 죽겄다."

아저씨가 밥을 푸더니 냄비 뚜껑을 열고 찌개와 함께 먹기 시작했다.

"소통이 안 돼서 안 그라요. 베트남 요리 중에서 우리하고 비슷한 것도 많답디다."

아저씨는 허겁지겁 찌개에다 밥을 먹었다. 밥풀이 입술 여기저기에 붙었다.

"아줌마에게 월남 쌈 요리를 배워야겠어라. 그게 맛있다고 하던디요?"

하롱 아줌마가 고개를 끄덕이며 무엇인가 호응의 말을 꺼내려 했다. 아저씨는 입술에 붙은 밥풀을 떼어 내더니 하림을 보고 소리 질렀다.

"하림아, 김치 좀 가져와라. 김치가 없으면 뭔가 이상타. 밥 안 묵은 거 같어."

하림은 슬리퍼를 질질 끌며 냉장고에서 김치와 물을 꺼내다 주었다.

"아무거나 잘 드시지. 아줌마가 밥 해줄 때가 천국이제. 맨날 혼자 굶고 살더니, 밥 해주는 사람이 있어도 투덜거리고. 그러다가 아줌마 가버리면 어떡할라고 그라요."

하롱 아줌마가 컴퓨터를 가리키며 고개를 가로 저었다. 하림은 아저씨가 켜놓은 컴퓨터로 다가갔다. 한참 진행 중인 게임이 떠 있었다.

"워메, 아저씨 뭐 하요? 지금 취나물이 잘 나가는 철인디, 게임이 다 뭣이여?"

하림은 의기양양하게 자리에 앉아서 아저씨가 하다 멈춰 둔 게임을 계속 하기 시작했다. 아저씨가 밥숟갈을 멈추고 아니라고 손을 저었다.

"아저씨, 천천히 묵으시요. 이제 하림이 차지요. 게임 비는 이미 요리 지도로 냈은께 이젠 좀 즐깁시다."

"아야, 내 것을 내려놓고 니 것 다시 접속해라잉. 밥 먹고 소화도 시킬 겸 한 판 해야써. 쉬는 시간에 게임 할라고 사는디, 내 재미를 없애 불면 되겠냐?"

딱돌이 아저씨는 물을 마시며 하림에게 무슨 큰 자리라도 내줘버린 것 같은 표정으로 불만을 표시했다. 하림은 아저씨의 말을 들은 체 만 체 게임을 시작했다. 그러자 아저씨는 할 수 없이 장화를 다시 신더니 작업장으로 들어갔다. 데쳐 놓은 취나물을 짤순이에 넣어 물기를 빼고 바구니에 담아 마당으로 내보냈다. 하롱은 재빨리 그것을 받아서 멍석에 털어 말렸다. 아저씨는 커다란 온수 통에다 생 취나물을 넣었다. 온수 통은 빙글빙글 돌아가면서 취나물을 데쳐 냈다. 하림이 게임방으로 들어가자 친구들이 거의 다 들어와 있었다. 일요일이라 다들 외출도 안 하고 컴퓨터 앞에만 죽치고 있는 것 같았다. 게임 시작을 눌러 놓고 샛별에게 쪽지를 보냈다.

하림 : 깡이 또 날랐단다. 이번엔 잠수하려고 자금을 많이 모은
　　　모양이닷.

그러자 곧장 답장이 날아왔다.

샛별 : 흑, 또야? 어디로 갔는디?

하림 : 딱돌이 아저씨 통신이라 정확한 건 모르겠고?

샛별 : 원메, 뻥 아녀?

샛별이의 공격에 하림이 픽 웃었다. 마당에서 일하던 아저씨가 갑자기 다가와 화면을 한번 훑어보더니, 자판을 빼앗아 공격을 시작했다. 하림이 말려도 소용없었다. 하림은 어이가 없어서 아저씨 옆에서 모니터를 뚫어져라 쳐다보았다.

하림(딱돌) : 그 아저씨 뻥 안 쳐!

샛별 : 아닌데, 거의 뻥만 치는데?

하림(딱돌) : 언제?

샛별 : 어제도 하롱 아줌마에게 맛있는 거 사준다고 해놓고 안
　　　사줬대. 하롱이 교회로 올라와서 종일 투덜거렸어. 충호
　　　가 증인이야.

하림(딱돌) : 오늘 사주기로 했는데.

아저씨는 그만 자신이 하림이 이름으로 대화하고 있다는 것을 잊고 본색을 드러내기 시작했다.

하림(딱돌) : 뭐, 임마! 내가 뻥만 친다고?

샛별 : 네가 아니고 아저씨 말이야.

하림(딱돌) : 내가 딱돌인데.

샛별 : 너도 뻥 치냐?

하림(딱돌) : 뻥 아냐! ㅋㅋ.

또다시 공장에서 데운 물의 온도가 다 올라갔다는 신호가 삐삐 울렸다. 아저씨는 취나물을 넣기 위해 작업장으로 달려갔다. 하림은 다시 쪽지를 보냈다.

하림 : 취공장이야. 아저씨가 하다가 나에게 양보했어.

샛별 : 뭐야, 교회 아니고 취공장이야? 아저씨 화났냐?

하림이 아니라고 하자 샛별은 게임 수가만 올리면 되지 대화는 재미없다는 등 시큰둥하게 더 이상 대답하지 않았다. 하림이도 그만 게임 속으로 들어갔다. 깡이야 집을 나가든 말든 신경 쓸 필요는 없었다. 신경을 써줘 봐야 깡이 아빠가 고맙다고 생각할 사람도 아니었다. 깡이 아빠에게 잘못 걸리면 깡이를 그렇게 만든 게 모두 아이들 탓이라고 덤터기 쓰기 일쑤였다. 아이들은 깡이 아빠를 깡빠라고 불렀다. 깡빠는 오로지 깡이밖에 몰랐다. 깡이가 무엇이든지 최고로 잘하는 줄 알고 있었다. 하림은 깡빠를 생각하니 괜히 약이 올랐다. 마우스 클릭하는 속도가 빨라지고 게임이 절정에 오르고 있을 때였다. 누군가 하림의 머리를 딱 때렸다. 하림은 너무 기분이 나빠서 소리를 꽥 지르고 말았다.

"야, 니 우리 깡이 좀 찾아 보랑께. 게임 질이나 하고 자빠졌냐?"

컴퓨터 뒤에서 거친 손이 하림의 옷자락을 잡아챘다. 깡빠였다. 하림은 할 수 없이 일어났다.

"아저씨, 우리가 왜 깡이를 찾아야 한다요? 자기 아들이니까 아저씨가 찾아야제."

"요놈의 새끼, 말버릇 좀 봐라. 이웃사촌인디 친구가 집을 나갔으면 친구들이 도와 줘야제, 지금 컴퓨터 앞에서 꼼짝도 안 하고 앉아 있냐? 딱돌이 저 새끼도 꼭 애기 같당께. 조카 같은 애들이 오면 공부하라고 훈계를 해야제, 친구같이 게임이나 같이 하고 자빠졌어. 장가를 안 가면 마흔이 넘어도 어린애랑 똑같다야."

깡빠는 붉으락푸르락한 얼굴로 허공에다 연신 주먹질을 해댔다. 딱돌이 아저씨는 작업장에서 한번 얼굴을 내밀더니 다시 짤순이를 돌리러 들어가 버렸다.

"샛별이랑 내려오라 해라. 그리고 깡이 좀 찾아 봐. 버스 탄 것을 아무도 못 봤당께 분명 마을에 숨어 있을 것인디, 어디로 들어가 버렸는지 모르겄다. 빈 집이나 좀 뒤져 주라."

아저씨는 눈치를 살살 보기 시작했다. 그러더니 갑자기 부드러운 목소리로 하림을 불렀다.

"하림아, 이 아저씨가 사정 좀 해야긋다."

아저씨가 이렇게 사정조로 나올 때는 좀 곤란하다. 차라리 협박을 하면 어떻게 빠져나갈 구멍이 생기는데, 사정을 하면 도통 마음이 약해져서 거절을 못 하게 되는 것이다. 하림은 할 수 없이 컴퓨터에서 떨어져 나왔다. 아침에 밭일도 했고, 오후에는 좀 놀아야 다음 주 일주일이 덜 지겨울 텐데, 하필 깡이를 찾으러 가라니.

"샛별이랑 찾아보긴 하는디요, 기대는 하지 마시오. 깡이가 어디로 숨었는지 우리가 어떻게 알겠소. 우릴 보면 아마 더 깊숙이 숨어 버릴 건디요."

"그래도 괜찮은께 좀 찾아 줘. 배 나갈 기름 값을 통째로 가지고 날랐단 말이여. 난 망해 부렀단 말이다."

아저씨가 또 분노를 폭발하려 한다. 하림은 어기적거리며 공장을 빠져나와 언덕에 올랐다. 그러나 샛별이네 집으로 향하지 않고 골목길을 돌고 돌아서 집으로 들어가고 말았다. 그런데 이젠 할머니의 잔소리가 기다리고 있었다.

"일요일인디 어딜 그렇게 쏘다니냐? 취밭에서 일해 준 건 고맙다마는, 한숨 잤은께 이제 공부를 쪼깐이라도 해야제, 낼 모레 고등학교 갈람시로 그렇게 놀아도 되냐?"

"아이고, 할매! 내가 몇 번 이야그해야 알겠소. 요즘은 공부도 컴퓨터로 한단 말이요. 근디 우리 집만 컴퓨터가 없은께 안 떠돌아다니요. 공장에 가서 컴퓨터 좀 할라고 했드만, 깡이 찾으러 다니라고 안 하요. 그래서 집으로 돌아와 부렀소."

할머니는 김치를 담으려고 배추를 한 바구니 다듬다가 하림을 빤히 건너다보았다.

"아따, 고놈의 가시내가 누굴 닮아서 그렇게 냉정하냐? 한 동네 삼시롱 친구가 집을 나가면 좀 찾아 주고 그라제. 깡빠도 오죽하면 니그들한테 부탁을 하겠냐!"

그러자 하림이 머리를 박박 긁으며 대답했다.

"깡이가 집 나간 게 한두 번이래야 우리가 돕제. 애들에게 말해도 다들 꿈쩍도 안 하고 컴퓨터만 하는디, 나만 찾으러 댕기면 뭐 한다요?"

"그랑께 지금 니가 나한테 신경질을 내는 게 깡이 때문이 아니고 컴퓨터를 못 해서 그라제. 아이, 회관에서 준 컴퓨터는 니가 뿌셔 먹었제 내가 뿌셔 먹었냐? 잘되는 컴퓨터를 책상에서 밀쳐 떨어뜨려 분 게 누구냐?"

하림은 또 슬슬 약이 올랐다. 할머니는 컴퓨터 이야기만 하면 고쳐 줄 생각은 안 하고 하림의 잘못만 책하고 나왔다.

"누가 그라고 싶어서 그랬소. 책상이 좁은데 하필 컴퓨터를 올려놓아서, 엎드려 잠자다가 아래로 떨어져 분 것을. 근디 우리 담임 샘한테 말한께 컴퓨터실 정리하면 버릴 컴퓨터 한 대 주긴 준답디다만, 언제 줄지 모르겠소. 낼은 가서 졸라 봐야제."

"그라면 교회 올라가서 해라. 교회 공부방에 가면 컴퓨터도 맘껏 하고 영화도 보고, 또 뭣이냐, 그래 책도 볼 수 있게 되었다고 하드라."

어둠이 내리고 있었다. 하림은 할머니의 잔소리를 피해서 숲으로 발길을 돌렸다. 서쪽하늘에 희미하게 초승달의 흔적이 보였다. 숲은 고요했다. 간간이 날개를 퍼덕이는 왜가리 소리가 들릴 뿐이었다. 하림은 숲속으로 들어갔다. 잎이 없는 나무들은 담백한 아름다움을 자아냈다. 스치는 나무들을 쓰다듬으며 꼭대기까지 올라갔다. 으스름한 어둠속에서 나목들의 실루엣이 오래도록 보아 온 친구들처럼 익숙하게 다가왔다. 숲속은 아늑했다.

동그마한 공간이 열리고 초승달을 머리에 인 당집이 보였다. 당집 안엔 여산 송씨의 충혼이 모셔져 있다. 해마다 정월 대보름이면 제사를 지내곤 했다. 마을엔 임진란에 관한 유적이 많았다. 이순신이 무과에 급제하여 첫 발령을 받은 곳으로 숱한 전설이 이어져 내려왔다. 이순신의 뒤를 이어 발포만호가 된 사람은 황경록이었다. 황경록이 임란에 참가했다가 장흥 전투에서 전사하자, 그의 부인은 붉디붉은 노을이 깔리는 활개바위에서 몸을 던져 자결했다고 한다. 여산 송씨가 몸을 던졌다는 활개바위는 마치 커다란 새의 두 날개처럼 마을 바다를 지키는 상징물이었다. 그 후로 여산 송씨는 마을을 지키는 수호신으로 당집에 모셔졌다.

거친 바다 일에 몸을 내놓아야 하는 마을 사람들은 활개바위에 머무는 충혼이 그들을 지켜 줄 거라는 믿음을 새롭게 키워 왔다. 나라가 위기에 처할 때 목숨을 내놓은 위인들의 혼은 마을의 든든한 방패막이였다. 당제를 모시는 정성은 끊이지 않고 이어졌다. 그것은 마치 언제부터인지 입춘이 지나면 왜가리 떼가 찾아들듯 마을에는 늘 상서로운 조상들의 혼이 함께한다는 신성한 믿음이기도 했다.

하림은 당집 앞에서 으스름 바다를 내려다보았다. 찰싹이는 파도 소리가 들렸다. 해변으로 돌아가는 길을 찾아 느릿느릿 발길을 돌렸다. 내리막길을 향할 때 문득 인기척이 들렸다. 하림은 뒤를 돌아보았다. 추모제를 지낼 때를 제외하고 당집에 들어오는 사람은 없었다. 등줄기로 소름이 돋았다.

"누구 만나러 왔냐?"

쉰 듯한 목소리였다. 하림은 너무 놀라서 나무둥치를 꽉 붙잡았다.

"놀랄 건 없다. 설마 날 만나러 당숲에 오진 않았제?"

깡이었다. 깡이는 하림에게 가까이 오진 않고 나무에 기대어 빈정거렸다.

"여기에 숨어 있었네. 니그 아빠가 찾아달라고 했는디 현상금 받아야겄다."

하림은 떨리는 목소리를 가다듬으며 애써 침착하게 대꾸했다. 그러자 깡이는 아무렇지도 않다는 듯이 대답했다.

"내 몸값이 얼마라고 하던? 우리 아빠가 나 잡으면 얼마 준다고 했냐?

"후딱 내려가자!"

하림은 대답 대신 단호하게 말했다. 그러나 깡이는 내려갈 기세가 아니었다. 뭔가 노리는 듯한 자세가 하림을 잔뜩 긴장하게 했다.

"니는 독 안에 든 쥐여. 나는 배고픈 고양이다. 오늘 너 잘 만났다. 아빠한테 당한 것 너한테 복수해 버려야겄어."

깡이가 짐승의 신음 소리를 냈다. 어둠이 깔리기 시작한 숲에서 깡이의 표정은 쉽게 분간할 수 없었다. 그러나 하림은 깡이의 의도를 알아차리고 목소리를 낮췄다.

"아빠에게 당했다고? 니가 먼저 선수 쳤잖아. 니그 아빠는 지금 니한테 당해 갖고 정신이 읎어. 배 나갈 돈은 왜 건드려? 겨우내 기다렸다가 이제야 날이 풀려 한몫 볼 텐디. 배가 나가야 니가 용돈을 받잖아."

하림은 등줄기에 식은땀이 흘렀지만 애써 태연한 척 말했다. 깡이

성격을 어렸을 때부터 알고 있었다. 깡이는 화를 돋우면 폭발해 버렸다. 한번 열 받으면 보이는 게 없었다. 학교에선 교탁을 때려 엎기도 했고, 짝꿍의 코뼈를 부러뜨리기도 했다. 깡이가 주머니에서 플래시를 꺼내 나무 밑에 비추면서 건들거렸다.

"꿩 대신 닭이제. 나도 꼬였어. 오늘 니 잘 만났다. 좀 멀리 튀려고 아빠 돈을 슬쩍했는데, 아빠가 정거장을 지키고 있으니까 나갈 수가 없어. 이제 어두워졌으니 슬슬 동구 밖 사거리에 가서 막차를 타야겠다. 망을 봐주든지, 아님 내가 널 몇 대 쳐야 속이 풀리겠어."

깡이는 권투선수처럼 나무에 주먹질을 해대며 자지러지게 웃었다. 하림은 다리가 덜덜 떨렸다. 여지없이 깡이에게 당할 처지였다. 머릿속이 빠르게 회전했다. 빠져나갈 구멍은 하나밖에 없었다. 깡이가 하림의 속내를 눈치라도 챈 듯 빠르게 다가와 앞을 막아 버렸다.

"좋아, 망을 봐줄게. 어디까지 데려다 줄까?"

하림은 어쩔 수 없이 기어들어가는 목소리로 대꾸했다. 깡이의 거친 손길이 목덜미에 닿았다. 소름이 돋았다. 하림은 몸을 움츠리며 깡이의 손길을 밀어냈다. 그러자 깡이의 억센 발길이 하림의 허벅지를 걷어찼다. 하림은 이때다 싶어서 데굴데굴 굴렀다. 내리막길은 경사가 많이 져서 가속도를 받으면 금방 한길까지 떨어져 나갈 수가 있었다. 옷을 망치는 것이 문제가 아니었다. 깡이는 하림을 잡으려고 달려 내려왔지만, 내리막길이라 구르는 하림이를 당할 수가 없었다. 나뭇가지가 스쳐가고 솟아나온 돌멩이가 등줄기에 따가운 기운을 전해 주기도 했지만, 하림은 두 눈을 질끈 감고 굴러 내렸다. 순식간에 바다로 이어지는 한길로 떨어졌다. 하루 종일 술추렴을 하던 할아버지들이 노인당에서 한숨 자고 나오다가 고함을 쳤다.

"아니, 이놈의 지집애가 어디서 굴러 댕기는 거야? 뭣 하러 당숲에는 들어갔냐, 부정 타게. 참말로 요즘 세상은 어떻게 된 것이 지집애들도 겁이 읎단 말이야!"

하림은 마른 침을 삼켰다. 입안이 딱딱 말려서 말이 나오지 않았다. 하림은 숲을 가리키며 발을 동동 굴렀다. 그러나 할아버지들은 눈이 어두워 하림이 아무리 손짓 발짓을 해도 알아듣지 못했다.

"뭔 일 났시요? 숲이 어쩐다고? 솔개라도 나와서 왜가리를 채가기라도 헌다냐?"

상쇠 할아버지는 검은 숲을 바라보며 지팡이를 쳐들었다. 그러나 하림은 간신히 숨을 고르고 외쳤다.

"깡이, 깡이가 저 숲에 있어라. 빨리 쫓아가야 쓴단 말이요."

"뭣이라고? 깡이가 어쨌다고?"

아무래도 뛰는 게 더 나을 듯싶었다. 할아버지들은 상황 판단을 못 해서 설명하다가는 일을 그르치게 생겼다. 하림은 절뚝거리며 공장으로 달렸다. 하롱 아줌마가 나와 하림을 보더니 비명을 질렀다. 하림은 머리채가 풀렸고, 얼굴엔 생채기투성이였다. 비명 소리에 놀라 딱돌이 아저씨가 뛰어나왔다.

"아저씨, 깡이가 당숲에 있어라. 어서 빨리 와보란께, 빨리빨리."

"뭐라고? 깡이 녀석이 당숲에 있다고? 알았다."

아저씨는 핸드폰을 꺼내서 여기저기 전화를 하기 시작했다. 금세 찻소리가 들리고 숲가에서 어지러운 발자국 소리가 들려왔다. 교회에서 몇 사람이 골목길을 타고 빠르게 내려오고 있었다. 하림도 절뚝거리며 숲길로 접어들었다. 어둠에 싸인 숲속 이곳저곳을 핸드폰 불빛이 비추기 시작했다. 오르는 길목마다 사람들이 막아섰다. 깡이는 빠져나갈 수 없게 포위된 것 같았다.

"차라리 경찰을 부르는 게 어떻다요? 깡이는 너무 날쌔서 쉽게 잡을 수가 없을 텐디?"

교회에서 달려 내려온 충호가 딱돌이 아저씨를 보고 소리쳤다. 그러자 아저씨는 깡이 아빠를 찾아서 어떻게 하면 좋겠냐고 물었다.

"니는 아무리 자식이 없다고 그러면 쓰겠냐? 내 아들이 경찰에 잡혀가는 것이 좋겠냐고?"

깡빠가 신경질을 내자 다들 목소리를 죽이고 차근차근 숲을 향해 올라갔다. 수십 명이 포위했건만 깡이는 감쪽같이 빠져나가고 없었다. 당집이 보이는 정상에 올랐다. 하지만 깡이의 흔적은 가뭇없이 사라져 버렸다.

"더 이상 숨을 곳이 없어. 숲을 빠져나가 분 모양이다."

딱돌이 아저씨가 헉헉거리며 숲을 마구 뒤지고 다녔다. 왜가리 떼가 퍼덕거렸다. 아직 둥지를 틀지 못한 왜가리 떼들이 놀라서 허공으로 치솟았다. 끼르륵 소리를 내며 공격 신호를 보내기도 했다.

"풍어가 되라고 오늘 내내 빌었든만, 이게 뭔 꼴이여. 정초부터 당집을 헤집고 다니면 조상들이 노한다고!"

할아버지들은 혀를 끌끌 찼다. 그러나 한참이나 숲을 헤집고 다녔어도 깡이는 나타나지 않았다. 누가 불렀는지 경찰차도 두 대 나타났다. 헤드라이트를 비추고 메가폰으로 깡이를 불러 댔지만 깡이는 끝내 보이지 않았다.

"요즘 기름 값이 너무 올라서 한번 출어를 하려면 등골이 휘는디, 이놈의 새끼가 돌라도 하필 배 나갈 돈을 돌라 부렀어. 지금 잡아야 그 돈을 반이라도 찾을 텐디 이게 뭔 꼴이여. 하림이 너는 깡이를 봤으면 신고를 제대로 해야제 이게 뭣이냐?"

갑자기 깡빠가 하림에게 화살을 던졌다. 하림은 아직 얼얼한 뺨을 만지며 이번에는 깡빠의 공격에 몸을 떨었다.

"숲에 있을 때 핸드폰으로 연락을 해주든지 슬슬 유인해서 내려오든지 해야제, 다 잡은 고기를 너 때문에 안 놓쳐 부렀냐?"

하림은 그렇지 않아도 두근거리던 가슴이 터질 듯이 뛰기 시작했다.

"깡이가 날 때리려고 했단 말이요. 그 무지막지한 주먹으로 날 덮치려고 해서 도망 나오느라 죽는 줄 알았는디. 피해자는 난디, 왜 날 보고 그라시오?"

그러자 손을 털고 있던 딱돌이 아저씨가 하림이 쪽으로 걸어오더니, 가로등에 얼굴을 비춰 보며 고개를 살래살래 저었다.

"큰일 날 뻔했다. 그 녀석 한번 기운이 뻗치면 누구도 못 말리는디. 큰일 낼 놈이여."

"뭐라고? 이 새끼가 지 자식 아니라고 말을 함부로 하냐?"

갑자기 깡이 아빠가 주먹을 날렸다. 딱돌이 아저씨가 이리저리 고개를 빼며 깡이 아빠의 주먹을 피했다. 난데없이 아이들 싸움이 어른 싸움으로 번지듯 두 사람이 몸싸움을 벌였다.

"헉헉, 이놈의 새끼! 자식만 두면 다냐? 내가 얼마나 깡이를 위해 고생을 하는디, 깡이가 동네에서 나쁜 짓을 골라서 하는 줄 아냐 모르냐?"

딱돌이 아저씨가 작은 몸으로 커다란 깡이 아빠를 누르며 악을 써댔다.

"그래, 임마. 알아, 안다고? 니가 우리 깡이 잘 챙기는 줄 알아. 그란디 챙기면서 욕은 안 해야 되잖냐. 챙기려면 제대로 챙겨야지, 니는 맨날 도와주면서 뒤에서 흉만 보냐, 정말 징허다."

무쇠 덩어리같이 육중한 깡이 아빠가 딱돌이 아저씨를 밀어 버렸다. 딱돌이 아저씨는 고목에 여지없이 받혔다. 깡빠의 무서운 기세에 아무도 딱돌이 아저씨를 일으켜 세우지 않았다. 아저씨는 끙끙 소리를 내며 겨우겨우 일어났다.

"내가 흉 안 보게 생겼냐? 마을에 애들이 몇 명이나 되냐? 고작 열 명 남짓한 애들이 노인들한테 맡겨져 있는디, 그 애들까지 깡이가 괴롭히면 되겠냐? 나는 그 꼴은 못 보겠다. 하림이를 깡이가 건드는 꼴은 도저히 못 보겄어."

그러자 부리나케 깡빠가 딱돌이 아저씨의 먹살을 잡으며 고함을 쳤다.

"새끼야, 아무리 장가를 안 갔다고 니가 동네 애들하고 친구냐? 나이가 몇 살이냐? 마흔이 넘은 놈이 고작 중학생들하고 게임이나 하고 자빠졌냐? 하림이가 니 게임 친구여서 두둔하냐?"

"뭐라고? 이놈의 새끼, 하림이나 깡이나 다 같은 자식이제. 깡이만 중요하고 하림이는 안 중요하냐? 하림이 얼굴 좀 봐라, 온 얼굴이 생채기여. 니네 깡이가 때리려고 해서 도망친 거라고! 깡이는 벌써 몸이 다 커버린 중 3이라고. 만약 하림이한테 나쁜 짓이라도 했으면 어쩔래? 너 그래도 니네 깡이만 편들 거냐? 하림이 아빠가 살아 있으면 지금 널 가만히 두겠냐? 존 말 할 때 깡이를 교도소에 보내든지 정신과 상담이라도 받든지 해라잉."

딱돌이 아저씨는 깡이 아빠에게 매달려 악을 써댔다. 갑자기 깡이 아빠가 멱살을 탁 놓아 버렸다. 허공에 대롱대롱 매달렸던 딱돌이 아저씨가 땅바닥으로 푹 떨어졌다. 그때였다. 벼락같은 소리가 또 쏟아졌다.

"이 개놈의 새끼들이 뭐 어째, 우리 하림이를 누가 때렸다고? 느그들은 오늘 내 손에 모두 죽어 부렀다!"

하림이 할머니였다. 할머니는 지팡이를 흔들고 다리를 절룩거리면서 손이 먼저 허우적허우적 광장을 쓸고 나타났다. 할머니가 긴 지팡이로 깡이 아빠를 때리기 시작했다.

"아따! 할매 왜 그라요? 뭔 말이나 듣고 하란 말이요."

깡이 아빠는 정신없이 날아오는 지팡이를 두 손으로 막으며 뒷걸음질 쳤다. 나무에 기대 숨을 고르던 딱돌이 아저씨가 박수를 쳤다.

"할매, 파이팅! 막 때려 부시요. 저 새끼를 죽여야 한당께요. 저놈의 새끼가 지 새끼를 두둔하니까 자꾸 깡이가 무서운 게 없이 설치고 다니제. 자식을 낳으면 기르길 제대로 길러야제."

"뭣이? 이놈아. 니도 똑같은 놈이여. 하림이가 맞는 걸 보면 깡이를 잡아 쥑여야제, 어디다 감췄다냐? 느그들 오늘 내가 아주 죽여 부러야 쓰겄다. 어떻게 키운 손년디 누구한테 맞았다고?"

할머니가 딱돌이 아저씨에게 다가가 역시 지팡이를 흔들었다. 이제 딱돌이 아저씨가 도망치기 시작했다. 그런데 이번에는 또 벼락같은 소리가 광장을 메워 버렸다.

"이놈의 새끼덜이, 지금 뭐하는 짓이여. 애들은 어른들을 공경하고, 어른들은 모범을 보여야제. 마을 꼴이 지금 어쩧게 돼가고 있는 것이냔 말이여. 니그들 둘이서 정신을 차려야제, 우리덜이 무신 힘이 있다고. 저 쓸개 빠진 놈들이 애들 데리고 장난이나 쳐쌓고, 왜가리고 뭐고 마을이 망해 불겄다."

이장 할아버지였다. 상쇠 할아버지는 이장 어른의 말이 맞는다는 듯 꽹과리를 꽝! 하고 한번 쳐주었다. 이장 할아버지는 실룩거리며 딱돌이 아저씨와 깡빠를 몰아붙였다. 아직도 숨을 할딱이던 하림의 할머니가 구석에서 중얼거렸다.

"아따, 저놈의 영감탱이는 아까는 암 말도 못 하고 있든만, 내가 한바탕 해놓은께 왜 이제야 나서서 생색내고 저런다냐?"

"우리가 노인이라고 시방 무시하는 것이냐? 하림은 여식인데 왜 함부로 얼굴에다 상처를 맹글고 그라냐 말이다."

이장 할아버지는 할머니의 말을 듣기라도 한 양 하림을 감싸고 돌았다. 상쇠 할아버지가 끙끙거렸다. 할머니가 갑자기 소락대기를 질렀다.

"누구든지 우리 하림이를 건들기만 하면 확 내가 쥑여 불란께 그리 알라고."

그리고 다시 지팡이를 휘두르며 딱돌이와 깡빠를 공격했다. 둘은 재빨리 사장나무 뒤로 숨어 들어갔다. 할머니는 발걸음이 빠르지 못해서 깡이 아빠와 딱돌이 아저씨를 따라잡을 수가 없었다. 허공에서 지팡이만 마구 헛돌았다. 하림은 숨죽이고 할머니를 바라보았다. 이윽고 지팡이를 땅바닥에 내동댕이치더니 할머니가 하림의 목덜미를 잡아끌었다.

"이놈의 가시내야. 배 깔고 집에서 책이나 보제, 뭔 컴퓨타를 한다고 나가더니 이 사단이 또 뭣이냐?"

할머니가 억센 손으로 하림의 얼굴을 쓸었다. 상처에서 피가 엉긴 곳이 몹시 쓰렸다.

"오메 내 새끼, 얼굴이 이게 뭣이다냐? 계집애가 되어갖고 숭이라도 지면 어짤끄나. 어서 싸게 집에 가자. 약을 발라야제. 내가 죽기 전에는 너 못 살게 구는 놈 있으면 다 잡아 죽여 불 거여. 내가 죽어도 구신으로 나와서 우리 하림이 손대는 놈들은 다 모가지를 눌러 불란다."

할머니는 가슴을 치며 입에 거품을 물었다. 자식을 보호하려는 동물적인 본능은 나이와 상관이 없었다. 하림은 어기적거리며 할머니 뒤를 따랐다. 가로등 아래에서 딱돌이 아저씨가 브이 자를 그렸다. 하림도 할 수 없이 할머니 몰래 손을 뒤로 빼서 브이 자로 대답해 줬다. 왜가리가 돌아온 날 액땜을 제대로 한 것 같았다.

뻘 낙지 같은 녀석!

"뭐라고, 깡이가 튀었다고?"

털보 샘은 깡이의 빈자리를 보자 미간을 꿈틀거렸다.

"이 뻘 낙지 같은 녀석! 내가 못 잡나 봐라."

털보 샘은 예리한 눈빛을 빛내며 소리쳤다. 뻘 밭에서 잡은 낙지
는 바다에서 그물로 거둬 올린 낙지와는 기운이 달랐다. 어떻게든
사람 손을 벗어나 뻘 밭으로 숨어 버리기 일쑤였다. 선생님은 재빨
리 핸드폰을 열더니 여기저기 지구대에 깡이를 고발하기 시작했다.

"예, 수고하십니다. 여기는 왜가리골 중학교입니다. 저희 학교 학
생 한 명이 아빠 돈을 훔쳐서 어제 가출을 했습니다. 혹시 순방을
하다가 학생이 보이면 각별히 살펴 주세요. 까무잡잡한 얼굴에 눈
이 왕방울만 한 애입니다, 장강이라고."

핸드폰에서 웅얼거리는 목소리가 교실 전체로 울려 퍼졌다.

"왜가리골 깡이 말이요? 그거 집에서 해결해야제 왜 바쁜 경찰을
부르고 그라요? 우리가 어젯밤에도 그애 때문에 총출동을 했어라.

할아버지들이 깡이가 돈을 훔쳐서 달아난다고 난리쳐서 출동했더니, 지 아버지 돈을 가지고 나갔다고 합니다. 자기 집 돈 훔친 것을 신고하면 어쩐다요?"

털보 샘은 두 눈을 가느스름하게 뜨며 재빨리 폴더를 닫았다. 그리곤 컴퓨터를 켰다. 커다란 학습용 모니터가 떴다. 네이트온에 접속하자 쫀득이가 떴다. 선생님의 아이디였다.

'쫀득이.'

아이들이 서로 눈을 마주치며 소리 없는 탄성을 질렀다. '쫀득이'와 대화를 나누지 않는 학생은 거의 없었다. 쫀득이는 아이들에게 인기 짱이었다. 반 아이들이 네이트온에 접속해서 쫀득이에게 말을 걸면 언제나 친절하게 대응해 주었다. 한동안은 쫀득이가 누군지 다들 궁금해 했지만, 굳이 이름을 밝히지 않겠다고 해서 이해심 많은 친구 가운데 한 사람일 거라고 생각했었다. 그런데 쫀득이가 등록해 놓은 친구 목록에는 반 아이들이 전부 들어 있었다. 그리고 깡이가 떠 있었다. 애들은 깡이가 네이트에 접속해 있는 것을 보고 탄성을 질렀다. 샘은 눈을 깜박이며 깡이에게 대화를 신청했다.

쫀득이 : 웬일이서? 학교도 안 가고?

깡이 : 넌 웬일이서? 수업 중일 텐데.

쫀득이 : 자치 활동이야, 담탱이 안 들어왔어.

깡이 : 그럼 교실이란 말이니?

쫀득이 : 아니 컴실이야. 걱정 말어. 보안 ok!

깡이 : 집 나왔어. 좀 오래 잠수할 거야.

애들이 침을 꼴깍 삼키며 화면에서 눈을 떼지 못하고 있었다. 샘은 천연덕스럽게 깡이와 대화를 계속했다.

쫀득이 : 춥고 배고플 텐데.

깡이 : 두둑이 챙겨 왔는데.

쫀득이 : 니 아빠 배 나갈 돈 말이냐?

깡이 : 벌써 소문 떴어?

쫀득이 : 그럼, 니 아빠가 담탱이에게 왔다 갔어.

깡이 : 제길, 뭐라고 했는데?

쫀득이 : 잡아 달라고 했지.

깡이 : 담탱이가 뭐라고 했어?

쫀득이 : 어디로 튄 줄 알아서 잡냐고? 돈 떨어지면 지 발로 걸어
　　　　　들어온다고.

깡이 : 무단결석했다고 야단은 안 치고?

쫀득이 : 야단은 무슨, 맨날 뒷자리에서 엎어져 있더니 수업 분위
　　　　　기 버리지 않아서 좋다고 했어.

깡이 : ㅋㅋ, 담탱이 역시 내가 생각한 대로 인간성 바닥이야. 날
　　　　그렇게 취급했단 말이제?

쫀득이 : 다 똑같지. 샘들이 어디 우리 편 들어 준 거 봤냐? 아침
　　　　　밥이나 먹었어? 어디야?

깡이 : 컵라면으로 때웠지. 내 단골 피시방.

쫀득이 : 점수는 좀 올라가냐?

털보 샘은 일부러 천천히 자판을 치면서 애들에게 깡이의 단골
피시방이 어딘지 물었다.

"천국이요."

"어디 있는데?"

"터미널 옆 다리 위에 있어요."

"자, 그럼 나는 깡이를 잡으러 가겠어. 지금부터 자기 주도적 학습, 알제? 그리고 2교시 수학 시간 말이야. 수학부장 나와서 이차 방정식 몇 문제 내줘라. 반장 나와서 니가 대신 깡이와 대화를 나눠, 어리바리하게 자기 밝히고 하면 재미없어. 내가 깡이의 덜미를 챌 때까지 너희들이 깡이를 낚고 있어야 한다고!"

선생님이 애들에게 윙크를 한번 해주고 어깨를 으쓱하며 출입문을 나섰다. 교실은 일순간에 벌집이 되었다. 반장이 나와서 깡이에게 무슨 말인가를 건네려고 망설이는 동안 애들이 아예 컴퓨터를 둘러싸고 훈수를 하기 시작했다. 반장은 애들이 불러 주는 대로 자판을 쳐 내려갔다.

깡이 : 어제는 기분 잡쳐서 점수가 막 올라갔는데 지금은 별로야.

반장 : 나도 가면 게임 비 좀 대줄 거야? 너 자금 많이 갖고 튀었지.

그러자 깡이가 이모티콘으로 깔깔 웃는 시늉을 보냈다.

깡이 : 너도 가출하려고? 용기만 있으면 와라, 내가 며칠은 먹고
　　　재워 줄 수 있어.

반장 : 생각해 볼게. 근데 학교도 좋아. 2교시도 수학 샘 바쁘다고
　　　자습이야.

깡이 : 좋겠다. 내가 학교 갈 땐 지지리도 운이 없더니, 대박 났구
　　　나. 2교시는 무슨 과목인데?

"야, 비켜 봐! 나도 한번 깡이랑 대화 좀 해보자."

애들은 모니터를 손가락으로 푹푹 찌르면서 자신들도 깡이와 대

화하고 싶어 안달이 났다. 송충이가 반장을 밀어내고 자판을 차지해 버렸다. 반장은 할 수 없이 자리를 내주며 투덜거렸다.

"시간만 끌어. 샘이 읍내에까지 가려면 최소한 이십분은 걸린단께."

송충이 : 이젠 어디로 갈 거야? 자금이 두둑하다면서?

깡이 : 담탱이가 나 잡으러 안 온대? 아마 우리 아빠는 나 찾으러 다니느라 정신없을 걸.

송충이 : 그럼 니그 아빠는 니가 피시방 단골이라는 것 모르냐?

깡이 : 맨날 배에만 있는데 내가 피시방에 있는지 찜질방에 있는지 아빠가 어떻게 알겠어?

송충이 : 그래? 학교에선 썰렁해. 니 아빠만 관리하면 잘 버틸 수 있겠다.

깡이 : 그럼, 돈 떨어질 때까지 있어야제.

그러자 이번에는 하림이가 송충이의 머리를 톡톡 쳤다. 송충이는 한쪽으로 하림의 팔을 내팽개치며 계속 자판을 쳐 내려갔다.

송충이 : 돈 많으면 우리도 불러.

깡이 : 그럼 나처럼 가출해라.

송충이 : 학교도 충분해. 컴퓨터도 넘치고. 컵라면 먹고 잠 못 자고 그런 건 싫다.

하림은 코를 씩씩 불며 송충이의 목덜미를 잡아챘다.

"나도 깡이에게 할 말이 있단 말이여. 좀 비켜 주라고."

하림이가 하도 무섭게 달려드는 바람에 송충이는 어리둥절해져 자리에서 일어났다.

하림 : 하림이야. 너 만나면 죽여 분다.

깡이 : 어쭈, 담탱이는 어디로 날랐어? 애들이 릴레이를 하네.

하림 : 그래, 우리 컴실에서 단합대회하고 있다, 어쩔래?

깡이 : 누가 널 잡아먹는대? 도망은 왜 쳐?

하림 : 니가 얼마나 무서웠는데?

깡이 : 그래 잘 피했다. 그날 누구 한 명 죽이고 싶었는데, 니가 도망을 가버려서 빈주먹만 울었제. 너 때문에 산 넘어서 도망하느라 죽는 줄 알았다, 가시내야. 신고는 왜 하냐? 멍청한 경찰차들이 내가 소나무 뒤에 숨었는데, 그것도 모르고 웽웽거리며 지나가더라.

하림 : 뒷감당을 어떻게 하려고 그 난리를 피냐? 넌 이제 마을에 못 들어올 거야.

깡이 : 아쉬운 게 누군디? 우리 아빠도 내가 없으면 살맛이 안 날 걸?

하림 : 착각하지 마라. 동네에서 너 잡으려고 다들 난리가 났어. 넌 잡히면 축 사망이야.

깡이 : 겁주지 마라. 도망가서 나한테 안 당했으면 되었제 왜 협박까지 하냐.

하림 : 협박 좋아하시네. 넌 죽었어.

깡이 : 뭐라고? 너 나한테 혼나 볼래?

하림 : 혼내 봐라. 쫓아와라, 쫓아와!

깡이 : 그렇게 유인해서 날 잡으려고 그라제. 너 밤길 조심해라, 내가 덮칠지도 모른다.

하림 : 협박하지 마, 너한테 당하고 있을까 보냐?

송충이가 멋쩍게 뒤에서 대화 내용을 보고 있다가 슬며시 사라져 버렸다. 하림은 너무 화가 나서 컴퓨터에다 욕을 마구 해댔다. 애들이 썰렁해져서 서로 얼굴만 바라보았다. 샛별이 다가와 가만히 하림을 데리고 나갔다.

"깡이 녀석! 하림이에게 무슨 짓을 한 거지? 왜 가만히 앉아만 있던 하림이가 폭발해 부러?"

애들은 그냥 고개만 갸우뚱할 뿐 다시 네이트온에 들어가서 깡이를 찾았다. 하지만 깡이는 이미 떠나고 없었다.

"낭패다, 낭패여. 이십분은 끌어야제. 샘이 도착하기 전에 깡이가 피시방을 나가면 어떡하냐?"

반장이 울상을 지었다. 송충이가 한쪽 구석에서 투덜거렸다.

"하림이 때문이여. 하림이가 중간에 끼어들지 않았으면 일이 이렇게 꼬이지 않았당께. 우리가 슬슬 꼬시면 되는데 말이제. 그라믄 깡이도 심심하니까 계속 대화를 나누려고 했을 텐디."

그러나 하림은 그 말이 들리지 않았다. 귓속에서 매미가 한 마리 윙하고 우는 것 같았다. 아이들이 하나도 보이지 않았다. 그저 텅 빈 칠판과 물이 오르기 시작한 들녘만 보였다. 들판은 모두 푸른색 뭉텅이로 보였다. 푸른 강물이라도 흘러가는 듯 보리밭과 마늘밭이 한 뭉텅이였다. 하림은 벌겋게 달아오르는 기운을 잠느라 창밖만 바라다보았다. 어제 생긴 생채기는 아직도 얼얼했다. 뺨 아래에서 턱까지 나뭇가지에 스친 자국이 딱지를 맺고 있었다. 바닥을 구르려고 결심했을 때 떨리던 순간이 떠올랐다. 그렇지만 막상 굴러 버리니 아무렇지도 않았다. 오히려 다치고 나니 후련했다. 깡이에게 맞았다면 참을 수 없을 것 같았다. 아직도 그 생각만 하며 가슴이 쿵쾅거렸다. 하림은 한숨을 내쉬었다. 그때 샛별이가 곁에 앉아서 하림을 바라보았다.

"정말 아무 일 없었어?"

샛별은 어젯밤에 일어난 일을 모두 알고 있었다. 경찰차가 달려오고 하림이 할머니가 동네를 뒤집은 것도. 그래도 샛별은 하루아침에 달라져 버린 하림을 이해할 수가 없었다. 사람이 큰 충격을 받으면 저렇게 변하는 걸까? 하림의 머릿속에서는 현실이 모두 뭉개져 버린 것만 같았다. 자습 시간 내내 말없이 앉아 있던 애가 왜 깡이가 화면에 나타나자 정신을 잃은 듯 컴퓨터에서 충호를 밀어냈을까?

"아무 일이 뭔디? 너는 내가 어제 깡이에게 얻어 터졌어야 무슨 일이 났다고 생각하냐? 생각만 해도 가슴이 떨려 죽겠네. 당숲에서 그 소름끼치는 눈빛이라니, 정말 죽는 줄 알았당께."

그러자 샛별이 하림의 머리를 꼭 쥐어박았다.

"요것아, 정말 엄살 좀 그만 피워. 그딴 일 가지고 정말 계속 엄살 피울라 그러냐?"

"그딴 일이 아니랑께."

"깡이가 성질이 있어서 그러제, 그래도 다시 돌아오잖아. 이성을 잃을 때만 지랄지랄하다가, 다시 미안하다고 하고 우리한테 잘할 때는 잘하잖아."

"아무도 없는 숲속에서 살기에 찬 깡이가 나한테 주먹 휘두르는 것을 생각해 봐라. 얼마나 무서운디. 너도 한번 당해 봐야 알어. 오죽하면 내가 얼굴을 다치면서까지 도망을 쳤겠냐?"

하림이 더 설명하려 했으나 시작 종이 울렸다. 아이들이 시큰둥한 표정으로 자리로 돌아갔다. 옆 반 선생님이 복도로 올라오는 소리가 들렸다. 혹시나 하고 창밖으로 시선을 보내던 아이들도 선생님의 슬리퍼 소리를 듣고 제 자리로 돌아갔다. 아이들은 수업이 하나도 재미가 없었다. 심드렁하게 하나둘 졸기 시작했다.

"깡이 날라 부렀대. 피시방으로 찾아 들어갔는데, 이미 뒷문으로 빠져나갔다더라."

종례 시간에 샛별이 다가와 속삭였다.

"담탱이 왔어?"

"응."

샛별이가 대답했다. 하림은 궁금해서 샛별에게 물었다.

"종례 안 한대?"

샛별이가 그게 질문이냐고 묻는 표정을 지으며 가방을 챙겼다.

"애들아, 오늘 자율 종례야. 가자!"

하림도 가방을 메고 샛별을 따라 나섰다. 샛별은 왠지 무얼 많이 알고 있는 것 같았다. 하림은 샛별이가 말을 꺼내 주길 기다리며 묵묵히 걸었다.

"오늘 버스 타지 말고 걸어가자."

샛별이가 걸어가자고 할 때는 분명히 할 말이 있을 때였다. 하림은 고개를 끄덕이고 샛별을 따라 걸었다. 같은 학년으로 유일하게 한 동네에 사는 여자 친구인 샛별은 하림과 성격이 너무 달랐다. 어렸을 때는 아무것도 모르고 친했지만, 중학생이 된 후로는 서로 성격차가 심해서 만나면 좀 불편했다. 그래도 심심할 때면 서로 그리웠다.

"오늘 택배로 옷 받았어."

마늘밭 언덕에서 샛별은 가방을 던져 놓고 포장지를 풀었다. 분홍 원피스가 나왔다. 샛별은 교복 위로 원피스를 입어 보느라 낑낑댔다. 하림은 입가에 비웃음을 띠며 핀잔을 주었다.

"어디 들어가서 제대로 입어 봐."

그러나 샛별은 들은 체도 안 하고 원피스를 내렸다. 무릎 아래까지 내려온 게 약간 커 보였다.

"반품해야겠어. 어휴, 맨날 제대로 맞는 게 읎당께. 이래서 인터넷 쇼핑은 문제가 많아."

샛별은 하림과는 전혀 상관없다는 듯이 투덜거렸다.

"이번엔 누구에게 부탁했냐? 느그 엄마가 화낼 만해. 내가 느그 엄마라도 화나겠다."

샛별은 원피스를 접어서 다시 포장지에 밀어 넣었다. 그리고 하림을 한번 스윽 훑더니 입을 삐죽거렸다.

"넌 내 기분 이해 못 하겠제. 새엄마랑 아빠랑 어찌나 붙어 있는지, 눈꼴시어 못 본다고. 우리 엄마한테는 그렇게 냉정하던 아빠가 차암 어이없다고. 난 이렇게라도 복수하지 않으면 견딜 수가 없으니까 긁지 말어. 니가 내 기분을 어떻게 아냐? 다행히 아빠는 돈 달라고 하면 얼마든지 주니까 쇼핑이라도 할 수 있제."

샛별은 구겨진 포장지를 하림에게 넘겨주며 썰렁하게 덧붙였다.

"너 입어라. 2만 원밖에 안 줬어. 다시 반품하려면 택배 사에 가야 하고 귀찮다. 문구점에 부탁해서 받아 놓으라고 했는디, 어쩌 아줌마 눈치가 안 좋더라. 나를 위아래로 훑어보는 게 영 소름끼쳐서 다신 부탁 안 할란다. 그래도 젤 만만한 게 교회여. 재수가 좋으면 충호가 받으니까 덜 혼나잖아."

"언제까지 엄마 몰래 배달시킬 건디? 꼬리가 길면 잡혀."

샛별은 그런 말에 별로 신경 쓰지 않았다. 새엄마가 들어온 후로 샛별은 집에 들어가는 것을 싫어했다. 교회의 아동 센타라도 올라가서 시간을 때우라고 해도 걸핏하면 딱돌이 네 공장으로 달려왔다. 그리고 아저씨가 일하는 사이에 인터넷 쇼핑몰에 들어가 옷을 주문했다. 하림은 걱정스레 샛별을 바라보며 묵묵히 걸었다. 그러자 샛별은 하림에게 뒤통수가 켕기는 듯 걸음을 멈추고 은근하게 물었다.

"민이 오빠하곤 잘되어 가?"

하림은 시큰둥하게 대답했다.

"민이 오빠가 가게 보는 시간에만 전화로 수다 떨어. 우리 집에 컴퓨터가 없어서 채팅도 못 하고, 공장에 가서 채팅하면 딱돌이 아저씨가 맨날 뒤에서 끼어드니까 사생활이 보호가 안 된당께. 왜 다들 내가 남친 사귀는 것 반대하는지 모르겠어."

샛별이 심드렁하게 대꾸했다.

"어른들이 우리 하는 일에 찬성해 주는 것 봤냐? 하긴 니나 나나 피장파장이제. 내가 인터넷 쇼핑하는 것도 애들이 싫어하는데, 그럼 니가 남친을 맨날 바꾸는 꼴은 보겠냐?"

"우리끼리라도 서로 인정해 주는 것은 어떠냐? 너부터서 나 좀 이해해 봐. 그럼 나도 니가 옷 사는 거 이해해 볼랑께. 나도 누구 한 사람에게라도 이해받고 살고 싶다야."

하림이가 부탁을 했는데도 샛별은 콧방귀를 뀌면서 반대했다.

"쇼핑하는 거하고 남친을 자주 바꾸는 것은 달라. 난 너같이 되고 싶지 않다고?"

"뭐야? 그럼 너도 나를 이상한 애라고 생각하고 있었구나."

"피이, 애들 사이에 민이 오빠가 바람둥이라고 소문났어. 니 속 차려라."

"그냥 문방구에 애들이 많이 오니까 이야기 나누는 건데 그게 뭐가 나쁘냐? 니도 민이 오빠랑 이야기하는 건 좋아하잖아? 범생이처럼 굴지 않고 솔직하고, 자기가 생각한 대로 자유스럽게 행동하고, 그런 게 편해 보인 거겠지?"

샛별은 여전히 못마땅한 표정으로 하림을 쳐다보았다. 하림이 멋쩍어서 샛별에게 다가가 속삭였다.

"니가 쇼핑 하는 거나 내가 민이 오빠랑 사귀는 거랑 뭐가 다르냐? 그냥 심심풀이 땅콩인디, 내가 결혼하려고 남친 사귀는 거 아닌디 왜 그리 꼽냐?"

샛별은 고개를 갸우뚱갸우뚱하면서 쉽게 웃지 않았다. 하림은 기분이 나빠 말을 잃고 걷기만 했다. 그럴 때가 제일 힘들었다. 아이들이 자기를 뭔가 다르게 볼 때 하림은 한없이 거리감이 느껴지고 굳어졌다. 하긴 자기도 샛별을 비판했으니 샛별이가 하림을 비꼰들 탓할 수는 없었다. 둘은 묵묵히 걸었다. 땀방울이 솟았다. 씩씩거리며 동네 어귀에 도착했다. 그리고 벚나무 아래 턱 주저앉았다. 늙은 벚나무엔 꽃망울이 부풀어 오르고 있었다. 하림은 저절로 고함을 질렀다.

"야아, 우리 놀이터다. 좀 놀고 가자!"

이제 막 걸음마를 시작하는 아이처럼 꽃망울은 정겹고 귀여웠다. 꽃그늘 아래로 폐교의 운동장이 보였다. 화단 가엔 온갖 화초가 피어났다. 울타리에 흐드러진 개나리꽃을 따라 하림과 샛별은 학교로 들어갔다.

"근데 왠지 좀 무섭다. 꽃들은 지천으로 피었는데, 쟤들이 좋아서 핀 게 아니라 왠지 한을 머금고 있는 것 같다야?"

"그래, 찾는 사람이 없어서 꽃들도 화가 났나? 어째 좀 그렇제?"

하림도 샛별의 말에 공감하며 발길을 돌렸다. 그때였다. 샛별이의 발치로 돌멩이 하나가 떨어졌다.

"쨍!"

돌멩이는 박힌 돌덩이에 맞아서 큰 소리를 냈다. 샛별이가 놀라서 이리저리 고개를 돌렸다. 하림도 재빨리 눈빛사냥을 했다. 고요했다. 아무도 보이지 않았다. 나무 사이, 그리고 교실 언저리, 계단까지 눈으로 더듬어도 기척이 없었다. 샛별은 공포가 가득 담긴 눈으로 하림을 잡으며 빨리 교문을 벗어나려 발을 질질 끌었다. 하림은 자꾸 허둥대면서 몸이 따라가지 못해 발만 내딛다가 헛발질로 넘어졌다. 샛별이가 달려들어 하림의 허리를 붙잡았다. 눌은 그만 함께 넘어졌다.

"타닥!"

이번에는 더 큰 돌멩이가 날아왔다. 하림의 발치를 맞추었다. 짜릿한 통증이 왔다. 하림은 등 뒤에서 자기를 쫓는 시선을 의식하고 재빨리 운동장으로 뛰어갔다.

"비겁하게 숨어 있지 말고 빨랑 나와라!"

하림이 텅 빈 교실을 향해 소리쳤다. 그러나 반응이 없었다. 고요했다. 먹구름 아래 푸르스름한 기운이 흐르는 폐교의 운동장은 음산한 기운만 자아내고 있었다. 샛별은 덜덜 떨면서 하림의 손을 놓지 않았다.

"가자!"

샛별이가 가만히 하림이 귀에 대고 속삭였다. 다시 발길을 한 걸음 떼어 놓을 때였다.

"쨍그랑!"

교실 한가운데 유리창이 깨졌다. 구멍이 크게 뚫리면서 유리 파편이 물방울처럼 부서졌다.

"챙챙챙챙!"

연이어 계속 돌멩이가 날아들었다. 유리 조각들이 폭포수에서 흩어지는 물방울처럼 쏟아지기 시작했다. 하림과 샛별은 너무 무서워 나무 밑으로 기어들어갔다. 교실 한 칸의 유리창이 다 쏟아져 내리고 있었다. 텅 빈 창틀에 검은 그림자가 스윽 올라왔다.

"깡이야!"

하림은 샛별의 손을 힘껏 잡으며 아득한 목소리로 한숨을 내쉬었다. 깡이는 유리 파편을 뱉어 냈다. 깡이의 입가에서 피가 흘러내렸다. 한 손으로 쓰윽 피를 닦아 냈다. 그리고 창틀에 매달려 음산한 목소리로 외쳤다.

"쫀득이가 누구냐? 알아내기만 해봐라. 내가 가만둘 거 같냐?"

하림도 샛별이도 깡이를 바라볼 뿐 아무 말 하지 못했다. 깡이는 하루 만에 눈이 푹 들어가 있었다. 까만 얼굴에 이글거리는 눈빛이 소름이 끼쳤다. 샛별이가 가자고 하림의 옆구리를 찔렀다. 그러자 깡이가 다시 소리쳤다.

"쫀득이가 누구냐고? 니그들은 알고 있제?"

하림과 샛별은 두려운 눈빛으로 깡이를 바라볼 뿐 쫀득이의 정체를 밝힐 수 없었다. 깡이가 갑자기 창틀에서 뛰어 내렸다. 하림과 샛별은 너무 놀라서 뒤로 물러섰다. 그러자 깡이가 다가와 다짜고짜 샛별의 목을 누르며 윽박질렀다.

"이 놈의 가시네야! 엄살 그만 부려. 니들을 해칠 생각은 읎어. 다만 담탱이에게 내 뜻을 전해 줘. 난 들어가고 싶지 않으면 학교엔 안 간께 괜히 헛수고하지 마라 해라. 그리고 말이야, 쫀득이 녀석 간첩 짓 그만하라고 전해라. 오늘 그 새끼 땜에 하마터면 담탱이한테 잡힐 뻔했잖아. 세상에 믿을 놈이 하나도 없어."

샛별은 고개를 끄덕이며 깡이의 손아귀에서 빠져 나오려 안간힘을 썼다. 깡이는 갑자기 샛별을 한번 격하게 누르더니 목에서 손을 떼어 냈다. 샛별이가 눌린 자리를 손으로 감싸며 운동장으로 푹 주저앉아 버렸다. 하림은 그런 깡이를 쏘아보았다. 깡이의 다리가 후들후들 떨렸다. 눈빛도 이리저리 흔들렸다. 교문 쪽을 바라보며 금방이라도 뛰어갈 듯한 자세로 깡이가 외쳤다.

"그리고 하림이 니 말이야."

하림은 놀라면서도 한편으로는 깡이에 대해 동정심이 들었다. 겉으론 무척 강한 척 소리 지르지만 떨고 있지 않은가? 하림은 온화한 얼굴빛으로 깡이를 바라보았다. 깡이가 목소리를 낮췄다.

"호주머니에 돈 있으면 다 내놔. 한 푼이 아쉽다."

하림은 호주머니를 뒤지다가 갑자기 당숲에서 제 이야기를 쏟아내던 깡이의 모습을 떠올렸다. 지금이라도 늦지 않은 것이다. 깡이는 어쩜 이야기 상대가 필요하지 않았을까? 하림은 차분하게 입을 열었다.

"내가 가진 게 얼마나 되겠냐? 차비밖에 없어. 돈이 왜 필요하냐? 아빠 것 아직 떨어지지 않았잖아? 그냥 집으로 돌아가라. 그래야 담임 샘도 널 용서할 거고 일이 복잡해지지 않지. 너 이렇게 나오면 점점 힘들어질 거다?"

깡이는 눈살을 찌푸렸다. 그리고 하림의 어깨에 손을 얹으며 낮은 목소리로 말했다.

"잔소리 말고 돈이나 내놔라. 기왕 찍힌 몸 그냥 보낼 순 없지."

하림은 할 수 없이 호주머니에서 천 원짜리 두 장을 꺼내서 건네주었다. 깡이는 낄낄거리며 샛별에게로 다가가 호주머니를 털었다. 샛별은 만 원짜리 한 장을 가지고 있었다.

"수입 좋다아?"

뺏은 돈을 쳐다보며 기분 나쁜 목소리로 낄낄거렸다.

"쫀득이 녀석과 한참 대화를 나누다가 이상해서 창밖을 봤더니만, 딱돌이 아저씨 트럭이 주차를 하고 있더라고. 누군가 아저씨를 시켜서 날 잡아오라고 한 거였제. 쫀득이 녀석이 고자질을 한 거여. 호호, 난 뒷문으로 나가 아저씨 트럭 짐칸에 올라탔어. 그런데 딱돌이 아저씨는 누군가를 계속 기다리면서 출발을 안 하더라고. 내가 취나물 포장을 들추고 그 안에 숨어 있었제. 나중에 들으니까 담탱이 목소리였어. 담탱이랑 아저씨랑 짜가지고 앞문, 뒷문을 지키자고 들이닥친 것인데, 간만의 차이로 내가 빠져나온 것이제. 아이고 그때만 생각하면 오금이 저린다. 하마터면 잡힐 뻔했잖냐."

"그래서 폐교로 숨어 들어왔구만? 안 됐네. 이젠 우리를 만나 부러서 어디로 갈 거냐?"

샛별이가 주먹을 털며 깡이에게 빈정거렸다.

"그건 니가 알 필요 없제. 너희들도 고자질할 테니까 말하면 안 되지. 근디 말이다, 담탱이가 날 놓치고 뭐라고 하던?"

하림은 깡이의 얼굴에 약간의 기대감이 흐르는 것을 놓치지 않았다. 그래서 곧바로 쏘아붙였다.

"뭐라고 하긴, 넌 이제 교도소 행이라고 했어. 빨리 잡혀야 그나마 죄가 덜하다고 하더라."

"정말이제?"

깡이는 약간 풀이 죽어서 하림에게 다가왔다. 그러자 이번엔 샛별이가 악을 썼다.

"너 아주 들어오지 않았으면 좋겠다던디. 결석이 70일 넘으면 유예해도 된단다. 전에도 결석 많이 했잖아. 그런께 두 달만 잠수하면 학교 안 다녀도 될 거야."

"하루만 결석해도 지랄지랄 하더니, 갑자기 왜 그렇게 나온다냐? 참말로 나더러 들어오지 말라고 했냐?"

깡이는 두 눈을 치켜뜨고 샛별을 바라보았다.

"애들도 너 없으니까 좋기만 하다더라. 뒷자리에서 니가 한 무게 잡았제. 이젠 분위기 좋아졌어."

샛별이 무슨 말을 덧붙이려 했다. 그러나 깡이는 갑자기 발길을 돌렸다. 고개가 푹 꺾였다. 후드득 빗방울이 떨어졌다. 검푸른 빛을 띠며 구름 사이로 강한 햇살을 내보내던 태양이 다시 구름 속으로 들어가 버렸다. 하림과 샛별은 재빨리 교문을 빠져나왔다. 깡이도 한길로 뛰어갔다. 삼거리에서 해수욕장으로 가는 버스가 닿아 있었다. 깡이는 버스를 잡아타고 사라졌다. 샛별은 그때서야 생각난 듯 털보 샘에게 전화를 했다.

"샘! 깡이가 해수욕장 쪽으로 가는 버스를 탔어요. 포구를 돌아서 읍내로 가는 버스인디 빨리 쫓아가 보랑께요."

빗방울이 굵어졌다. 하림과 샛별은 달리기 시작했다. 우선은 숲에라도 들어가 비를 피해야 했다. 굵은 벚나무 가로수 길을 걷다가 열녀비 앞에 다다르자 둘은 약속이나 한 듯 딱돌이 아저씨네 취나물 공장으로 들어갔다.

털보 샘은 바람이 몰아치는 바닷가에 차를 댔다. 왜가리골에서 나온 버스는 해수욕장을 거쳐서 읍내로 나갈 것이다. 샘은 버스에서 보이지 않도록 방풍림 깊숙이 차를 밀어 넣었다. 샛별의 전화를 받고 곧장 달려왔으나 아슬아슬한 시간이었다. 만약 버스에 손님이 많지 않다면 이미 이 길을 통과해서 해안 도로를 달리고 있을 터였다. 털보 샘은 시계를 쳐다보며 눈살을 찌푸렸다. 뭔가 결단할 때 그는 늘 눈을 가느스름하게 뜨고 생각에 잠긴다. 여기서 기다려야 하는지, 아니면 달려서 읍내에 도착하기 전에 버스를 잡아야 하는지 쉽게 결정 내릴 수가 없었다. 눈치 빠른 깡이가 버스를 뒤따라가고 있는 자신의 차를 보았다면, 이미 다른 정거장에서 내려 버렸을 것이다. 어제도 깡이는 어떻게 냄새를 맡았는지 피시방에 들어가기 직전에 빠져나가고 없었다. 깡이를 잡는 것은 이렇게 뒤따라가서는 이룰 수 없는 일이었다. 유인책이 필요했다. 쫀득이를 활용하는 것은 이제 소용이 없었다. 털보 샘은 하림을 떠올렸다. 열쇠는 하림과 샛별이 쥐고 있는 듯했다. 오늘은 감이 잡히지 않아서 깡이를 붙잡을 수 없다는 것을 알았다. 시동을 끄고 비가 내리는 바다를 바라보았다. 우선 생각부터 해야 했다. 깊이 생각에 몰입하다 보면 무엇인가 문제의 해답이 보이기 시작했다. 어둠이 내리는 바다는 먹먹했다. 바람이 방풍림을 들추고 나뭇가지에서 물방울이 흩어졌다. 나뭇가지에 머물러 떨어지는 빗물은 안개처럼 사방으로 흩어졌다.

학기 초부터 깡이는 왠지 불안해 보였다. 그때 깡이와 대화를 했어야 했는데 관찰만 한 게 탈이었다. 자습 시간에 책상에 엎드려 있다가 그가 머리라도 쓰다듬으려고 하면 심하게 뿌리치곤 했다. 그는 깡이가 마음을 열 때까지 기다리자고 생각했다. 그래서 무관심한 듯 있으면 깡이는 자꾸 튀는 행동으로 관심을 끌어내곤 했다. 이번에도 그런 수법인지도 몰랐다. 관심을 끌려고 점점 더 큰 사건을 저질러 가는 것인지. 그는 자기도 모르게 고개를 저었다. 깡이를 잡아 달라고 경찰서에 들르자 젊은 형사는 서류 한 장을 내밀었다. 근동에서 자주 발생하고 있는 절도 사건에 대한 것이었다. 피해자들은 주로 홀로 살아가는 노인들이었다. 몇 천 원에서 몇 만 원까지 모두 돈만 훔쳤다. 금반지나 귀금속을 만지지 않은 것은 깡이가 아직 전문적인 절도를 하지는 않는다는 사실을 말해 주는 것이었다. 털보 샘은 입술을 깨물었다. 빨리 잡아야 했다. 깡이가 아주 먼 길로 떠나 버리기 전에 손쓸 수 있을 때 잡아야 했다. 그래서 그는 경찰에게 맡기지 않고 직접 발로 뛰기로 했다.

아무리 기다려도 버스는 오지 않았다. 할 수 없이 차를 빼서 동네 어귀의 구멍가게 앞에 댔다. 주인 할머니는 버스가 이미 지나갔노라고 했다. 그도 그럴 것이, 손님이 없으니 버스는 정거장에 멈출 필요가 없이 스쳐간 것이다. 털보 샘은 빈손을 내려다보며 왠지 다 잡은 고기를 놓친 듯 허전하기 짝이 없었다. 읍내에 사는 학생과 선생님에게 터미널에 가서 깡이가 탄 버스를 기다려 보라고 했지만 기대할 순 없었다. 깡이는 분명 사람이 많은 곳에는 모습을 드러내지 않을 터였다. 위기였다. 언제나 담임을 맡으면 몇 가지 사고가 발생했지만, 이건 최대의 위기라는 생각이 들었다.

그는 다시 바닷가에 차를 댔다. 그리고 턱을 괴고 생각에 잠겼다. 문제는 안에서 푸는 게 가장 현명한 방법이었다. 깡이의 내면을 들여다볼 수 있는 고리가 필요했다. 도대체 얼마나 많은 돈을 훔쳤는지, 그 돈을 다 어디에 썼는지 알 수 없는 노릇이었다. 문제는 깡이에게 속내를 터놓을 만한 친구가 없다는 것이었다. 뻘 낙지를 잡는 방법은 뻘을 다 헤집어 내야 한다는 것인데, 깡이가 머물 만한 장소부터 물색해야 했다. 그는 입술을 질근 깨물며 차를 읍내로 몰았다. 우선 찜질방부터 지켜야 했다.

왜가리와 백로

"그 녀석이 터미널에서 내리지 않았어."

다음 날 털보 샘은 교문에 서서 하림과 샛별을 기다리고 있었다. 배고픈 솔개가 병아리라도 낚아채듯 하림을 데리고 상담실로 들어가면서 따발총같이 말을 쏟아 냈다.

"중간 어디쯤 내려서 차를 바꿔 탄 것 같애. 소재지 터미널에서 왜가리골 버스를 기다리다가, 깡이가 내리지 않아서 읍내까지 조사했지만 역시 허탕만 쳤지 뭐야."

하림은 깡이 이야기가 나오자 목 줄기에 아려 오는 통증을 느끼고 기침을 해댔다. 어제 깡이가 목 줄기를 누르며 돈을 내놓으라고 할 때의 그 기분이었다. 머릿속도 윙하니 울었다. 털보 샘은 하림을 쏘아보았다.

"너, 얼굴에 온통 생채기 난 거 깡이 때문이라지?"

"와우, 샘! 제발 봉창 좀 뚫지 말랑께요. 다친 게 언젠데 이제 와서 상처를 건든다요?"

하림이가 볼을 쓰다듬으며 째려보자 선생님은 뒷머리를 박박 긁었다. 그리고 손을 내저으며 사과했다.

"미안, 미안. 내가 원래 말이야, 집중력이 뛰어나서 옆을 못 보잖아. 깡이 일에 정신이 팔려서 말이야. 어제는 너희들이 다 연탄재처럼 두리뭉실하게 보였어. 이제 정신이 돌아왔으니까 어찌된 까닭인지 얘기 좀 해줘."

"이야기할 게 뭐 있어요? 깡이한테서 도망치다가 그랬당께요. 샘은 깡이 잡으러 다니는 것도 힘든데, 저까지 어떻게 살피겠어요. 제일을 제가 알아서 수습해야죠."

하림이 손사래를 쳤다. 샛별은 무슨 영문인지 모르고 가만히 앉아서 구경만 했다.

"근게 말이야, 깡이가 너에게 왜 그렇게 상처를 입혔냐고?"

"지나간 과거를 묻지 마라고요. 어제까지 맘 수습하느라 바빴어라. 오늘은 말짱하게 개었는디, 왜 또 흐리게 해부네."

하림은 입술을 깨물며 스쳐가는 생각에 도리질을 했다. 다시는 깡이를 생각하지 않으리라. 그리고 깡이와 단둘이 마주치는 일은 정말 하지 않으리라.

"근데 말이야, 내가 새로운 정보를 접수했어. 이게 사실이라면 정말 큰일인데, 너희들이 알아봐 줘야겠어. 깡이가 사라지자 깡이에게 돈을 잃어버렸다는 노인들이 하나 둘 나타나고 있는데, 너희 동네도 그러니?"

샛별이 발딱 일어났다.

"우리 동네 난리 났제라."

"이 녀석! 너 알고 있었구나. 그런데 왜 안 가르쳐 줬어? 너 깡이가 할매들 집에 들어가서 도둑질하는 것 알고 있었지?"

그러나 샛별은 선생님을 슬며시 올려다보며 입가에 냉정한 미소를 지었다.

"샘만 모르제 다 아는 사실이제라."

"뭐라고? 면도날 나를 속여? 너희들이 나를 속였단 말이지."

털보 샘이 갑자기 팔팔 뛰었다. 샘은 숨을 할딱거리며 상담실을 이리저리 돌더니 갑자기 하림에게로 다가갔다.

"그런 얘길 왜 나에게 안 해주었어?"

하림은 생뚱한 표정으로 선생님의 시선을 피하며 말했다.

"아무 필요도 없는 이야길 뭐 하러 한대요? 깡이한테 맞아 죽으려고요?"

털보 샘은 이제 손을 삭삭 비비면서 초조하게 물었다.

"그럼 보복이 두려워서 아무도 이야길 안 했단 말이지. 반장이랑 이놈의 새끼들, 모두 혼내야 해."

샛별이 느긋하게 대꾸했다.

"샘이 잘못한 거제. 우리들이 굳이 불필요한 정보까지 날릴 필요는 없제라. 샘이 날마다 수상한 애들을 찾아서 냄새를 맡아 봐야제, 누가 일부러 일러 바친다요? 네이트 쫀득이는 왜 그런 냄새도 못 맡을까?"

"얌마, 쫀득이가 니네들 이야기나 살피지, 깡이가 동네에서 도둑질한 것까지 어떻게 냄새를 맡냐? 아이고, 머리 아파 미치겠네. 샛별이 너는 맨날 쇼핑하고, 하림이는 남친이 문어발로 늘어서 있고,

충호는 틈만 나면 게임 질이지. 니들 정보 수집하느라 열 올렸더니, 복병은 따로 있었어."

샘은 화가 머리끝까지 난다는 표정을 지으며 하림과 샛별에게 교실로 가라고 손가락으로 까딱까딱 출입문 쪽을 가리켰다. 교실로 들어오자 애들은 누가 시키지도 않았는데 모니터를 켜놓고 네이트 온에 들어가 있었다. 쫀득이도 뜨고 송충이도 뜨고 반장, 부반장까지 아이디가 떠 있었지만 깡이는 보이지 않았다.

"정보 새부렀다. 알아 버렸다고. 어제 폐교에서 깡이 만났어. 깡이는 쫀득이가 간첩이라고, 잡히면 죽는다고 난리더라. 아직 샘이 쫀득인 줄은 모르더라만, 쫀득이는 생명이 다 되어 버렸은께 신선한 것으로 새로 마련해."

샛별이 으스대며 반장에게 말했다.

"뭐야, 그럼 우리가 장난친 것도 다 알아 버린 모양이네?"

샛별은 대답 대신 애들에게 심각한 목소리로 분위기를 잡았다.

"담탱이 화났어. 어제 일은 암 것도 아니당께. 제 2탄이 찾아오고 있다고."

"뭐라고?"

애들이 샛별의 주변으로 몰려들었다. 하림은 슬며시 발을 빼서 뒷자리로 가버렸다. 아무래도 털보 샘이 금방이라도 들이닥칠 것 같았다. 이렇게 떠들다가는 지나가는 교감 샘이라도 들이닥칠 것이다. 그러나 하림이 턱을 괴고 생각에 잠겨 한참이나 멍하니 앉아 있었는데도, 복도를 지나가는 사람 하나 없었다. 1교시 종이 울렸다. 애들이 열 번 더 카운트다운을 했지만 선생님은 나타나지 않았다.

"샘들 무슨 일 있나 봐, 안 올라오는 게."

애들이 투덜거렸다. 반장이 곧바로 교무실로 뛰어 내려갔다 오더니 입을 소라 껍데기처럼 손으로 싸고 말했다.

"샘들 임시 회의래. 교무실 출입금지 팻말 붙었어."

애들이 환호성을 질렀다.

"깡이 때문인가 봐. 깡이가 사고를 크게 쳤단디? 여기저기서 도둑질을 했다고 하드라."

샛별이가 두 눈을 크게 굴리면서 작은 목소리로 속삭였다.

"뭐라고? 다시 말해 봐!"

그러자 샛별은 위기의식을 느껴서 입을 다물어 버렸다. 어차피 알려질 걸 선생님에게서 듣는 게 더 나을 것 같다는 생각을 했기 때문이다. 괜히 잘못된 정보를 날렸다간 아이들에게 혼날 수도 있었다. 그런데 갑자기 운동장 쪽에서 와자한 소리가 들렸다. 애들이 일제히 창가로 달려갔다. 교문에는 경운기 한 대가 주차를 하고 있었다. 경운기에서 여남은 명의 노인들이 내렸다. 경운기를 운전하고 온 이장 할아버지가 경운기에서 내리는 할매들을 부축했다.

"하이고오, 이놈의 핵교에 운동회 때나 와보려나 했드니, 별 요상스런 일도 다 보것네."

할매들 두어 명이 손을 휘저으며 후적후적 교무실로 찾아들었다. 그 뒤를 할아버지 서너 명이 함께 따랐다.

"아이, 이놈이 해도 해도 너무 허네. 우리들 돈이 모두 얼마여."

애들이 모두 얼굴을 빼고 아래층을 내려다보았다. 창가에 대롱대롱 매달린 얼굴들을 본체만체하면서 노인들은 떠들썩하게 현관으로 들어섰다.

"오메, 난리 나부렀다. 저 사람들이 다 뭣이여?"

송충이가 나발을 불며 질러 대자 반장이 앞으로 나가서 상황을 설명하기 시작했다.

"저 사람들이 모두 깡이에게 돈을 털린 사람들이여. 그동안에는 긴가민가했다가, 깡이가 집을 나가자마자 쳐들어온 것이랑께. 다 선생님 탓이야. 담탱이가 경찰서에다 깡이가 아빠 돈을 훔쳤다고 신고를 한께로 저 사람들이 그게 바로 증거라고 생각을 한 거여."

"그람, 그동안 심증은 있으나 물증이 없었는데, 이번 아빠 돈 사건으로 물증이 잡혔다 그 말이제."

송충이가 받아서 중개방송을 했다.

"그럼 우리의 깡이는 앞으로 어떻게 되는 거야?"

"아무도 모르제."

"그라지 말고 우리가 깡이를 잡아 보는 게 어떠냐? 또 아냐, 경찰에서 우리한테 현상금을 줄지?"

반장이 제안하자 애들은 머리를 굴리기 시작했다.

"확실히 공부보다는 재밌을 것 같은디."

송충이가 어기적거리며 대답했다.

"그러긴 하다마는, 우리가 잡을 수 있을까? 네이트에 접속도 안 하고 잡을 수 있는 방법이 없을 것 같은데?"

샛별이가 고개를 갸우뚱했다. 그러자 부반장이 끼어들었다.

"이런 건 어때? 범인은 현장에 항상 증거를 남기고 떠난다잖아. 현장을 찾아보자."

"아니다, 아녀. 넌 좀 빠져라."

샛별이가 고개를 살래살래 저었다.

"현장은 이미 옛날 꼰날에 없어졌고, 그것보다는 누군가에게 정보를 흘리지 않을까? 사람은 아무리 강하다 해도 누군가에게 자기 이야기를 하고 싶은 법인데, 깡이도 누군가 친구가 필요할지도 몰라."

"그렇지만 우리가 깡이에게 어떻게 다가가서 친구가 되어 주지?"

송충이가 여전히 의문에 찬 표정으로 물었다.

"멜은 어때? 깡이가 멜은 보지 않을까? 쫓기면 누군가의 소식이 더욱 그리울 수도 있을 텐데."

샛별이가 아이들을 둘러보며 누가 깡이 멜 주소를 아냐고 물었다. 아무도 대답이 없었다. 모두 깡이하곤 이야기하기를 꺼렸다.

"짜아식, 털보 샘 버전으로 인생 헛살았네. 어쩜, 친구가 하나도 없냐?"

반장이 뒷자리에서 엎드려 자고 있는 하림을 깨웠다.

"너, 깡이랑 한 동네 살잖아. 혹시 깡이에 대해서 아는 것 있어?"

그러자 하림이가 쏘아붙였다.

"불난 집에 부채질 하냐? 깡이에게 맞아 죽을 뻔해서 도망친 사람이라고. 아직 상처에 딱지도 제대로 안 졌당께."

반장이 슬슬 꼬리를 내리고 앞으로 가버렸다.

교무실에선 옥신각신 노인들의 성난 목소리가 계속되고 있었다. 몇몇 아이들은 창가에 매달려 교무실에서 올라오는 소리를 들었다. 하지만 다른 애들은 금방 시들해져서 송충이가 하고 있는 게임을 모니터로 바라보고 있었다. 샛별이 하림에게로 다가와서 옆구리를 쳤다.

"야, 딱돌이 아저씨라면 뭐 대책이 좀 있지 않을까? 하고 길에 들러 보자."

그러나 하림은 턱을 괴고 시큰둥하게 대답했다.

"만날 오락만 하는 아저씨가 알긴 뭘 알겠냐?"

"그래도 깡이랑 가장 많이 노는 사람이 아저씨여."

"그건 그래."

하림은 동전을 찾아 들고 공중 전화기로 갔다. 딱돌이 아저씨는 신호가 여러 번 떨어져서야 전화를 받았다.

"지금 바빠 죽겠다. 어제 취나물 가져온 게 시들시들해져서 마트에 못 내고 데치고 있단 말이여. 하롱 아줌마가 느려서 내가 해야 된당께. 하롱은 마당에 털어 너는 것은 잘하는데, 아직 나물 데치는 것은 못 맡겨. 금방 꺼내야 하는디, 그걸 못 맞춰서 죽을 쒀버린다고."

어눌한 아저씨의 말이 계속 이어졌다. 하림은 중간에 아저씨의 말을 자르고 들어갔다.

"깡이요, 큰일 났어라. 수배령 떨어진다고요. 빨리 찾아야 된당께. 그 애가 한 일이 아니라도, 장안에서 일어난 모든 절도 사건은 다 깡이에게 가게 일이 돌아가고 있는디."

그러자 아저씨는 오히려 한술 더 뜬다.

"그럼, 지 애비 기름 값까지 들고 나간 녀석인디, 냅둬라. 넌 공부나 해. 지 아빠가 찾아야제, 공장 돌리는 내가 무슨 권리가 있다고 깡이 찾아 나가겄냐. 나 밥 묵고 살기도 바쁘다."

하림은 열이 나서 소리를 꽥 질렀다.

"아저씨 정말 그러기예요? 깡이랑 맨날 오락해 놓고선, 그렇게 모른 체 하기요?"

"그람 어쩌냐? 깡이 아빠하고 멱살 잡고 싸웠는디, 나보고 깡이 찾으러 다니라고?"

"그나저나 찾아야 일이 간단해진다고요."

아저씨가 힘이 쭉 빠진 목소리로 대답했다.

"알았어, 한번 생각해 볼게. 학교 끝나면 들러라잉."

하림은 동전 떨어지는 소리에 할 수 없이 전화기를 내려놓았다. 다리에 힘이 쭉 빠졌다. 깡이를 만나면 뺨이라도 치고 싶은데, 왜 가슴속에서 빨리 찾아야 한다는 생각이 간절해지는지 알 수 없었다. 교실로 올라오는데 스피커에서 요란한 소리가 들린다.

"전교생, 강당으로 집합하기 바랍니다. 임시 조회를 갖겠습니다. 전교생은 지금 즉시 강당으로 모이세요."

아이들이 우르르 강당으로 몰려갔다. 하림은 자기도 모르게 아이들의 행렬 속에 파묻혀서 파도처럼 떠밀려 강당으로 갔다. 강당 앞에는 경찰차 두 대가 와 있었다. 제복을 입은 젊은 경찰이 차에서 내렸다. 체육 샘이 마이크를 잡고 아이들을 줄 세우기 시작했다.

"각 반 2열종대로 빨리 서라."

애들은 잔뜩 힘이 들어간 선생님의 목소리에 기가 죽어 쭈뼛쭈뼛 눈치를 보았다. 어기적거리며 줄을 맞추자 선생님들이 일제히 구령대 위로 올라갔다. 눈빛이 예리하게 반짝이는 젊은 경찰이 마이크를 잡았다.

"여러분에게 부탁을 드리기 위해 이 자리에 섰습니다. 여러분의 친구 깡이는 그동안 수차례의 절도를 저질러 저기 계신 어르신들이 신고하려고 했으나, 차마 지역에 사는 학생이라 참고 충고만 했던 것으로 압니다."

경찰이 침을 꼴깍 삼키려는 찰나, 아이들의 눈동자가 한쪽 구석으로 몰려들고 있는 노인들에게로 향했다. 노인들은 구부정한 허리로 강당으로 들어와서 한 자리 차지하고 앉았다. 다시 경찰의 발표가 이어졌다.

"그런데 이제 그 한도가 넘어서 더 이상 참을 수가 없어서 오늘 이 자리에 모인 것입니다. 깡이 혼자 저지른 일이 아닐 수도 있습니다. 오늘 아침까지 조사해 본 결과 깡이가 저지른 절도 사건은 50여 건이 넘습니다. 액수가 적다고 해도, 다 합치면 백만 원이 넘는 돈입니다. 학생 신분으로 이렇게 큰 사건을 저지르고 다녔다는 것은 더 이상 봐줘서는 안 될 문제라는 것입니다. 그래서 여러분들은 깡이에게 연락이 오면 꼭 알려주시고, 깡이를 잡는 학생에게는 선행상과 더불어 장학금을 지급하겠습니다. 여러분들이 도와줘야 합니다. 그래야 한 학생이 범죄자가 되는 것을 막을 수 있습니다."

아이들은 경찰이 숫자를 발표할 때마다 수런거렸다. 그동안 한쪽에 침울하게 박혀 있기만 했던 깡이가 그렇게 많은 돈을 훔쳤다는 게 믿기지 않아서였다. 그러나 노인들의 한결같은 굳은 표정과 입을 꼭 다물고 있는 교장 샘, 털보 샘의 얼굴에서 사건이 심상치 않음을 느낄 수 있었다. 경찰의 발언이 끝나자 이번에는 학생부장인 털보 샘 차례였다. 털보 샘은 마이크를 잡고 애들을 쏘아보았다. 애들은 털보 샘의 눈길엔 무조건 기가 죽는다. 털보 샘이 목에 힘을 잔뜩 준 목소리로 말했다.

"내가 누구라고?"

"면도날."

전교생이 합창을 했다. 선생님이 눈을 더 가느스름하게 뜨고 말했다.

"내 경력이 어떻게 된다고?"

"학생과 18년!"

애들이 또 합창을 했다.

"나의 특기는?"

"척 보면 호박 떨어진다."

샘은 만족스러운 듯이 웃을 듯 말 듯한 특기를 발휘했다. 그는 환하게 웃는 적이 거의 없다. 미소를 지을 듯 말 듯 애매한 표정으로 날렵한 눈초리를 날리는 것이 그의 독특한 분위기였다. 학생부장 털보 샘에 대해 태클을 걸 학생과 교사는 아무도 없었다. 아침에 그가 복도를 한 바퀴 돌기만 하면 교실은 조용해졌다. 아무도 말릴 수 없는 카리스마가 흘러내리기 때문이었다.

"자, 그러면 지금부터 작전 명령을 내리겠다. 작전명은 '깡이를 찾아라.' 깡이의 멜과 게임 아이디, 핸드폰 번호 등 모든 정보를 학생과에 신고하기 바란다. 신고한 사람에게는 민주시민 예상상을 주고, 만약 알고도 모르는 척한 사람은 방관 죄를 적용하여 화장실 청소를 시키겠다."

"예."

아이들이 강당이 떠나가도록 큰 소리로 대답했다.

"3학년만 남고 전교생 교실로!"

애들은 썰물처럼 순식간에 강당을 빠져나갔다. 털보 샘은 3학년을 쏘아보더니 질문을 해대기 시작했다.

"고기를 잡으려면 어떻게 해야 하지?"

"물고기는 물을 모두 푸라고 했지라."

송충이가 투덜거리며 대답했다.

"그럼 바닷고기는?"

"물론 고기의 마음을 사로잡아야 한다고."

이번에는 샛별이 대답했다. 애들은 선생님의 이야기가 어디로 흘러가는지 몰라서 모두 귀를 모았다.

"깡이는 동물이야. 어떻게 잡아야 할까?"

"그야, 유인을 해야겠죠?"

송충이가 고개를 끄덕이며 진지하게 대답했다. 털보 샘은 갑자기 연단에서 내려와 송충이의 머리를 쓰다듬었다. 애들 속에서 픽, 웃음소리가 터졌다.

"짜아식, 역시 수제자야. 그럼 어떻게 유인해야 하는지 머리를 모아 보자. 제갈공명 한 명보다는 둔재 열 명이 더 낫다는 말이 있다."

선생님이 입술에 힘을 주고 말했다. 그러자 부반장이 의심스러운 눈빛으로 물었다.

"삼국지에 그런 내용도 있었어라?"

"짝퉁 삼국지에 있다."

선생님이 눈빛 하나 흔들리지 않고 응수하자 반장이 덧붙였다.

"저자는 물론 털보 샘이겠군요."

선생님은 흠, 하며 턱에 힘을 한번 주었을 뿐, 더 이상 이야기가 옆으로 새는 것을 허락하지 않았다.

"깡이가 좋아하는 게 뭐냐?"

애들은 서로 얼굴만 쳐다볼 뿐 아무 말도 하지 못했다. 하림이도 샛별이도 한 동네에 살았지만 깡이가 뭘 좋아하는지 알 수 없었다.

"그럼 깡이가 제일 좋아하는 친구는 누구냐?"

이번에도 서로 얼굴을 바라보며 적중이 될 만한 인물을 찾았지만 그 누구도 정답이 아니었다. 애들은 서로 고개를 흔들었다.

"그럼 깡이는 여친이 있냐?"

애들이 이번에는 1초도 되지 않아서 고개를 살래살래 저었다. 털보 샘은 턱을 쓸며 난색을 표명했다.

"난제야, 난제."

그러자 샛별이 끼어들었다.

"차라리 제갈공명을 초대하죠. 우리 같은 둔재들이 모여서 해결할 문제는 아닌 것 같은데요."

그러자 선생님은 더욱 난감해져서 무거운 목소리로 대답했다.

"그분, 돌아가셨거든."

애들이 킥킥거렸다. 그러나 묘안은 없었다. 털보 샘은 고개를 떨어뜨리고 깡이를 찾을 방법을 강구했다.

"미끼가 없어도 고기가 물긴 무는데, 그래도 낚싯줄은 던져 봐야죠."

반장이 선생님을 안타깝게 쳐다보며 대답했다.

"그래, 일단 덫을 놓자. 피시방과 찜질방과 패스트 푸드점을 찾아

봐야겠다."

"맞아요. 깡이가 있을 데는 한 군데뿐이지라. 빨리 피시방을 뒤지 도록 해요. 그럼 우리 반 조를 나눠서 읍내에 있는 피시방을 돌까 요? 열 군데는 넘을 것 같던디."

반장이 금방이라도 나가야 할 것같이 자리에서 일어서며 대답했 다. 그러자 선생님은 두 손을 흔들며 말렸다.

"너희들은 백날 뒤져도 잡을 방법이 없어. 깡이를 발견하면 순순 히 따라오겠니? 그 애는 무조건 튈 거야. 그럴 때 너희들은 대책이 없어. 전화 연락을 해서 내가 달려갈 시간이 30초나 1분 안에 가능 해야 하는데 어렵다 어려워."

선생님은 팔짱을 낀 채 몇 분간의 침묵 속으로 들어갔다. 생각을 정리하는 시간이었다. 애들도 머릿속이 복잡했지만, 일단 선생님의 의견에 따르기로 했다.

"모든 문제를 한꺼번에 풀 수는 없는 법, 오늘은 한 가지만 풀기로 하겠다. 깡이를 유인할 수 있는 방법을 연구할 것, 이게 숙제야. 가 장 기발한 해답을 제시한 친구에게 신의 은총이 내릴 것이다."

"은총은 확실하게 눈에 보이는 것으로 내려 주시라고 하십시오."

뚱땡이 부반장이 가슴에 십자가를 그리며 대답했다. 애들이 교실 로 들어갔다. 하림과 샛별은 곧바로 교실로 들어가지 못하고 잔디 밭에 앉았다.

"어떻게 끌어들여야 한다고 생각해?"

샛별이 하림을 바라보다 곰곰이 생각에 잠겼다. 하림의 머릿속은 복잡하게 돌아가고 있었다. 깡이가 뭘 좋아하는지, 깡이를 도통 알 수가 없었다. 그러자 샛별이 손가락으로 딱 소리를 내며 대꾸했다.

"한 가지는 알아. 깡이가 자주 가는 곳을 찾아야 해. 피시방 말고 깡이가 잘 가는 곳을 한 군데는 알아."

"뭐라고? 어딘데?"

"터미널 옆에 있는 주니어 옷가게 말이야. 전에 우리 소풍갈 때 들른 곳?"

샛별이 기억을 더듬으며 손뼉을 쳤다.

"맞어, 그때 야영 준비 할 때도 거기 들렀잖어? 깡이가 주머니에 슬쩍 무얼 넣어 왔었지. 여자애들 핀이었던가, 리본이었던가? 그래서 우리 앞에서 으스대니까 우리들이 핀잔을 줬잖아. 결국 안 돌려주었제."

"너희들 거기서 뭘 해? 빨리 들어와, 수업 시작했어."

반장이 3층에서 불렀다. 하림과 샛별은 부리나케 교실로 올라갔다.

"뭐라고?"

빗방울이 하나 둘 떨어지기 시작하는 유리창을 닦다가 옷가게 주인은 샛별의 말에 놀라 손을 멈췄다.

"그럼 깡이가 어제나 오늘 이 가게에 다녀갔단 말이제라?"

주인아줌마는 허겁지겁 걸레를 구석으로 던져 놓고 금고를 열었다. 맨 바닥에 놓아 둔 수표 한 장을 꺼냈다.

"이를 어째? 너네 말대로라면 이게 도난 수표일 확률이 백 프로구나. 학교로 할머니들이 찾아왔단 말이지, 여기저기에서 돈을 잃어버렸다고?"

하림과 샛별은 그저 아줌마의 행동만 바라볼 뿐 더 이상 무슨 말을 하지 않았다. 아줌마의 황급한 행동에는 분명 무엇인가 미심쩍은 게 보였다. 전화번호를 누르던 아줌마가 역시 빠른 목소리로 물었다.

"수협이죠? 수표 조회 좀 부탁드릴게요."

수표를 쳐다보며 번호를 찾고 있는 아줌마의 손길이 떨리고 있었다. 하림은 무심코 수표에 쓰인 금액을 살펴보았다. 10만 원짜리였다. 아줌마의 손길이 떨릴 법했다.

"뭐라고요? 도난 수표라고요? 세상에, 거스름돈을 8만원 넘게 줬다고요."

아줌마는 빠르게 전화를 끊고 경찰에 전화를 했다. 하림과 샛별은 눈앞이 아득했다. 설마설마했던 사건이 점점 구체화되는 듯했다.

"깡이라고, 왜가리골 사는 애였어요. 오래 전부터 우리 가게에 다녔는데, 이번엔 친구하고 둘이 왔더라고요. 모자하고 티셔츠 하나를 골랐어요. 오래도록 고르고 있어서 의심은 좀 했지만, 아버지가 배에서 돌아와서 준 돈이라고, 어제 배가 들어왔다고 하는 데다 수협 수표여서 안심했죠."

아줌마는 머리를 감싸며 매우 힘겨운 표정으로 말했다.

"너희들이 어제만 왔어도 좋았을 걸. 미리 이야기를 해줬다면 내가 막을 수 있었을 텐데, 이게 뭐니? 하루 종일 장사해도 10만 원 이익 내기 힘든데, 일주일치 일한 게 다 날아가 버렸다."

하림은 정말 어이가 없었다. 옷가게에 들를 수도 있다고 상상은 했지만 곧바로 이런 일이 일어났을 거라곤 생각해 보지 못했기 때문이다.

"아무래도 당분간 깡이는 먼 곳으로 갔겠다. 여기에서까지 일을 저질렀으니, 가까운 곳에 있을 린 없겠는디."

하림은 창밖을 내다보며 벌써 깡이가 읍내를 벗어났다고 생각했다. 유인책은 이미 끝나 버린 작전이었다. 깡이가 아주 멀리서부터 이곳을 다시 찾아오게 할 대안이 떠오르지 않았다. 이윽고 경찰차가 도착했다. 하림과 샛별도 깡이에 대한 참고인으로 조사를 받게 되었다.

"이 수표, 이것, 동네 할머니 것이네요. 미역 공장에서 일한 임금이랍니다. 월급 받은 날 귀신같이 누가 텔레비전 아래 서랍에서 빼내 갔대요. 할머니가 울고불고 지난주에 신고해 놓은 건데. 아줌만 애들이 수표를 가지고 오면 경찰에 전화부터 해야죠."

경찰이 호통을 치자 아줌마는 얼굴이 벌겋게 달아올랐다.

"뭐가 씌었나 봐요. 전엔 거짓말하는 애들이 쉽게 눈에 보이더니…. 어제는 아무래도 그 애가 수상쩍었어요. 오래도록 물건을 고르고 있는 것도 그랬고, 함께 온 사내아이도 눈동자가 자꾸 흔들리는 것이 몹시 불안해 보였는데, 내가 수표를 뒤적뒤적하니까 아빠 배가 어제 들어왔다고 하더라고요. 그러면서 아빠 핸드폰 번호까지 주었어요. 전화를 했더니 통화 중이어서 그냥 거스름돈을 내주고 말았죠. 애들이 가고 나서 다시 아빠에게 전화를 했더니 역시 통화 중이었어요. 어딘가 번호가 있는데…."

아줌마가 전화번호를 찾기 위해 수첩을 뒤적거렸다. 경찰은 빨리

찾아보라고 채근했다. 그리고 그 수표 외에도 도난 수표가 두어 장
더 있다며, 여기저기 가게에 알려야겠다고 했다. 아줌마가 수첩에서
핸드폰 번호를 찾아냈다. 그리고 다시 전화번호를 눌렀다. 스피커폰
으로 상대방의 목소리가 울렸다.

"네, 천국 피시방입니다."

"뭐라고요? 피시방이라고요?"

"네에, 그런데요."

"오! 맙소사."

경찰이 전화기를 빼앗아 들고 황급히 물었다.

"저기, 혹시 깡이라고 머리가 길고 눈이 부리부리한 녀석 들어와
있나요? 아님 혹시 어제나 오늘 들른 적 있나요?"

"실례지만 어디시죠? 아이들이 하도 많아서 누가 누군지 그렇게
말해선 잘 알 수 없어요."

"그럼 사장님 핸드폰 번호는 아이들이 어떻게 아나요?"

"제가 가게를 비울 때 출입문에 붙여 놓으니까 아이들이 알 순
있죠."

경찰은 알았다며 수화기를 내려놓고, 피시방으로 가서 조사를 하
겠다고 했다. 아줌마가 넋 잃은 표정으로 경찰이 떠나간 자리에 서
있었다.

"이제 깡이를 어디에서 찾아야 할지 모르겠어요. 좀 일찍 이 가게
를 생각했어야 했는데 계속 뒷북만 치는구만요."

샛별이 작은 인형 하나를 사서 안고 아줌마를 위로했다. 아줌마
는 한숨을 길게 내 쉬며 말했다.

"장사를 하다 보면 별 일을 다 겪어. 이상한 사람도 정말 많이 오고. 애들을 상대로 하는 일이라 이건 좀 낫겠다 싶었는데, 이런 복병이 기다리고 있을 줄 몰랐구나. 너희들은 깡이랑 같은 반이니?"

"네."

하림이 볼 부은 소리로 대답했다. 차마 왜가리골에 같이 산다는 말까지는 못 했다.

"지금 동네가 뒤집혔어요. 다들 깡이에게 뭘 잊어버렸다고 하는디, 참말인지 뻥인지도 분간이 안 가요. 깡이 혼자서 그렇게 많은 돈을 훔쳐서 어디다 썼는지도 모르고요. 빨리 잡혀 부러야 진실이 밝혀질 거요."

샛별은 깡이 일과는 상관없이 여전히 옷가게의 물건이 탐나는지 눈독을 들였다. 인형 하나로는 구매 욕구를 채우기에 턱없이 부족하다는 듯 군침을 삼키며 화려한 액세서리에 눈을 팔았다.

"인터넷에서 사면 실제 물건하고 차이가 많이 난단 말이야. 물건이 너무 부풀려 올려졌어. 크기도 아주 작은데, 크게 올리면 착각하잖아."

"사이즈 다 적혀 있잖아. 실제 크기로 읽어야지, 화면에서만 읽으니까 그렇지."

"아줌마, 이건 얼마에요?"

아줌마는 귀찮다는 듯이 눈을 내리깔며 대답했다.

"정찰제야. 가격표 붙어 있잖아. 볼일 끝났으면 집으로 돌아가렴. 나도 머리가 너무 아파서 가게 문 닫아야겠어."

갑자기 빗방울이 굵어졌다. 하림과 샛별은 후다닥 인사를 하고 터미널로 들어갔다. 마침 왜가리골로 가는 버스가 기다리고 있었다. 대여섯 명의 학생들을 태우고 버스가 출발했다.

"오늘 하루가 정말 길다. 일도 많이 터지고."

어둠이 내리는 한길을 바라보며 샛별이 투덜거렸다. 하림은 깡이를 찾을 수 있는 다른 방법을 모색하느라 샛별의 말이 들리지 않았다. 깡이는 이제 멀리 떠나 버린 것만 같았다. 일이 자꾸 꼬이고 있었다. 버스는 시가지를 벗어나 이내 들판 가운데를 가로지르기 시작했다. 빗방울이 점점 굵어졌다. 봄비였다. 하림은 창문을 살짝 열고 손에다 빗물을 받았다. 손이 간지러웠다.

"취나물에는 단비인디, 깡이 때문에 비가 와도 좋은지 모르겠어."

하림은 할머니를 생각하면서 중얼거렸다. 비가 오면 딱돌이 아저씨네 공장이 부산해질 터였다. 하동 아줌마도 덩달아 바빠지고, 그러면 왜가리골이 갑자기 살아난 듯 신바람이 났다. 그러나 그것은 아주 짧은 봄날의 일이었다. 봄이 지나고 나면 또 지루한 시간들이 흘러갔다. 생취를 찾는 사람이 드물기 때문에 나물은 데쳐서 말려졌고, 공장은 숲 그늘 속에서 간간이 기계 돌리는 소리를 보내오곤 했다. 숲가에서 샛별은 또 배낭을 주섬주섬 열었다. 그리고 검은 티셔츠 하나를 꺼내 들었다.

"어제, 이 셔츠 때문에 새엄마랑 다퉜어."

"왜? 집으로 배달시킨 거여?"

"아니제, 구매점 아줌마에게 부탁했는디, 정보가 샜당께. 구매점 아줌마가 새엄마에게 물건을 건네주며, 내가 여기저기에다 인터넷 쇼핑 물건을 배달시킨다고 말했어. 그래서 앞으로 용돈을 주지 않겠대."

샛별은 이를 앙다물고 적대감을 드러냈다.

"우리 엄마 자리를 빼앗고 들어온 것만 생각해도 소름이 끼치는디, 나한테 잔소리까지 해대니 정말 견딜 수가 없다구. 넌 차라리 좋은 줄 알아. 그런 새엄마라면 차라리 없는 게 훨 낫제."

하림은 샛별의 이야기를 귀를 열고 들었다. 맨날 행복에 초친다고 생각했는데, 샛별이도 그 나름대로 힘들다고 생각하니 마음이 열렸다.

"너희 아빠가 해수탕이라도 하니께 너희 집은 먹고 사는 데는 지장이 없잖아, 용돈도 많이 주고. 그러니까 새엄마와 부딪치지만 않으면 너는 다른 애들보다 행복한 거제."

하림은 차라리 새엄마와 타협을 하라고 했다. 그러자 샛별은 티셔츠를 어깨에 두르며 대꾸했다.

"새엄마가 날 떼어 놓으려고 읍내로 진학하래. 내가 공부엔 취미가 없잖아. 그런데 읍내 인문계 진학해서 대학 가라고 성화여. 이번엔 할머니까지 오셔서 날보고 공부하라고 달달 볶는디 얼마나 짜증나던지."

하림은 가슴이 싸하니 내려앉았다. 자기가 샛별이라면 정말 열심히 공부해서 읍내 고등학교에 진학할 것 같았다. 하림은 민이 오빠가 대학 이야기만 꺼내면 기가 죽었다. 하림은 슬며시 민이 오빠 이야기를 꺼냈다.

"샛별아, 네 말이 맞았어. 민이 오빠가 현화랑 만나고 있는 걸 보았당께. 보통 사이는 아닌 것 같아서 따졌더니 나더러 예민하대."

샛별은 귀가 솔깃해서 맞장구를 쳤다.

"내 그럴 줄 알았제. 내가 경고했잖아 민이 오빠 옆에는 여학생이 너무 많다고. 니 이제 현화가 찾아와서 물러나라고 할 걸."

하림은 손톱을 깨물며 생각에 잠겼다.

"민이 오빠는 아니라고 하는데, 어찌나 자존심이 상하는지 그만 만나야겠다고 생각했어. 공부도 안 하면서 대학 가야 한다고 슬며시 날 무시할 때가 많아. 나도 너처럼 인문계 고등학교에 갈 수 있다면, 지금부터 밤낮으로 공부할 수 있을 것 같은디…."

"우엑! 니가 무슨 공부를?"

"왜? 나라고 공부 못 할 것 같애? 나도 맘먹으면 공부 잘할 수 있다고."

샛별이 낄낄거렸다. 하림은 샛별이가 약 올리면 올릴수록 왠지 오기가 났다. 가슴에서 무엇인가 치밀어 오르면서 샛별이가 하지 않는 것을 하고 싶다는 충동이 일었다.

"새엄마하고 떨어져 살려면 읍내로 진학을 해야 하는데, 공부는 하기 싫고 정말 죽을 맛이랑께."

샛별은 옷 위에다 티셔츠를 입기 시작했다. 쫄티여서 몸에 착 붙었다. 검은색 티셔츠가 샛별의 하얀 얼굴을 더욱 빛나게 했다.

"야, 너 옷 고르는 솜씨가 제법 늘었는디? 저번 원피스보다 백 배 낳구만."

"글쎄 말이다. 이것도 자주 하다 본께 늘더라. 내가 생각해도 이젠 옷 사는 덴 뭐가 생겼어. 옷 장사나 하면 딱인데, 아빠는 무슨 나더러 교사를 하란다."

샛별은 언제 넣어 왔는지 그물 모양의 스카프를 꺼내 목에 걸쳤다. 그리고 배낭에서 립글로스를 꺼내 입술에 발랐다. 샛별의 입술이 반짝반짝 빛났다.

"옷 장사보다는 디자이너나 코디네이터가 되는 것도 좋은 일이제. 그런 직업을 가질라면 그래도 대학을 다녀야 유리하지 않을까?"

왜가리 떼가 긴 포물선을 그리며 숲 위로 날아올랐다. 오락가락 빗줄기가 숲을 적셨다. 숲 그늘에 앉아서 하림과 샛별은 집으로 가는 것을 잊고 이야기 속으로 빠져 들어갔다.

"최소한 읍내로나 나가야겠는데, 공부는 하기 싫고 정말 미칠 지경이야. 맨날 엄마 모르게 이렇게 쇼핑 중독에만 빠져선 못 살겠다."

"니가 쇼핑 중독이라는 것은 알고는 있냐?"

"그럼 알지. 소크라테스가 말했잖아, 너 자신을 알라고."

"근데 왜 자꾸 옷을 사는디? 안 사면 그만이제."

"너라면 어떻게 할 건데? 난 하루하루 너무 지루하고 재미 없어. 너처럼 하는 일이 없다고. 그럼 뭔가 재미가 있어야 견디제. 내가 인터넷에서 옷 사는 것은 견디기 위한 방법일 뿐이여."

샛별은 자못 심각한 얼굴로 하림을 바라보았다. 하림은 어이가 없어서 샛별을 한 대 쥐어박았다.

"우리 반에서 너처럼 편한 애가 어딨다냐? 다들 용돈이 부족해서 난리인데, 너만 맨날 쇼핑만 하잖아. 용돈 많이 주는 부모가 있는 것도 행복한 줄 알아라."

"그건 느그들이 날 몰라서 그런 거고, 난 차라리 니처럼 엄마가 없었으면 좋겠다. 그럼 아빠랑 이야기도 하고 놀기도 할 건디."

"아빠가 안 놀아 주시냐?"

"아빠는 맨날 새엄마랑 이야기하고 놀러 가고 그러지 나랑 이야기 잘 안 한당께. 그란께 미안해서 자꾸 용돈을 많이 주잖아."

하림은 고개를 끄덕이며 샛별에게 공감을 표시해 주었다. 그러나 샛별의 처지가 부러웠다. 하림은 할머니를 돕기 위해 일요일이면 하루 종일 일해야 했다. 하림이네 수입은 고작 취나물을 팔아서 나오는 게 다였다. 쇼핑은 꿈도 못 꾸었다.

"용돈을 모아서 좋은 데 쓰는 방법도 있어."

하림이가 모기만 한 목소리로 대꾸하자 샛별은 여지없이 쏘아붙였다.

"난 너처럼 생각이 깊지 못하다니깐. 난 그저 내가 하고 싶은 대로 해야 직성이 풀려야. 그래야 덜 미칠 것 같당께."

하림은 픽 웃고 말았다. 샛별의 매력은 저렇게 쏘아붙이는 데 있었다. 반 아이들 중에 아픔이 없는 아이들은 거의 없었다. 다들 가정 이야기는 입 밖에 내지도 않았다. 그래도 다 알 수 있었다. 초등학교 때부터 하나 둘 도시에서 전학 온 아이들이었다. 아이들에게 부모의 문제는 금기에 해당되기도 했다. 어느 날 갑자기 지상에서 사라져 버린 부모들. 하림은 목젖까지 올라오는 말을 삼켰다.

'난 엄마 아빠 얼굴도 몰라.'

"휴, 엄마가 너무 보고 싶어. 우리 엄마는 어디서 어떻게 살아가고 있는지조차 몰라. 아빠가 연락하면 죽인다고 했대. 난 빨리 집을 떠나서 우리 엄마부터 찾을 거야. 새엄마만 보면 엄마가 생각나서 견딜 수가 없다니까. 그래서 무엇인가 복수하고 싶어지는 거야.

그러니까 마구마구 돈을 타내서 쇼핑을 하는 거라고."

하림은 고개를 끄덕였다. 이해가 안 될 때도 많지만, 친구가 되어주기 위해선 이해를 해야 했다. 서로 처지가 다르다고 자기 입장만 내세우면 그나마 한 명 있는 친구마저 잃게 될 것 같았다.

"우린 다 무엇엔가 미쳤나 보다. 어젠 목사님이 딱돌이 아저씨에게 하소연을 했대, 송충이 때문에 못 살겠다고, 공부방 도우미로 교회에서 살기로 했는데, 시간만 나면 게임에 빠져 있대. 딱돌이 아저씨는 자기가 게임을 많이 하니까 송충이를 대변해 주다가 목사님과 사이가 나빠졌다고 했어."

하림은 할머니에게 들은 이야기를 전해 주었다. 할머니가 목사님과 딱돌이 아저씨, 그리고 깡빠가 왠지 큰소리 내며 하루 종일 공장에서 얼굴을 붉혔다고 했다.

"그래도 우리들 중에 충호가 제일 모범생이지 않냐? 우리들에 비하면 암 것도 아닌디, 어른들은 왜 그 꼴도 못 봐줄까? 충호가 게임 좀 하는 게 뭐가 그리 나쁘다고 말이여."

샛별은 따발총처럼 목사님을 비난했다. 하림도 그 말에 덧붙였다.

"우리들한테 완전하길 바라는 건 무리제. 이제 자라나는 청소년일 뿐인데 왜 그리 눈이 높은지. 어른들은 크면서 우리처럼 자라지 않아서 그럴 거여. 목사님은 모범생으로 잘 자랐겠제마는, 우리는 뭐 그렇게 되냐? 그래도 딱돌이 아저씨가 우리하고 맞을 때가 많제. 아저씨는 우리보고 함부로 충고는 하지 않은께."

"맞아, 우리 딱돌이 아저씨네 놀러 가서 게임이나 한 판 하고 갈까?"

숲이 와자했다. 왜가리들이 꽥꽥거리며 허공으로 치솟았다. 백로들이 날카로운 부리로 왜가리를 쪼아 댔다. 숲은 초록 비단으로 덮인 듯 신록이 하늘거렸다. 그 숲 위로 치솟는 왜가리의 울음소리는 처절했다.

"백로 떼가 온 모양이다. 요 며칠 저놈들 싸우는 소리 때문에 귀가 따가워 죽겠다."

딱돌이 아저씨가 슬리퍼를 끌고 마당으로 나오며 숲을 건너다보았다.

"이때만 되면 왜가리들 불쌍해 죽겠어야. 애써 둥지를 틀어 놓으면 백로들이 나타나서 다 빼앗아 분다. 저놈들은 얌체족들이여. 왜 새로 둥지 만들 생각을 안 하는지. 백로만 추려서 따로 가둬 버릴까?"

"순전히 도둑놈 심보지. 아저씨, 우리 백로들 쫓아내 버립시다. 이장 할아버지에게 말해서 왜가리만 남기면 어떨까요?"

샛별이가 열이 받쳐서 백로 떼에게 욕을 해댔다. 왜가리들 숫자가 훨씬 많았지만 번번이 백로 떼에게 둥지를 내주고 새로 짓기 일쑤였다.

"상쇠 할배가 난리칠 거다. 왜가리나 백로나 우리 마을 수호신이라고 생각하고 계신디, 쫓아낸다고 해봐. 부정 탄다고 혼낼 걸."

한 떼의 왜가리가 또 퍼덕이며 날아올랐다. 백로에게 공격을 당했는지 울음소리가 처절했다.

"저걸 뭐라고 하겠냐? 사람이나 동물이나 다 마찬가지지 뭐. 강한 놈들이 약한 놈 밟고 일어서제. 그래서 강해야 써. 남 밟고 살라곤 안 한다만, 밟히진 말아야제."

아저씨는 왠지 시무룩해져서 샛별에게 말했다.

쏘아붙였다.

"그래도 쟈들이 살쾡이가 나타나면 똘똘 뭉쳐서 서로를 보호하제. 니들도 봤지야. 왜가리와 백로가 하도 소리 지르면서 덤비니까, 살쾡이들이 왜가리 새끼를 한 마리 물고 가다가도 기세에 눌려서 다시 도망을 치고 만 거 말이야."

하림은 묵묵히 팔짱을 끼고 아저씨 말을 듣고 있다가 슬며시 한 마디 했다.

"그랑께 백로나 왜가리들이 우리들하고 똑같소. 서로 으르렁거려도 깡이를 빨리 찾아내야 동네가 편하제라."

그러자 샛별이 투덜거렸다.

"그 대목에서 깡이가 왜 또 나오냐? 깡이는 우리가 궁지에 몰려도 안 도와줄 건디."

아저씨가 담배를 꺼내며 코를 실룩거렸다.

"깡이 말고 깡빠 말이다. 배 들어오면 잡어들 동네 어른들에게 다 나눠 주고, 성질이 고약해서 그렇지, 깡빠가 잘할 때도 많제. 나한테는 둘도 없는 친구인디 미안하긴 허다. 너희들도 나 좀 도와주라. 깡이를 찾아 부러야 맘이 편하겠다. 공장에서 일하고 있긴 해도 영 맘이 안 편하더라. 낼은 깡이 찾으러 다시 읍내에 나가야 겠다."

아저씨가 긴 담배연기를 허공으로 날렸다. 하림과 샛별은 아저씨에게 컴퓨터 게임을 하겠다는 말을 차마 못 꺼내고 슬며시 발길을 돌렸다.

"그래, 우리들이 왜가리와 백로 떼들이다. 싸우긴 해도 한 동네에 깃들어 살아야 한께, 도울 때는 도와야제. 그나저나 깡이는 어디에 있을까?"

샛별이 골목길로 들어서며 조잘댔다. 중학생이라곤 하림과 충호, 샛별과 깡이밖에 없는 동네여서 그런지 한 사람이 없으니까 텅 빈 것 같았다.

"아저씨, 그람 우리 충호도 한번 불러서 오랜만에 게임이나 돌아가면서 한판해요. 일테면 우리끼리 단합 대회라도 하자고."

샛별이 아저씨에게 제안하자, 아저씨는 목사님께 전화를 했다. 충호가 슬리퍼를 신고 총알같이 골목길을 뛰어내려왔다.

"저놈의 백로 떼 싸우는 소리가 목사관까지 들려. 애들이 오늘은 공부를 안 하고 숲만 쳐다보고 있다."

충호는 초딩들 이야기를 전해 주며 오랜만에 공장으로 내려와서 싱글벙글했다.

"야아, 그런디 말이다. 깡이는 어떻게 찾냐? 충호 너 머리 좋은께 좀 생각해 봐라이?"

딱돌이 아저씨는 컴퓨터를 파고드는 충호에게 얼른 마우스를 넘기며 자리를 비켜 주었다.

"아저씨, 근께 말이요. 그게 컴퓨터로 찾아야 쓰요. 참말로 우리 샘은 아무것도 몰라. 처음부터 제대로 접근을 해야제, 다 잡은 고기를 놓치면 어쩐다요. 깡이가 네이트에 동동 떠 있을 때 살짝 낚아야제. 이젠 네이트는 들어오지도 않소. 내가 날마다 깡이가 들어오는 것 보려고 공부방에서 아예 네이트를 띄워 놓고 보고 있는디,

이젠 안 온당께. 쪽지도 몇 개나 보내 놨어."

충호는 그동안 자기가 한 일을 보고하느라 바빴다. 아저씨가 턱을 괴고 듣고 있다가 애들을 둘러보며 눈을 빛냈다.

"그랑께 우리가 이렇게 하자. 털보 샘이랑 우리랑 다 같이 작전을 짜는 거다. 깡빠부터 찾아서 머리를 맞대고 좋은 생각을 모아 찾아댕겨야제, 서로 혼자서 노력했다가는 아무 소득도 읎어야."

애들도 고개를 끄덕였다. 네 사람은 머리를 맞대고 깡이를 찾을수 있는 방법을 이야기했다. 창고 앞에서 하롱은 애들 이야기에 끼지도 못하고 고개를 갸우뚱갸우뚱하며 이상한 미소를 지었다.

도미노

깡이 아빠는 바다에 그물을 풀었다. 봄 바다는 바람 한 점 없이 개어 있었다. 달빛도 쏟아졌다. 하늘에서 무수한 빛 화살들이 물결 위로 꽂혔다. 바다는 대낮처럼 밝은 달빛을 반사시키고 있었다. 깡 빠는 가슴속에 맺힌 시름을 한 줌 한 줌 내려놓듯 바다에 그물을 던졌다. 반사된 달빛 때문에 그물은 쉽게 보이지 않았다. 다만 오랫동안 해온 습관으로 그물을 물 속 깊이 내리고 긴 한숨을 토해 냈다. 기분 전환하라고 딱돌이가 넣어 준 술병은 쳐다보기도 싫었다. 술도 기분이 좋을 때 마시지, 기분이 아주 꽝일 때는 병도 쳐다보기 싫었다. 생각만 해도 가슴이 아렸다. 어린 깡이를 혼자 집에 놓아두고 바다로 고기를 잡으러 다닌 지 벌써 오륙 년이 넘었다. 겉으론 그저 아무렇지도 않아서 잘 자라고 있는 줄만 알았다. 중학생이 된 후 자꾸 눈길을 피하자, 사춘기라 반항한다고만 생각했을 뿐이다. 그런데 이게 무슨 날벼락이란 말인가? 기름 값이 없어졌을 때만 해도 장난이려니 했다. 한순간 충동으로 한 짓이려니 했다. 그랬건만 담임의 전화를 받고 함께 간 경찰서에서 깡이의 소행으로 보이는 절도 사건이 한두 건이 아니라고 들었다. 다리가 후들거리고 머리가 어지러워 그 자리에 쓰러질 것 같았다. 딱돌이와 한판 되게 붙었을 때만 해도 깡이에 대한 믿음이 있었다. 그런데 이젠 깊은 늪에 빠진 것처럼 아무런 희망이 보이지 않았다. 어디서부터 잘못되었는지조차 찾을 수가 없었다. 왜 그렇게 딱돌이가 깡이 문제만큼은 냉정하게 충고했는지 알 것도 같았다. 그는 자꾸 물속으로 가라앉는 느낌이 들었다. 잠시만 정신을 놓으면 물속으로 소리 없이 빠져 들어갈 것만 같았다. 멀리서 고기잡이 불빛이 반짝였다. 깡이 아빠는 그 불빛이 마치 신기루처럼 느껴졌다. 그곳에 가면 따뜻하고 행복한 사람들이 모여 있을 것만 같았다. 아내의 얼굴도 보이는 것 같았다.

6년 전이었다. 보릿단 태우는 연기가 매캐하니 온 마을을 감싸는 6월이었다. 그는 숭어를 한 무더기 잡아서 포구에 배를 댔다. 보리농사를 짓는 노인들의 발걸음이 느리게 이어졌다. 마을은 평온했다. 아내를 데리고 어판장으로 가려고 한달음에 골목을 뛰어올라 집으로 들어갔을 때, 전에 없이 집안은 정갈했다. 먼지 하나 없이 깨끗하게 쓸어 놓은 마당과 윤이 반질반질 나는 마루. 그런데 댓돌 위에 아내의 신발이 없었다. 섬뜩한 예감으로 이 방 저 방 문을 열어 보았다. 아내는 없었다. 깡이만 눈물범벅이 되어 잠들어 있었다.

아내가 떠나고 나서야 그는 아내의 곤혹스런 표정을 기억해 냈다. 배에서 돌아온 그를 맞이하면서도 아내는 기뻐하지 않았다. 몇 번인가 시골에선 아무 일도 할 수 없다며 자신의 처지를 한탄한 적이 있었지만, 그는 굳이 깊게 새겨듣지 않았다. 저축은 할 수 없었지만 당장 굶어죽지 않을 만한 벌이를 가져다주므로 자기 몫을 다한다고 생각했다. 아내의 투정은 도시에서 살다가 갑자기 바뀐 시골 생활에 적응을 못 해서 나온 푸념일 뿐이라고 여겼다. 남들은 다 뼈 빠지게 일하는데 집안일만 하는 것이 얼마나 호강인 줄 몰라서 하는 소리라고 여겼다. 아내가 불편할 땐 그저 술추렴만 했다. 그러자 아내는 말이 없어져 갔다. 시간이 갈수록 안타깝기만 했다. 그때 아내는 혼자서 고민하고 있었는데, 모른 척해 버린 자신의 잘못이 돌이킬 수 없는 후회를 불러왔다. 그러나 그것을 인정하기가 싫었다. 그래서 그는 숱한 날 술병을 친구 삼아 아내를 원망했다. 자식새끼 버리고 떠난 못된 에미라고 욕을 실컷 해버리고 나면 기분이 풀렸다. 밤늦게 집으로 돌아와 잠든 깡이를 껴안고 혼자라도 잘 기르면 된다고 스스로를 위로했다.

불빛을 보고 고기들이 몰려드는지 환한 기운이 느껴진다. 예전처럼 한다면 풍어기였다. 수온이 오르고 멀리 내려갔던 고기들이 슬슬 올라오기 시작하는 철이다. 그러나 기름 값 파동으로 출어하는 사람은 많지 않았다. 아주 먼 거리에서 불빛이 하나 둘 반짝였다. 찌가 흔들린다. 꽤 많은 고기가 그물에 갇힌 것 같았다. 깡빠는 그물을 걷어 올렸다. 일하는 순간은 모든 것을 잊을 수 있어서 좋았다. 힘껏 도르래를 돌렸다. 묵직한 기운이 좋았다. 그는 신들린 듯 그물을 걷어 올렸다. 제법 큰 물고기들이 튀어올랐다. 수조에다 팔딱이는 물고기들을 던져 넣었다. 낙지와 주꾸미도 실하게 올라왔다. 욕조만 한 수조는 금방 차올랐다. 그는 나머지 물고기를 바닥에 던졌다. 그물에서 고기들을 다 떼어낸 후 돈이 될 만한 횟감들을 골라 수조에 넣고 잔챙이들은 그물망에 가려 넣는 작업을 하기 시작했다.

그가 고기잡이를 쉽게 그만두지 못한 것은 바로 이런 맛 때문인지도 몰랐다. 딱돌이의 취밭은 일년 내내 가꿔야 했다. 거름도 주고 김도 매주고, 싹이 자라 오르면 베어 내야 했다. 또 겨울에는 수확이 없었다. 값도 새봄 생취가 팔릴 때 반짝 좋을 뿐, 나머지 날은 제상에나 오를 재료였기에 가격이 썩 좋지 않았다. 딱돌이 네 공장이 유지되는 것은 그나마 마을 전체가 취나물을 재배하므로 물량이 많기 때문이었다. 그런데 바다는 그렇지 않았다. 아주 추운 날씨를 제외하곤 사철 조업이 가능했다. 기르지 않아도, 돌보지 않아도 장소만 잘 정하면 만선의 기쁨을 누릴 수 있는 것이다. 자기처럼 게으르고 준비성 없는 사람에게 딱 맞는 직업이란 생각도 들었다.

그러나 깡이 아빠는 후회하고 있었다. 자잘한 기쁨 때문에 놓쳐버린 게 너무 많았다. 벌써 어부가 된 지 10여 년이 흘렀지만, 그에겐 남은 돈이 없었다. 바다에서 건져 올린 돈은 쉽게 빠져나가 버렸다. 술타령에다 허겁지겁 빈 냉장고를 채우고 세금을 내고 나면 또 빈 주머니였다. 아내가 견딜 수 없어한 것도 그 때문이었을지 모른다. 구멍 뚫린 항아리처럼 늘 돈은 새나갔다. 한 마디로 미래가 없는 생활이었다. 한 잔 마시고 나면 현실의 고단함이 쉽게 사라지곤 했다. 우선 두둑한 주머니를 안고 집으로 돌아가 그동안 깡이에게 해주지 못했던 것을 용돈으로 보상해 주었다. 깡이가 그 돈을 어떻게 쓸 것인가는 생각도 하지 않았다. 아빠가 배에 나가면 군것질과 피시방에다 용돈을 다 쓸 것을 예상하지 못하고 주는 기쁨만 누렸다. 대들보가 썩어 가는 줄도 모르고 깡이의 겉모습만 바라보고 즐거워했던 자신이 죽이고 싶도록 미웠다.

그는 잡어들을 바구니에 담아 놓고 새벽이 오는 바다를 바라보았다. 서쪽 하늘엔 아직도 둥근 달이 떠 있었다. 바다는 더욱더 부옇게 달빛을 담고 흘렀다. 그는 딱돌이가 곤히 잠든 시간인 줄은 알지만 핸드폰을 열었다. 긴 신호음이 흘렀다. 전화를 받지 않았다. 그래도 그는 참을 수가 없었다. 미우나 고우나 친구라곤 딱돌이밖에 없었다. 그는 폴더를 닫을 수가 없었다. 전화를 받지 않으면 당장이라도 배를 몰고 가서 딱돌이를 만나고 싶을 만큼 다급했다. 자다가 지쳤는지 마침내 딱돌이가 전화를 받았다. 쉰 목소리로 간신히 입을 여는 모양이었다.

"왜애?"

"미안하다, 꼭두새벽에. 니한테 물어볼 말이 있어서. 그래도 나한테는 너밖에 없제, 안 그라냐, 친구야."

"문둥아, 니 맘은 알겠다마는 나도 어제 취 작업하느라 피곤해서 죽겠는디, 배 들어와서 이야그하제 왜 전화로 새벽잠을 깨우고 그라냐? 참말로 친구 하나 있는 것이 내 인생에는 보탬이 안 된당께."

"그려, 그려. 내가 니한테는 보탬이 안 되는 친구제. 맞다 맞어. 그래도 부탁인께 들어 주라잉. 죽은 사람 소원도 들어 주는디, 산 사람 소원 안 들어 주면 죄 받는다는 거 알제?"

"깡이 때문에 그라제? 빙빙 돌리지 말고 빨리 물어봐, 한숨이라도 더 자고 싶다."

깡빼는 긴 한숨을 내쉬었다. 손에서 진땀이 났다. 차마 대적하기 싫은 적을 피하기만 하다가 어쩔 수 없이 막다른 골목에 와 있는 기분이었다.

"니가 만날 나한테 충고를 해줬는디 내가 못 들은 체하고 넘어가 부렀제. 우리 깡이가 진즉부터 동네에서 도둑질을 했다냐? 솔직하게 말해 주라."

전화기 너머에서 침묵이 흘렀다. 딱돌이는 하품이라도 하는지 쉽게 대답을 하지 않았다. 깡빠는 다시 한번 채근했다.

"빨리 말하란 말이다. 니가 만날 빙빙 돌려서 난 그냥 날 찍는 소리로만 알았다."

그러자 마지못해 끙 하는 신음소리를 내며 딱돌이가 입을 열었다.

"만날 깡이 좀 잘 살펴보라고, 등잔 밑이 어둡다고 내가 충고했제? 똥 묵은 놈이 재 묵은 놈 나무란다고, 넌 하림이가 남자애들 사귄다고 오만 구박을 다하고, 샛별이가 돈 많이 쓴다고 깡이하고 놀지도 못하게 했제. 그 애들이 널 비웃겄다. 나는 자식도 웂다마는 애기들은 다 실수하면서 크제. 느그 깡이도 마찬가지당께. 깡이가 도둑질을 시작한 것은 초등학교 때부터였다. 이웃집 할매 돈 슬쩍했어. 그때 니한테 말항께 니가 그 할매 집에 가서 난리쳐 부렀제, 애먼 애기를 도둑으로 몬다고. 그 할매가 너한테 질려서 금방 말을 바꾸었제, 어디다 둔지 모르고 그랬다고. 기억하제?"

깡빠는 가슴을 한 대 여지없이 맞은 것처럼 짜릿한 통증이 일었다.

"그 일이 사실이었냐? 난 믿을 수가 없었어. 어떻게 그렇게 어린 깡이가 남의 돈을 훔칠 수 있겄냐? 배 들어올 때마다 내가 깡이에게 얼마나 많은 용돈을 줬는디. 깡이는 내가 준 돈 쓰고도 남았당께.

괜히 그 할매가 자기가 돈을 어디에다 둔지 모르고 그랬단 말이여."

"봐라, 너 또 이렇게 나오제. 니가 이렇게 나온게 진실을 모른 것이여. 깡이는 그때부터 니 눈을 속이고 도둑질을 한 거제. 너만 모르고 다 아는 사실이란 말이다. 너만 두 귀를 꽁꽁 닫고, 내가 이야기를 해주면 너는 자식이 없어서 애비 맘을 모른다고 생떼를 썼제. 니 친구하기도 얼마나 땀나는 줄 아냐? 제발 내 말 잘 들어라. 새벽부터 잠 깨워 놓고 아직도 억지만 쓰고 있냐?"

딱돌이가 악을 써댔다. 깡빠는 고개를 푹 꺾고 기어들어가는 목소리로 물었다.

"그래, 니 말이 맞다. 그렁께 진실만 간추려서 해봐라."

딱돌이는 다시 침묵해 버렸다. 깡이 아빠는 더 이상 조르지 않고 기다렸다. 전화를 끊어 버린다고 해도 어쩔 수 없는 노릇이었다. 다행히 한참이나 시간이 흐른 후 무슨 결단이라도 한 듯 결연한 목소리로 딱돌이가 말했다.

"묵혀 두었던 일이 터진 거제. 경찰에 접수된 것 중에서 몇 건은 깡이가 하지 않은 것도 있을 것이다. 그래도 대부분은 깡이가 한 짓이여. 너만 모르고 있었어. 근동에선 다 알고 있당께. 휴일만 되면 깡이가 혼자 사는 노인들 집을 털었을지도 몰라. 넌 일요일 날 깡이가 뭘 하면서 지내는지 모르제? 이장들이 벼르고 있었는디, 마침 깡이가 가출을 했다고 한께 여기저기서 소문이 눈덩이처럼 불어난 것이여. 노인들이라고 힘이 없는 것은 아니야. 노인들은 아이들을 쫓아 댕길 힘은 없어도 오랫동안 살아온 지혜가 있는 법이다. 어떻게든 꾀를 내서 깡이를 잡을 방법만 궁리해 왔을 거여."

딱돌이의 말은 마치 9시 뉴스에서 나오는 대형사고 소식 같았다. 깡빠는 점점 힘이 빠져 갔다. 자기가 먼저 이야기를 해달라고 부탁을 해놓고도 쉴새없이 이어져 나오는 깡이의 범행에 슬며시 핸드폰을 귀에서 떼어 냈다. 그리고 딱돌이가 전화를 끊기까지 아주 고요하게 기다렸다. 그리고 두 주먹을 세게 쥐었다. 또다시 자신이 받아들여야 할 아픈 문제가 다가오고 있었다. 깡빠는 이를 바드득 갈며 악물었다. 아내는 잃었지만 아들마저 잃을 수는 없었다.

"샘, 새애애애앰! 난리 났어요, 난리 났당께요."
털보 샘이 출근하자 샛별이 교무실 출입구에서 기다리고 있었다. 샛별은 선생님의 점퍼를 잡아끌고 상담실로 들어갔다. 털보 샘은 가슴이 두근두근, 또 무슨 일이 일어났을까, 얼굴부터 발갛게 상기되었다. 샛별도 숨이 가쁜지 헉헉거리며 말을 잇지 못하고 낑낑댔다. 털보 샘은 심호흡을 하고 침착하게 물었다.
"천천히 말 좀 해봐. 무슨 일인데 이렇게 겁을 주니?"
샛별은 호흡 조절이 안 되어서 금방이라도 기침이 쏟아질 듯 말했다.
"깡이 같은 놈이 한둘이 아니라고요. 어제 동네가 난리 나 부렀소. 주말에 홀몸노인 돕기 봉사활동 나갔잖아요. 그때 우리 반 머시매들이 할매들 물건을 엄청 많이 만져 부러서 동네 이장들이 오늘 학교로 쳐들어 온다요. 참말로 이젠 또 조회를 할 참이여. 근게 깡이가 도둑질을 했을 때 선생님이 야단을 쳤어야 했는디, 애들하고 007 작전처럼 깡이를 낚아챌 방법만 연구를 한께 아그들이 간뎅이가 불어서 지금 막 오바를 하고 있단 말이요."

"뭐라고? 누가? 뭘 훔쳤는데? 설마 돈을?"

샘은 어이가 없어서 샛별을 빤히 쳐다보았다. 도대체 무엇을 가져 갔는지 머릿속에 메뉴가 쫙 떴다. 할머니 집에서 훔칠 수 있는 것? 반지나 시계, 돈, 핸드폰. 그런데 갑자기 복도가 쾅쾅거리며 누군가 뛰어오는 소리가 들렸다. 샛별이와 선생님은 출입문을 바라보았다. 하림이었다.

"제가 피해 물품을 조사해 왔어요. 아니, 피해 물품이 아니라 애 들이 훔친 물품인께 정확히 맞아 떨어지지 않을 것인디. 근께로 그 게 홍삼캔디 한 봉지, 전자 팔찌, 안마기가 애들 가방에서 나왔단 말이요."

털보 샘은 너무 놀라서 하림을 쳐다보았다.

"네가 아이들 가방을 뒤졌단 말이니?"

"그람요, 어지께 지구대가 우리 마을에 와서 애들이 할매 집을 털 었다고 조사를 했단께요. 그래서 우리가 학교에 가기만 하면 애들 을 잡아 족치겠다고 했어요."

하림은 마치 형사라도 되는 양 당당하게 말했다.

"함부로 남의 가방을 왜 뒤져? 너희들은 인권도 모르냐? 경찰도 구속영장 발부하고 남의 집에 들어가서 뒤지는 건데, 니네는 샘 허 락도 없이 친구들 소지품을 뒤지다니 말도 안 돼."

그러자 샛별이 답답하다는 듯 가슴을 치며 소리 질렀다.

"그랑께 애들이 샘 간을 본단 말이요. 샘은 아주 무서울 것 같음 시롱 꼭 바보 같당께. 이렇게 하지 않으면 누가 지 발로 도둑질했다고 걸어온다요. 빨리 애들을 지구대로 보내요. 글 안 하든 전에처럼 경찰들이 학교로 쳐들어오고, 우리는 또 강당에 모여서 훈계를 듣게 생겼는디?"

털보 샘은 재빨리 상황 판단을 했다. 날쌔게 교실로 뛰어 올라서 물증을 잡힌 아이들 넷을 데리고 지구대로 향했다.

"정말로 뛰는 놈 위에 나는 놈 있다고, 시골에 오면 좀 한가하게 명상이나 하고 살 줄 알았더니, 날마다 사고 안 치는 날이 없네. 가자! 가면서 이야기하자."

"샘, 우리는 잘못 없어라. 돈을 돌른 것도 아닌디 왜 그래싸요? 깡이는 할매들 돈을 엄청나게 돌라 부렀는디, 우리는 물건밖에 안 만졌당께요."

애들은 빤히 샘을 쳐다보며 항의했다. 털보 샘은 건조한 목소리로 말했다.

"현금으로 가치가 별로 안 되는 물건은 남의 물건이라도 함부로 가져오면 되니? 너희들 집에 물건이 없어지면 기분이 어떻겠어?"

그러자 한 아이가 불쑥 한 마디를 던졌다.

"훔치려고 한 게 아니고, 걍 장난치려고 그랬는디?"

"장난이라니?"

"우리가 홀몸노인 돕기 봉사활동 나갈 때마다 우리 모둠 할매는 잔소리가 너무 심하당께요. 만날 우리보고 맛있는 거 안 가져왔다고 뭐라고 하고, 청소하지 말라고 하고, 어떨 때는 마당의 나무를 베라고 하고, 벤다고 하면 악을 쓰고 그랑께 우리가 할매 놀려 줄라고 안마기를 걍 가지고 온 거랑께요."

눈 하나 깜짝 안 하고 변명을 해대는 남학생을 쥐어박지도 못한 채 이번에는 룸 밀러로 다른 애들을 바라보았다. 모두 얼굴에 장난기가 가득 했다.

"우리 할매도 그랬어. 우리보고 마당을 청소하라고 해놓고서, 잘못했다고 어찌나 악을 쓰던지. 우리가 화풀이하려고 할매 팔찌와 홍삼캔디를 가져와 부렀는디, 그 할매가 어떻게 경찰에 신고를 했을까이?"

털보 샘은 한숨이 저절로 새어나왔다. 진지한 맛은 하나도 없이 아이들은 지구대에 실려 가는 것도 친구들과 같이 가니 신나는 모양이다. 거들먹거들먹 반성하는 기미가 하나도 없다.

"큰일이야. 너희들은 도덕 불감증이야. 남의 물건을 가지고 와서도 그게 피해를 주는 것인지조차 느끼지 못하고 있어. 니들 때문에 그 할머니들은 하룻밤 내내 화가 나고 기분이 나빴을 텐데, 정작 물건을 훔친 너희들은 잘못했다는 생각조차 없구나. 이를 어쩌니?"

그러나 정작 지구대로 들어가서 경찰차가 보이자 아이들은 꿀 먹은 벙어리가 되었다. 털보 샘은 일부러 굳은 목소리로 말했다.

"들어가자. 너희들은 남의 물건을 훔쳤으니까 아마 벌을 받게 될 거야."

애들은 두리번거리며 털보 샘을 따라서 지구대 안으로 들어갔다. 컴퓨터 앞에서 자판을 열심히 두들기고 있던 젊은 경찰이 애들을 보고 일어섰다.

"안녕하세요, 학교에서 왔는데요?"

샘이 인사를 하자 애들은 엉거주춤 얼굴을 숙인 듯 만 듯 애매한 자세로 서성였다.

"아, 홀몸노인 봉사활동 가서 물건 훔친 애들이요?"

샘은 몹시 민망한 표정으로 경찰에게 말했다.

"죄송합니다. 깡이가 대형 사고를 치고 나가더니, 애들이 잠시 한 눈판 사이에 도덕성이 해이해졌나 봐요. 홀몸노인들을 도우러 갔다가 오히려 물건을 훔치다니, 뭐라고 드릴 말씀이 없네요. 담임으로서 제가 교육을 못 해서 일어난 일입니다. 일단 이곳에서 벌을 받고, 교육은 학교로 돌아오면 시키겠습니다."

경찰은 애들을 빤히 쳐다보았다. 그리고 털보 샘을 다시 쳐다보더니 빠른 목소리로 외쳤다.

"너희들 말이야, 친구가 한 일을 모방하다니, 범죄가 얼마나 무서운 일인지 지금부터 보여 주마. 모두 저 유치장으로 들어가라."

애들은 털보 샘과 경찰을 번갈아 보았다. 털보 샘은 일부러 애들 쪽을 바라보지 않았다. 애들이 할 수 없다는 표정으로 뭉그적거리며 경찰이 열어 준 문으로 들어갔다.

"선생님! 교육을 시키는 것과 범죄를 다스리는 것은 달라요. 저 애들은 지금 범법자입니다. 용서를 빌기 전에 벌부터 받아야 해요."

경찰이 표정 없이 선생님에게 말했다. 애들은 음산하고 탁한 공기가 도는 유치장에 들어가자 금세 기가 죽었다. 털보 샘은 경찰에게 인사를 하고 학교로 돌아왔다. 그러자 새로운 적들이 기다리고 있었다. 일대의 할아버지, 할머니들이 경운기를 타고 운동장으로 들어오고 있었다. 교장샘이 울그락푸르락한 얼굴로 혈압약을 한 움큼 입으로 가져갔다. 물이 다 넘어가기도 전에 소리를 치느라 사레가 걸려서 심하게 기침을 해댔다.

"아니, 학생부장! 이게 뭐요? 다년간 학생부장 경험이 많아서 면도칼이라고 하더니, 애들 교육을 어떻게 시키고 있는 거요? 저 할매, 할배들이 왜 학교를 두 번이나 쫓아오게 만드냔 말이요?"

"면도칼이 아니라 면도날인데요?"

털보 샘은 시큰둥하게 대꾸했다.

"면도날이나 면도칼이나 그게 그거지, 지금 내 말에 시비하는 거요?"

교장 샘은 다시 물을 들이마시며 본격적으로 기침을 해대기 시작했다.

"제가 책임지겠습니다. 노인들이 잃어버린 물건을 찾아드리고 애들은 혼을 내겠습니다."

"그걸 나보고 어떻게 믿으란 말이요? 가출한 애도 벌써 한 달이나 지났는데 찾지도 못하고, 능력이 있는 거요? 그렇게 하려면 담임이랑 학생부장 자리 둘 다 내놓으세요."

털보 샘은 입가에 미소를 띠며 침착하게 대답했다.

"교장 선생님! 오랜만에 제가 맘에 드는 말씀을 해주시네요. 제가 진즉부터 돌려주고 싶은 것이 그것 두 가지였는데, 제 소원이 풀리겠네요. 제발 좀 가져가세요. 저도 사람답게 한쪽에서 교재 연구나 좀 하고 싶네요."

그러자 교장 샘은 갑자기 기침을 지나 사레까지 겹쳐서 얼굴이 발개졌다. 그리고는 교무실 여기저기를 뛰어다녔다. 다른 선생님들이 모두 교장 샘을 보고 놀라서 등을 두들겨 주고 물을 다시 따라

주며 수선을 피웠다. 교장 샘이 다 기어들어가는 목소리로 말했다.

"그럼 내가 교장 권한으로 그 직을 다시 가져오지요. 그런데 아무도 맡지 않는다고 하면 어쩔 수 없소. 한번 맡은 사람이 그대로 가지고 가야지, 뭐 어쩌겠소."

털보 샘은 냉랭하게 한 마디 던졌다.

"뺏어가도 좋으니까 우선 저 어르신들 일이나 처리해 놓고 봅시다."

교장 샘은 붉으락푸르락 손을 내저으며 화를 삭이지 못했다. 그래도 능청스럽게 노인들을 따라가는 털보 샘의 뒤통수에 삿대질을 했다. 그 사이에 노인들이 교무실로 들어섰다. 구부정한 허리에 보청기를 단 할아버지가 지팡이에 의존해서 간신히 출입문을 잡고 벼락같은 소리를 질렀다.

"전에도 한번 왔는디, 이장 대표요. 이 짓도 못 해 먹겠소. 내가 팔순이 가까워 오는디, 동네에 이장할 사람이 읎어서 이렇게 종신직이 되어 부렀단 말이요. 혼자 사는 할매들밖에 없는게 어짜겠소. 자꾸 할매들 물건이 읎어진다고 한디, 애들 소행이랑게. 선상님들도 성가신 것을 알제라만, 그래도 어짜끄요. 우리덜을 도와줄 사람은 선상님들밖에 없단 말이요."

털보 샘은 총대를 메고 할아버지 앞으로 갔다.

"어르신, 정말 죄송합니다. 우선 저리 앉으십시오. 애들이 훔친 물건은 모두 거두어 놓았습니다. 제가 가서 가져올게요. 그리고 좋은 일 하려고 독거노인 봉사활동을 보냈더니 이 난리를 만들었네요. 다음 주부터 봉사활동은 꼭 제가 함께하겠습니다. 그리고 애들은 지금 경찰서에서 벌을 받고 있습니다."

눈치 빠른 총각 선생님이 할아버지 할머니를 모시고 휴게실로 들어가서 따뜻한 음료와 사탕을 차려 주었다. 털보 샘은 사물함에서 홍삼캔디랑 전자 팔찌, 안마기를 꺼냈다. 할매들은 눈이 휘둥그레졌다. 물건을 나눠주고 나자 할머니들은 화가 좀 풀린 듯했다. 그러자 털보 샘은 할머니들 어깨를 주물러 주면서 다정하게 말했다.

"죄송합니다. 혼자 살아가는 것도 힘드실 텐데 돕는다고 가서 일을 저지르다니, 다 제가 잘못해서 일어난 일입니다. 앞으로는 제가 꼭 함께 봉사활동을 갈게요. 어르신들! 무얼 좋아하세요? 과자나 과일을 가지고 갈까요?"

그러자 할머니들이 벼락대기 소리를 질렀다.

"공짜 안 좋아하는 사람 누가 있다요? 양잿물도 묵는단디."

"아따! 나는 아직도 짐장 짐치를 묵고 있소. 새 짐치 잔 담아 주면 소원이 읎겄네."

"과자는 단 것이 좋당께. 괜히 유기농이다 뭐다 몸에 좋다고 싱겁디싱거운 과자를 가져온께 영 맛이 읎어서 못 묵겄어."

파마머리가 폭탄 맞은 것처럼 부풀어 오른 젊은 할매가 갑자기 총각 선생님을 보고 말했다.

"온메, 저 총각은 왜 저리 이쁘게도 생겼다냐? 싹싹하고 참말로 좋다마는, 동네에 처녀가 있어야 중매를 서제?"

이장 할아버지는 터져 나오는 할매들 소리에 기가 질려서 지팡이로 바닥을 두들겼다.

"워언메 워메! 뭔 놈의 함씨들이 이렇게 말이 많응가잉. 요새 총각들이 애인 읎는 사람이 어딨다고 중매를 선다고 허요. 벨 소리를 다 허네. 언제는 도둑질한 얘기들 죽여 분다고 난리던만, 젊은 선상님이 잘해 준게 쫓아온 이유도 모르고 놀아 부네. 인자 일 끝났으믄 얼른 가제?"

할아버지가 뒤뚱거리며 일어서자 할머니들은 눈치를 보며 무거운 엉덩이를 슬슬 일으켰다. 털보 샘이 재빨리 할머니들에게 남은 사탕을 챙겨 주었다. 할머니들의 입이 귀에 걸렸다. 그리고 냉장고에서 음료수 박스 하나를 꺼내 경운기에 실어 주면서 할아버지에게 고개를 깊이 숙였다.

"앞으로는 절대로 이런 일이 없을 것입니다. 다시 이런 일이 발생하면 여기까지 힘들게 나오지 마시고, 학교로 전화만 한 통 주십시오. 제가 찾아가서 해결해 드릴게요. 거동하기도 힘드실 텐데 학교까지 직접 나오시니, 할 말이 없습니다."

그러나 경운기 운전석에 턱 앉아서 털보 샘을 올려다보던 할아버지가 벼락같이 소리를 질렀다.

"노인이라고 무시하믄 안 돼제. 우리가 늙었어도 알 것은 다 알으요. 늙었다고 쫓아다닐 기운도 없는 줄 알고 저늠의 새끼덜이 우릴 밥인 줄 안당께. 아, 요새는 새끼들이 웬수여 웬수. 옛날 같으믄 어른들 앞에서 애기들이 그림자도 못 비쳤는디, 요새 새끼덜은 우릴 개만도 못하게 취급한당께. 동네에 애들만 나타나면 노인들이 비상이 걸려 부러. 보이는 것마다 지그들 맘대로 만져 불고 가져가고. 다 돌라가 분당께. 아이고, 자기 집에서 함부로 물건도 못 놔두고, 동네에 새끼덜만 나타나면 등골에 땀이 배기네. 지랄 같은 긋들 쯧쯧."

털보 샘은 허리를 90도로 굽혀 가면서 인사를 몇 번이나 했다. 노인은 기고만장해서 2절 3절까지 하다가, 교장 샘이 끙끙거리며 교장실 문을 열고 불편한 기색을 보이자 할 수 없이 경운기의 시동을 걸었다.

"안녕히 가십시오. 다시는 그런 일이 없도록 하겠습니다."

털보 샘은 앓던 이가 빠진 듯 연신 주억거리며 인사를 해댔다. 교실에서 애들이 모두 고개를 내밀고 주차장을 바라보고 있었다. 애들은 악명 높은 털보 샘이 할아버지에게 꼼짝없이 당하는 것을 보며 쾌재를 불렀다. 털보 샘은 경운기가 교문을 빠져 나가자 재빨리 고개를 들어 교실 쪽을 쏘아보았다. 놀란 애들이 순식간에 고개를 뺐다. 단말의 차이로 털보 샘과 눈이 마주친 애들은 호출 명령이 내릴까봐 벌써부터 가슴이 콩닥거렸다.

딱돌이 아저씨는 밤이면 피시방으로 진출했다. 야구 모자를 깊숙이 눌러쓰고 도수가 들어간 선글라스도 하나 샀다. 반바지에 후드 셔츠 차림으로 날마다 게임을 즐겼다. 그동안 녹이 슬었던 게임 실력이 몰입 몇 시간 만에 단방에 회복되었다. 12시가 넘으면 피시방엔 거의 손님이 없었다. 몇몇 아이들이 날을 새곤 했는데, 그는 그 아이들이 눈치 못 채게 살피곤 했다. 며칠 지나자 눈에 익은 아이들이 생겼다. 낮에 일을 하고 오기 때문에 너무 피곤했다. 지칠 때는 찜질방에 들러서 한잠씩 자고 오기도 했다.

어느 날 그는 또 '스타'로 들어가서 열나게 실력을 발휘했다. 그의 손은 귀신처럼 마우스를 움직였고, 화면엔 성이 생기고 부족이 탄생했다. 놀라운 실력이었다. 그가 정신없이 게임 속으로 들어가자 슬며시 누군가 등 뒤로 모여 들었다. 딱돌이 아저씨는 모른 체했다. 배가 출출하고 게임이 승리로 끝나자 자리를 털고 일어나 컵라면과 햄버거를 찾았다. 그때 낯익은 아이가 그에게 말을 걸어왔다.

"아저씨 종족이 뭐에요?"

두서너 명의 아이들이 뒤에서 충혈된 눈으로 그를 쳐다보고 있었다.

"난 저그인디, 느그들은 주로 뭐 쓰냐?"

"우린 주로 테란해요."

"그럼 한판 붙을까?"

"정말로요?"

"그럼 비싼 음식 먹고 빈 말 하겠냐? 한판 붙어 보자."

딱돌이 아저씨는 팀 전으로 들어가서 애들과 신나게 게임을 하기 시작했다. 잠시 공장일 때문에 실력이 주춤했었지만, 역시 왕년의 실력이 뒷걸음질 치지는 않았다. 아저씨는 빠르게 순발력을 회복했다. 아이들의 실력도 만만치 않았다. 그러자 딱돌이 아저씨는 마치 깡이나 하림과 게임을 즐길 때처럼 이 아이들과도 게임으로 금방 친숙해졌다.

"하루 이틀에 익힌 실력이 아냐. 우리가 졌어. 정말 보기보다 훨씬 더 빨라."

애들이 놀라서 다시 딱돌이를 둘러쌌다.

"야! 깜씨를 데려오자. 깜씨라면 이 아저씨를 대적할 수 있을 것 같아."

자기들끼리 눈빛을 교환하면서 다른 아이를 입에 올렸다.

"게임 잘하는 친구가 있구나. 누군데?"

딱돌이는 감이 왔다. 이것 놓치기 어려운 기회인 것 같았다. 아무래도 월척이 걸릴 가능성이 있는 소리였다.

"깜씨라고 게임 귀신이 있는데, 이 피시방에 오기 싫어해요. 여기서 잡힐 뻔했대요."

"잡히다니? 그럼 너희들 죄짓고 도망 다니냐?"

아이들은 슬슬 눈을 피하면서 자기들끼리 이상야릇한 눈빛을 교환하더니 입을 다물어 버렸다. 그러자 딱돌이는 빠르게 머리를 굴렸다.

"느그들이 망을 봐준다고 오라고 하면 안 되냐? 나도 손이 너무 녹슬어서 오랜만에 수준 맞는 사람끼리 겨뤄 보고 싶은디?"

애들은 여전히 눈치만 보고 입을 다물어 버렸다. 딱돌이는 아무렇지도 않게 햄버거를 더 시키고 캔 맥주에 오징어까지 들고 와서 아이들에게 권했다. 아이들은 슬며시 햄버거를 집어 들었다. 딱돌이 아저씨는 애들을 유인하기로 했다. 어쩜 이 아이들 무리 속에 깡이가 있을지도 몰랐다. 깡이를 유인하려면 역시 미끼가 필요했다.

"내가 아는 노인이 서울을 간다고 집을 지켜 달라고 했는디, 도둑이 들었나 안 들었나 가봐야겠다. 할아버지가 맨날 통장에다 갖다 넣으라고 해도 안 넣고 꼭 현금을 보관하면서 집을 봐달라고 하니 성가시다야."

맥주 한 모금을 달게 마신 후 아저씨는 말을 흘리며 출입문을 나섰다. 아이들의 눈초리가 그의 등에 꽂혔다. 딱돌이가 주차장에서 트럭을 꺼내 시내로 나가는데, 피시방 옥상에서 그 차를 바라다보고 있는 아이들이 보였다. 딱돌이는 미소를 지었다. 고기가 미끼에 걸려들고 있었다. 다음 날은 일부러 좀 늦게 피시방으로 갔다. 하루 종일 공장 일을 하고 피곤에 절어 찜질방에서 한숨 달게 잤다. 11시가 넘어서야 피시방으로 들어서니, 기다렸다는 듯 어제의 그 아이가 나타났다.

"깜씨가 아저씨랑 겨루고 싶대요. 그런데 공짜로 하지 말고 돈내기 하재요. 아저씨 돈 있어요?"

딱돌이는 빙그레 웃었다. 그리고 호주머니에서 지갑을 꺼내서 수표를 보여 주었다. 아이들의 눈이 휘둥그레졌다.

"몇 시에 온다던?"

"12시 넘어도 올 수 있다고 했어요."

딱돌이는 머리가 빠르게 돌아갔다. 아이들에게 햄버거를 하나씩 시켜 주며 말했다.

"오늘은 컨디션이 별로여. 내일 4시에 오라고 해라. 그라믄 12시까지 마라톤으로 10만 원 빵으로 하자고. 오늘은 내가 몸을 풀어야겠다."

애들이 입맛을 다셨다. 그리고 네이트로 들어간 것 같았다. 그런데 한 아이가 다시 옆자리로 와서 슬쩍 물었다.

"아저씨, 할아버지 집 잘 보고 왔어요?"

그는 아이를 쳐다보지도 않고 대답했다.

"그럼, 그 집에서 잠도 자고 식사도 하고 왔다."

"할아버진 언제 오세요? 오늘도 그 집에서 주무시나요?"

그는 여전히 아이를 바라보지 않고 말했다.

"할아버지가 한 달 정도 집을 비운다고 했응께, 당분간 내가 그 집에 들락거려야제. 불을 꺼놓으면 빈집인 줄 알고 도둑이 들어온다고, 밤엔 불을 켜고 새벽엔 불을 끄라고 했거든."

옆 자리에서 아이의 표정이 어떻게 바뀌어 갈지 상상하며 그는 웃었다. 아무래도 아이들이 그를 계속 주시하며 미행할 것만 같았다. 그는 입가에서 미소가 떠나지 않았다. 아이들 모르게 자꾸만 웃음이 흘러나왔다.

다음날 네 시에 딱돌이는 파마머리를 하고 피시방에 나타났다. 진한 패션 선글라스를 쓰고 파마머리에 챙이 좀 있는 모자를 눌러 써서, 누가 보면 얼핏 딱돌이라고 생각할 수 없을 차림새였다. 애들이 먼저 와서 출입구를 지켰다. 딱돌이는 애들에게 만 원짜리 지폐를 꺼내 주었다.

"좋은 대적자를 연결해 줘서 고맙다잉. 느그들은 뒤에서 공정한 응원 보내라."

애들 눈가에 만족스런 웃음기가 흘렀다. 드디어 깜씨가 나타나는가 보았다. 애들이 핸드폰으로 문자를 보내자 골목길에서 깜씨라는 아이가 나타났다. 까만 모자를 깊이 눌러 쓴 사내아이가 신호등을 건너고 있었다. 딱돌이는 자기도 모르게 침을 꼴깍 삼켰다. 애들은 피시방 문을 열어 놓고 깜씨가 들어오길 기다렸다. 피시방에는 거의 손님이 없었다. 학생들은 5시가 넘어야 들어오기 때문에 한두 명의 어른 손님만 게임을 하고 있었다. 아이들은 어른 손님들을 경계했지만, 그들은 며칠째 게임만 하고 있는 백수 족이었다. 깜씨가 검은 모자를 깊이 눌러쓰고 불안스럽게 신호등을 다 건넜을 때였다. 누군가 재빨리 차에서 내리더니 깜씨를 잡아챘다. 애들이 놀라서 소리쳤다. 딱돌이도 문을 박차고 달려 나갔다.

"뭐야? 아는 사람이었나 봐. 또 걸려들었어."

애들이 소리치며 쫓아 나왔다. 깡이였다. 다시 골목길을 돌아 빠르게 담을 넘고 있는 아이는 분명 깡이였다. 그러나 이번에는 도망도 쉽지 않았다. 거의 담 끝에 닿아서 아래를 향해 풀쩍 내리뛰려는 찰나 깡빠가 다리를 잡아챘다.

"이놈! 오늘은 널 놓치지 않을랑게 싸게 내려와라."

깡이는 할 수 없이 담에서 내려왔다. 깡빠는 깡이의 팔목을 잡아챘다. 어찌나 세게 팔목을 누르는지 깡이가 소리를 질렀다.

"알았어요, 알았당께요. 그랑께 손 좀 살살 잡아요."

깡빠는 그동안 후줄근해진 깡이의 모습에 가슴이 무너져 내렸다. 당장이라도 두들겨 패고 분풀이를 하고 싶었지만, 차마 손을 댈 수 없었다. 깡이는 뼈만 앙상하게 남아 있었다. 그러나 손아귀를 빠져 나가려고 안간힘을 쓰는 데는 깡빠도 버거웠다. 깡이를 제대로 데리고 가려면 한시라도 긴장을 놓아서는 안 될 것 같았다. 깡이를 질질 끌고 골목길로 들어갔다. 지름길을 통해서 경찰서로 곧바로 가기 위해 연신 딱돌이를 부르며 도와달라고 했다. 딱돌이는 깡이가 도망 못 가도록 깡빠의 뒤를 따라가며 호위했다.

골목길을 벗어나자 사거리였다. 경찰서와 군청, 농협이 있는 사거리에 도착하자 갑자기 사람들이 엄청나게 몰려 있었다. 깡빠는 인파에 놀라서 잠깐 깡이를 잡고 있던 손목의 힘을 풀었다. 찰나의 순간에 깡이는 아빠를 벗어나 달리기 시작했다. 깡이와 아빠의 마라톤이 시작되었다. 그러나 사방이 막혀 있었다. 하얀 옷을 입은 사람들이 광장을 장악하고 있었다. 깡이는 그 사이를 빠르게 헤쳐 나갔다. 깡빠도 사람들 사이를 헤치고 나아갔다. 그에게 사람들은 온통 가시밭이었다. 한 사람을 헤치면 또 한 사람이 달려왔다. 그들은 옷이건 얼굴이건 모두 할퀴고 지나갔다. 깡빠의 심장은 마구 뛰었다. 소복을 입은 사람들이 자꾸만 나타났다. 그는 몇 번인가 정신을 가다듬고 사람들을 바라보았다.

군청 앞 고목 느티나무에서 연초록 새순이 바람에 자지러지게 날렸다. 마주 보이는 농협 앞에서는 여러 대의 경찰차가 행인들을 가로막았다. 삼거리 광장에는 백여 명의 사람들이 모여 있었다. 그 행렬 한가운데 자기가 서 있었다. 빼도 박도 못 할 상황이었다. 머리가 희끗희끗한 노인들이 어깨에 수건을 두르고 잔뜩 모여 있었다. 이윽고 삐! 소리가 나고, 메가폰에서 쇳소리 같은 목소리가 울려 퍼졌다.

"군민 여러분! 오늘 우리는 우리 고장에 설치되는 화장장을 반대하기 위해 여기에 모여 부렀소. 우리 고장은 조상 대대로 청정 해역을 지켜온 인심 좋고 경치 좋은 곳이요. 이런 데다가 돈 벌라고 화장장을 만든다고 하요. 그것도 한길에서 멀리 떨어지지 않은 동네 한가운데에 말이요. 화장장을 건설하고 나면 주민들의 삶은 어떠하겠소?"

늙수그레한 할아버지였다. 깡이 아빠는 행렬 속에서 혼자 빠져나가려고 발버둥을 치면서 한 귀로 할아버지의 목소리를 들었다. 흰 수염을 날리며 노인은 카랑카랑 목소리를 토해 냈다. 건너편 고층 아파트에서 주민들이 얼굴을 내밀고 광장을 바라보고 있었다.

"저 지나가는 군민 여러분! 발길을 멈추고 제 이야기를 들어 보시오. 우리 동네는 노인들만 열 가구가 사요. 남겨진 삶이 얼마 되지 않는다고 해서 함부로 하면 된다요? 우리들은 조상 대대로 살아온 이 고장에서 편안한 삶을 마무리하고 싶을 뿐이제, 우리가 큰 것을 바라고 사는 사람이 아니요. 근디 이렇게 소박하게 살아온 우리들에게 정신적인 피해를 줌시로 화장장을 만들어야겠소?"

검은 봉지를 들고 시장을 다녀오던 아줌마들이 하나둘 모여 들었다. 농협에서 일을 보던 사람들도 하나둘 광장으로 몰려들었다. 때마침 트럭 몇 대가 들어왔다. 짐칸에는 노인들이 가득 타고 있었다. 젊은이가 노인들을 번쩍 들어서 내려 주었다. 흰 옷을 입은 노인들은 만장을 들고 광장으로 들어섰다. 마치 장례식이라도 치르듯 그들의 만장에는 '화장장 설립 반대'라는 문구가 쓰여 있었다. 갑자기 하늘이 푸르스름한 빛을 띠기 시작했다. 먹구름이 몰려왔다. 바람도 심해졌다. 먼지가 소용돌이치며 불었다. 사람들이 이리저리 몰려 다녔다. 금방이라도 비가 쏟아질 것 같은 기세였다. 고목에 매단 현수막에 바람 부딪치는 소리가 점점 커졌다. 팽팽하게 바람을 막고 있는 현수막이 금방이라도 찢어질 것 같았다. 그때였다. 군청 관계자인 듯한 양복 차림의 사람이 무선 마이크를 들고 광장으로 나타났다.

"이제 시대는 변했습니다. 우리 고장은 유독 노인 인구가 많아서 장례식이 계속 이어지고 있습니다. 무덤을 땅에다 쓰면, 너무 많은 국토가 무덤으로 쓰이게 됩니다. 이제 장례 문화는 변해서 화장을 하는 게 애국하는 길입니다. 화장은 더 이상 혐오 시설이 아닙니다.

주민을 위한 편의 시설이지요."

세련된 말투로 연설문을 읽어 나가자 군중 속에서 함성이 들렸다.

"우-우-우! 편의 시설이라고?"

그러자 한쪽에서 메가폰을 들고 있던 노인이 공격을 시작했다. 무선 마이크보다 질이 낮은 메가폰에서는 계속 잡음이 들렸다. 그러나 고성으로 외쳐 대는 노인의 기운 때문인지 전달은 제대로 되고 있었다.

"수천 년 아름답게 보존해 온 청정 생태지역에, 잠시 방관하자 발전이라는 명목으로 폐기물 처리 공장을 건설한다고 하더니, 이제는 혐오 시설인 화장장을 편의 시설이라면서 눈속임으로 설립하려고 하요. 노인들은 사람이 아니요? 우리들에게 남겨진 삶이란 고작 십년 안팎인데, 노령 인구가 20프로가 넘는 우리 고장에 위로 시설을 만들어 주는 것이 아니고, 도시에서 기피하는 시설을 가져오는 게 올바른 행정이란 말이요?"

노인은 결코 지지 않겠다는 듯 핏대를 세우며 목소리를 높였다. 힘줄이 돋아난 노인의 목울대는 벌겋게 충혈되어 있었다. 깡빠는 어쩔 도리가 없어서 한 사람씩 헤치면서 나아갔다. 노인이 갑자기 손을 들었다. 그러자 만장을 든 사람들이 일제히 사람들 사이를 뚫고 광장을 돌기 시작했다. 시가행진을 하는 모양이었다. 경찰차가 빠르게 불빛을 돌리며 행렬 속을 빠져나갔다. 여기저기에서 교통을 통제하는 호루라기 소리가 시끄럽게 울려 퍼졌다. 군중들이 어지럽게 흩어지기 시작했다.

"집으로 돌아가십시오. 군민 여러분, 빨리 집으로 돌아가세요. 큰

비가 내릴 예정입니다. 태풍이 오고 있어요. 일본으로 가던 태풍이 방향을 바꿨어요. 큰일 납니다. 빨리빨리 돌아가세요."

군청 광장에서 갑자기 방송이 쏟아지기 시작했다. 사람들이 세 방향으로 흩어졌다. 갑자기 후드득 빗방울이 떨어졌다. 굵은 빗방울이었다. 사람들이 달리기 시작했다. 그러자 광장은 아수라장이 되었다. 경찰은 이때다 싶었는지 이곳저곳으로 달리며 사람들을 흩어지도록 소리 질렀다.

"빨리 집으로 돌아가세요."

우체국을 꺾고 돌아서 한길로 나아가려던 만장 부대는 하늘만 멀거니 쳐다보았다. 경찰차가 만장 부대 사이를 뚫고 들어갔다. 그리고 행렬을 향해 호루라기를 불었다. 빗방울은 점점 굵어지고, 어지럽게 흩어지는 행렬 속에서 호루라기 소리가 요란했다. 가만히 서 있기만 해도 떠밀려서 어디론가 밀려갔다. 노인들은 흩어지지 않으려고 서로 몸을 부대끼고 모여들었다. 그러나 계속 퍼붓는 굵은 빗방울로 그들이 입은 소복은 벌써 후줄근하게 젖고 말았다. 메가폰을 들고 행렬의 앞에서 시가행진을 주도하던 노인이 갑자기 뒤를 돌아보며 외쳤다.

"안 된당께. 이러다간 모두 감기 들어서 죽겄어. 오늘 모임은 여기에서 해산허요. 모두 무사하게 집으로 돌아가고 나중에 다시 모입시다."

"모두 트럭으로 가시요!"

젊은이가 큰 목소리로 노인의 뜻을 전달했다. 행렬이 흩어지며 주차장으로 향했다. 물결이 빠져나가듯 삼거리 광장에서 사람들이 삽시간에 다 빠져나갔다. 농협 쪽으로, 경찰서 쪽으로 흩어지는 사람들의 행렬은 물줄기가 빠지듯이 사라져 갔다. 그때였다. 깡이가 행렬을 빠져나가고 있었다. 깡이 아빠는 제자리에서 뛰었다. 미칠 노릇이었다. 앞으로는 쉽게 나갈 수조차 없고, 제자리에서 깡충깡충 뛰면서 사라져 가는 깡이의 뒤통수만 바라보아야 했다. 깡이는 경찰서와 군청 사이의 골목길로 접어들었다.

"딱도라아아아아아이!"

깡빠는 딱돌이를 부르며 행렬을 마구 헤쳐 나갔다. 둘 다 너무 빠르게 뛴 탓인지 딱돌이는 어디에 있는지 알 수조차 없었다. 깡빠는 갑자기 소리치기 시작했다.

"비켜요, 비켜. 우리 아들이 지나가고 있단 말이요. 저놈을 잡아야 된당께."

그러나 행렬은 뚫리지 않았다. 오히려 단단한 철조망을 감싸듯 이리저리 비를 피하려고 달려가는 노인들이 서로 얽혀서 깡빠는 한 걸음도 앞으로 나아가지 못했다. 눈앞에서 깡이의 뒤통수가 사라져 버렸다. 사람들을 헤치며 이를 악물고 뛰어가다가 오히려 발이 걸려 넘어졌다. 깡빠는 손을 흔들며 바닥에서 소리를 질러댔다. 그러나 어수선한 회오리바람 소리와 사람들의 아우성에 묻혀 그 소리는 퍼져 나가지 못했다. 그는 간신히 다리를 일으켜 세웠으나 쥐가 나서 꼼짝도 할 수 없었다. 눈앞에서 깡이의 뒤통수가 사라지고 있는데 한 걸음도 나아갈 수 없다는 게 미칠 노릇이었다. 견딜 수가 없었다. 그는 앉아서 다리를 질질 끌면서 앞으로 나아갔다. 누군가 뒤에서 그를 껴안고 일으켜 세워 주었다. 그는 고맙다는 말도 채 하지 못하고, 다시 다리를 흔들며 쥐가 풀리길 기다렸다. 파닥파닥 제자리에서 뛰었다. 발에 힘이 실리자 다시 달리기 시작했다. 그는 눈앞에 보이는 경찰차로 달려갔다. 그리고 깡이가 도망을 치노라고, 내 아들은 도둑질로 수배 중이라고, 빨리 뒤쫓아 가달라고 통사정을 했다. 그러나 경찰은 그의 이야기를 알아듣지 못한 채 호루라기만 불었다.

"비켜요, 노인들이 다칠지도 모른단 말이요. 어디서 정신 나간 아저씨까지 나타나서 업무 방해를 하네."

그러다 다시 메카폰을 들고 악을 써댔다.

"집으로 돌아가세요. 집으로 돌아가십시오."

깡이 아빠는 그만 맨바닥에 철퍼덕 주저앉고 말았다. 빗줄기는 점점 거세지고 노인들은 트럭에 올라타고 있었다. 젊은 사람들은 모두 잰 걸음으로 광장을 벗어나고, 만장을 든 노인들만 굼뜨게 트럭에 매달렸다. 깡빠는 머리끝에서 발끝까지 빗물에 절었다. 검붉은 흙탕물이 흘러내리고 나뭇가지들이 떠밀려 왔다. 깡이가 사라진 경찰서 골목이 부옇게 흐려져 앞이 보이지 않았다. 어디로 가야 다시 깡이를 잡을 수 있을지 막막했다. 사람들이 모두 흩어지고 농협 문이 닫힐 때까지 깡이 아빠는 노숙자처럼 한길에 버려져 있었다. 멍한 그의 눈빛은 쉽게 집을 찾아 떠날 수가 없었다. 호주머니에서 연신 핸드폰이 울렸으나 받지 못했다. 속옷까지 다 젖어 오자 나중에는 핸드폰도 먹통이 되었다.

태풍 속에서

집채만 한 바람이 숲을 덮쳤다. 숲은 이리저리 쏠리며 가지에 달고 있던 둥지를 쏟아 내기 시작했다. 한바탕 바람이 휩쓸고 갈 때마다 왜가리 둥지가 사방으로 흩어졌다. 어린 새끼들이 땅바닥으로 곤두박질쳤다. 갑자기 들이닥친 태풍은 폭우를 몰고 왔다. 마치 지진이라도 난 듯 고목나무 가지들이 자지러지게 찢겨 내렸다. 나뭇가지마다 왜가리 떼가 퍼덕거렸다. 바람 소리와 왜가리 떼 울음소리가 섞여 숲도 바다도 뒤집힌 것 같았다. 해안에선 성난 파도가 정박 중인 배들까지 육지로 밀어 올렸다. 파도에 밀린 배들이 가로수를 들이박았다. 우지끈 가로수가 부러졌다. 순식간에 엄청난 폭우가 쏟아졌다. 나뭇가지가 빗물을 못 이기고 부러지기 시작했다. 여기저기에서 왜가리 둥지가 바닥으로 내리쳐졌다. 이제 막 새끼를 부화시킨 어미들은 둥지를 주둥이로 받치고 있었다. 그러나 쏟아지는 빗물은 어김없이 새끼들을 바닥으로 치닫게 하고, 어미마저 땅바닥으로 곤두박질쳐 버렸다.

무서운 바람이었다. 해안에선 산더미만 한 파도가 방파제를 때렸다. 양동이로 퍼붓듯 지붕 위에서 빗물이 쏟아졌다. 창문으로 쏟아져 들어오는 빗물을 닦아 내다 지친 할매가 대야를 받쳐 놓고 넋을 잃고 있었다. 하림은 창가에 매달려 왜가리 숲을 바라보았다. 무얼 어떻게 할 도리가 없었다. 둥지는 계속 떨어져 내렸다. 이 기세로 가면 아무래도 왜가리와 백로 떼가 다 죽을 것만 같았다. 우선 떨어진 왜가리들을 집으로 옮기기라도 해야겠는데, 비바람이 너무 거세어 밖으로 나갈 엄두가 나지 않았다.

"세상 나고 이런 비바람은 처음이다. 거기 가만 있거라. 큰일 나겠다. 돌아 댕기지 마라잉."

할매는 창문으로 들어오는 빗물을 닦아 내며 하림을 꼼짝 못 하게 했다. 뉴스에서는 이른 태풍이 들이닥쳤다고 실시간으로 보도했다. 유선 방송이 끊기고 라디오에 의지해서 소식을 들었다. 일본에서 동해안으로 빠져나가리라는 예상과 달리 태풍은 황해로 방향을 틀었다. 두어 시간에 100밀리미터가 넘는 빗물이 쏟아졌다. 여기저기 도랑이 차오르고 시뻘건 황톳물이 바다로 흘러내렸다. 할매는 안정을 찾지 못하고 기둥을 잡고 서서 한숨을 내쉬었다.

"큰일 나부렀다. 취나물도 다 씻겨 내려가고, 이러다간 집이고 절이고 다 떠내려 가것네."

하림은 할매가 아무리 잔소리를 해도 창문으로 고개를 내밀고 숲을 바라보았다. 이번에는 눈보라같이 잎새가 날리고 있었다. 세찬 바람에 어린 가지들이 사정없이 떨어져 허공에 부서졌다. 하림은 눈을 뜰 수가 없었다. 잔가지들이 집까지 마구 떨어졌다. 한바탕 바람이 휘몰아칠 때마다 나무에서 뭉텅이들이 우당탕퉁탕 떨어졌다.

"할매, 왜가리들이 모두 죽을 것 같소!"

하림은 뚝뚝 떨어지는 나뭇가지를 가리키며 할매를 흔들었다. 세숫대야에 가득 찬 물을 버리려고 창문을 연 할매는 와락 달려드는 빗물에 뒤로 넘어지고 말았다.

"이게 보통 일이 아니다. 새 둥지가 저렇게 많이 떨어진 일은 처음이여. 아무래도 하늘이 재앙을 내리는갑다. 숲에서 내려온 물이 우리 집으로 달라들면 큰일인디 경로당으로 피난을 가야 헐란가?"

할매는 일어날 생각도 하지 않고 엉덩방아를 찧은 채 부연 숲만 쳐다보며 입을 다물지 못했다.

"하림아, 하림아! 이리 나와 봐라."

누군가 대문을 두들겼다. 하림은 우산을 쓰고 밖으로 나갔다. 들이닥친 바람이 우산을 홀러덩 뒤집더니 날려 버렸다. 할매가 대문을 꽁꽁 묶어 놓은 탓에 하림은 대문을 열 수가 없었다. 비옷을 입고 할 수 없이 사다리를 놓고 담을 넘어갔다. 할매가 뒤에서 소리를 질렀다.

"가만 있으랑께 어디 가냐? 너 잘못되면 할매도 더 못 산다아. 빨리 집으로 들어와."

그러나 하림은 할매의 소리를 듣는 둥 마는 둥 부르는 소리를 찾아 나갔다.

"빨리 나와 봐, 하필 이게 뭐냐? 젊은 사람은 한 사람도 없고, 왜가리 떼들은 죽어 나자빠지고, 영감들은 왜 나만 보고 난리냐? 왜가리가 죽어 불면 동네 망한다고 상쇠 할아버지가 날 찾아와서 악을 쓰고 그래야."

딱돌이 아저씨였다. 아저씨는 볼이 부어서 투덜거렸다. 이장 할아버지와 상쇠 할아버지는 기운이 없어서 금방이라도 날아갈 것 같아 숲가에 나오지도 못하고 공장에서 숲을 바라보고 있었다. 비옷을 걸친 아저씨가 고무장갑과 장화를 하림에게 건네주며 따라오라고 했다. 아저씨는 숲가에 트럭을 받쳐 두고 있었다. 취나물 바구니를 가득 내려 주며 부상당한 왜가리를 담으라고 했다. 하림은 몰아치는 비바람에 몸이 휩쓸리기도 했지만, 그때마다 나무를 잡고 중심을 잡았다. 그리고 숲속으로 들어가 다리가 부러진 왜가리들을 바구니에 담기 시작했다.

연락을 받았는지 송충이와 샛별이도 내려왔다. 어린 새끼들은 빗물 속에서 이미 목숨을 놓아 버린 것도 많았다. 바구니마다 왜가리 떼를 담아서 트럭에 실었다. 우선 딱돌이 아저씨 취나물 공장에다 옮겨 놓고 보자고 했다. 딱돌이 아저씨가 작업을 지시했는데, 바람 소리 때문에 목소리가 들리지 않았다. 하림은 딱돌이 아저씨가 보내는 신호를 보면서 빈 바구니를 내리고, 왜가리 떼가 가득 담긴 바구니는 차에 싣곤 했다. 송충이와 샛별이도 눈치껏 바구니를 실어 주었다.

아저씨는 정신없이 부상당한 왜가리를 집어 싣다가, 불어나는 냇물을 보며 달려 내려갔다. 수로를 트지 않으면 공장으로 물이 들이닥칠 것 같았다. 정신없이 삽을 들고 도랑에 쌓인 돌들을 치우기 시작했다. 갑자기 불어난 황톳물이 파도를 치며 내리쳤다. 여기저기 산물이 쏟아져 내렸다. 포구엔 검붉은 황톳물이 모여 들었다. 바닷물 위로 쓰레기들이 둥둥 떠다녔다. 어디에 그렇게 많은 스티로폼이 숨어 있었는지, 물바다는 온통 하얀 스티로폼들의 무대였다. 산과 계곡에 쌓여 있던 쓰레기들이 모두 바다로 흘러들었다.

검붉은 황톳물 위로 딱돌이 아저씨의 트럭이 출발했다. 하림과 송충이는 운전석 옆에 올라탔다. 그리고 취나물 공장에 닿자마자 트럭에서 바구니를 내려 창고로 옮겼다. 부상당한 왜가리 떼는 간신히 비를 피할 수 있게 되었다. 취나물 공장은 마치 왜가리 농장이 된 것 같았다. 커다란 건조기 팬이 돌아가자 따뜻한 바람이 나왔다. 젖은 왜가리들의 날개가 마르기 시작했다. 하롱 아줌마는 취나물 바구니에 가득 담긴 왜가리 떼를 보고 소리를 질렀다. 놀란 것 같기도 하고 기쁜 것 같기도 한 괴상한 소리를 마구 질러 댔다. 그러나 그 소리는 바람 소리에 묻혀서 시끄럽게 들리지 않았다. 그녀도 바구니를 들고 창고로 옮기기 시작했다. 그것이 마치 자신의 일이라도 되는 양, 그리고 이미 익숙한 일인 양 빗속을 뚫고 마당으로 달려와서 바구니를 들고 창고로 들어가는 일을 반복했다. 그리고 마른 수건으로 왜가리들의 죽지를 닦아냈다. 마치 어린 아들이라도 돌보듯 하롱은 가슴에 왜가리 새끼들을 안고 젖은 털을 닦아내고 가만히 안아 주었다. 왜가리 새끼들은 눈을 감고 죽은 듯이 있었다. 하롱은 종이 상자를 찾아 잘 닦은 왜가리 떼를 고슬고슬한 곳에 뉘었다. 지친 왜가리들이 보송보송한 상자 속에서 잠이 들거나 눈을 감고 쉬고 있었다.

"하롱 아줌마는 어디서 왜가리 키우는 것 봤나 봐. 아주 잘 돌보는데."

하림은 뜻밖의 모습을 보고 안심이 되었다. 공장일은 모두 하롱 아줌마에게 맡겨도 될 것 같았다. 아저씨도 한시름 놓은 듯 자꾸만 아줌마에게 바구니를 들이밀었다. 그리고 다시 호루라기를 찾아들고 숲으로 향했다. 아저씨가 호루라기를 불면 샛별과 충호가 달려갔다. 뒤를 따라 하림이가 바구니를 들고 갔다. 한 떼의 왜가리와 백로를 바구니에 담아 트럭에 싣는 일을 릴레이로 진행했다. 아저씨도 세 아이들도 왜가리 떼처럼 후줄근하게 젖었지만, 그래도 무엇인가 하고 있다는 것에 신바람이 났다.

날이 밝자 비가 그쳤다. 수마가 할퀸 자리는 온갖 쓰레기들의 집합소였다. 비가 개이자 포구에 가득 밀린 헌 냉장고와 자전거, 스티로폼 조각들이 흉물스러운 형체를 드러냈다. 아저씨는 전쟁이라도 치른 듯 폐허가 된 마을을 돌아보며 절망에 빠졌다. 노인들밖에 없는 마을에서 청소를 하려면 며칠이 걸릴 것 같았다. 그나마 도움이 되는 사람이 학생들이었다. 아저씨는 학교로 전화를 했다. 봉사활동 지원을 요청하고 군청에도 도움을 청했다. 우선은 당숲 가득 쌓인 왜가리 주검을 치워야 했다. 더운 날씨 탓에 주검은 금방 부패하기 시작할 것이고, 그렇게 되면 마을에서 악취가 떠나지 않을 것 같았다. 고무장갑에 마스크를 준비하고 자루에 주검들을 넣기 시작했다. 연락을 받고 온 아이들이 숲속으로 들어왔다. 털보 샘이 마스크를 쓰고 작업복 차림으로 올라왔다. 그리고 날쌔게 작업을 지시했다.

"죽은 왜가리를 모아야 하겠다. 딱돌이 아저씨가 트럭을 가지고 올 거여. 왜가리 떼 주검은 뒷산으로 옮겨야겠다. 혹시라도 전염병이 돌면 안 된게."

그러자 충호가 아이들에게 역할을 분담해 주었다. 1번부터 5번까지는 왜가리 떼 주검을 자루에 담는 일을 하라고 했다. 6번부터 10번까지는 그것을 트럭에 싣는 일을 하고, 11번부터 15번까지는 트럭을 타고 가서 산자락에 주검을 묻는 일을 하라고 했다. 나머지 학생들은 숲속의 나뭇가지를 한쪽으로 모으도록 시켰다. 털보 샘은 충호가 애들 작업을 관리하자 숲속 일을 맡기고, 바닷가에 산더미처럼 쌓인 쓰레기를 치우기 위해 군청에서 나온 공익 요원들을 데리고 바닷가로 갔다. 충호는 눈치를 슬슬 보면서 왜가리의 주검을 만지지 않으려고 이리저리 피해 다니는 친구들에게 고무장갑을 주며 다그쳤다.

"우리 마을 일을 도와줘서 정말 고마워. 이건 천연 기념물 왜가리 도래지를 우리 손으로 보호하는 아주 중요한 일이야. 너희들이 함께해 줘서 정말 고맙다야."

충호가 고무장갑을 끼고 이리저리 뛰어 다니며 새떼 주검을 치우기 시작하자, 친구들도 할 수 없이 따라했다. 충호는 눈치껏 일이 진행되지 않는 쪽을 찾아서 아이들 속을 파고 다녔다.

"텔레비전 보면 내전이 난 곳에 자원 봉사대가 뜨잖아. 전쟁터뿐만 아니라 동남아시아에 쓰나미가 닥쳤을 때도 자원 봉사대가 생수병을 들고 찾아갔어. 우리가 세계적인 자원 봉사단이라고 생각해봐. 즐겁지 않니? 인류를 구원하기 전에 왜가리부터 살리고 보자."

충호는 신이 나서 아이들에게 격려의 말까지 세련된 어조로 해댔다. 그러자 땀을 뻘뻘 흘리던 반장이 투덜거렸다.

"너 교회에서 지내니까 목사님 흉내 아주 잘 내네. 너나 많이 봉사하서, 우린 봉사시간 채우면 그만이야. 아이고, 힘들어 죽겠다."

하림과 샛별은 땀을 뻘뻘 흘리며 숲을 정리하기에 바빴다. 매운바람에 찢긴 가지들이 산더미처럼 쌓였다.

"그래도 수업하는 것보단 난디?"

샛별이 하림에게 윙크를 하며 속삭였다. 하림은 친구들을 쳐다보며 괜히 가슴이 뿌듯했다. 태풍 때문에 반 단합대회라도 하는 것 같았다. 그런데 아이들이 그렇게 모두 각자의 일에 열중일 때, 숲가에서 이상한 소리가 들렸다. 애들이 모두 그쪽으로 달려갔다.

"나도 하고 싶어. 나도 시켜 줘."

하롱이었다. 하롱이 어제처럼 취나물 바구니를 들고서 아이들에게 주검 치우는 일을 시켜 달라고 떼를 쓰고 있었다. 애들이 무슨 말인지 잘 몰라 안 들어 주니까 마음이 바빴는지 하롱은 베트남말을 빠르게 해댔다. 애들이 그 말을 듣고 깔깔 웃었다. 영문을 모른 채 하롱도 웃었다. 하림이 하롱의 곁으로 뛰어 내려갔다.

"우리 동네 공장에서 일하는 아줌마야. 어제 왜가리 떼를 거의 살렸어. 아줌마네 동네에도 왜가리가 산대. 추위가 오면 베트남 쪽으로 갔다가 다시 오나봐. 아줌마가 너희들이랑 같이 일하고 싶대."

하림이가 아줌마의 뜻을 전하자 애들이 아줌마에게 자루를 건네주었다. 아줌마는 마스크를 쓰고 고무장갑도 끼고 준비를 아주 잘해서 나타났다. 그리고 아이들 속으로 파고들어가 날쌔게 작업을 하기 시작했다.

한바탕 먼지를 씻어낸 하늘에서 말간 햇살이 퍼져 나왔다. 아직

습기를 가득 머금은 세상이 화창한 햇살에 말라 갔다. 가끔씩 서늘한 바람도 찾아들었다. 아이들의 얼굴엔 비 오듯 땀이 흘러내렸다. 하늘은 언제 그랬냐는 듯 더없이 푸르렀다. 점심때가 되자 주먹밥이 배달되었다. 급식 대신 주먹밥을 만들었다며 학교에서 배달을 나왔다. 군청에선 왜가리 떼의 먹이를 싣고 왔다. 오리 사료가 한 트럭 배달되었다. 아이들은 점심을 마치자 딱돌이 아저씨네 창고로 사료를 운반했다.

딱돌이 아저씨는 왜가리들에게 먹이를 주기 시작했다. 그러나 부상당한 왜가리들은 사료에 입을 대지 않았다. 그러자 아저씨는 마을 앞 저온 창고에서 미끼로 쓰려고 모아 둔 잡어 상자를 가지고 왔다. 그리고 아이들에게 부상당한 왜가리의 주둥이에 물고기를 잘라서 넣어 주라고 했다. 하림이도 다리가 부러진 왜가리 한 마리를 골라서 물고기 조각을 넣어 주었다. 왜가리는 기운이 없어 물고기를 삼키지 못했다. 자꾸 눈이 감기는 것을 하림이가 억지로 주둥이 깊숙이 먹이를 넣어 주자 간신히 삼켰다. 하림은 주둥이를 억지로 열고 물을 넣어 주었다. 그제야 왜가리는 머리를 주억거리며 기운을 차렸다.

아이들은 고목나무 아래 그늘로 내려와 다리를 뻗고 쉬었다. 누군가 콧노래를 불렀다. 코를 골며 자는 애들도 있었다. 아저씨네 공장은 갑자기 피난민 수용소라도 된 양 한쪽에선 아이들이 뒹굴고 한쪽에선 부상당한 왜가리 치료를 했다. 하롱 아줌마는 어디서 봤는지 나무젓가락을 이용해서 다리가 부러진 왜가리에게 부목을 대고 있었다.

"아따, 아줌마 수의사 면허증 있는갑소잉. 어째 이런 생각을 다 해 부렀소. 참말로 기특하네. 취나물 데칠 때는 죽을 만들어 놓더니, 재능이 따로 숨어 있었구만이라."

딱돌이 아저씨는 시들시들 기운이 없는 왜가리와 백로들의 눈을 뒤집어 까보면서 다리가 덜렁거리는 것들을 하롱에게 전해 주었다. 하롱은 눈을 깜박이며 아저씨의 말을 이해해 보려고 애를 썼다. 하림이가 어쩔 수 없이 통역을 했다.

"아줌마, 고향에서 이런 일 봤어요?"

하림은 일부러 왜가리가 땅에 떨어지는 시늉을 해보였다. 하롱은 함박웃음을 지으며 고개를 끄덕였다. 하롱은 너무 익숙하게 고무줄로 나무젓가락을 다리에 고정시켰다. 그리고 살포시 웃으며 말했다.

"며칠 걸려요. 그러면 금방 붙어요."

딱돌이 아저씨가 그런 하롱을 가만히 내려다보고 있었다. 하롱은 아주 천천히, 그러나 단단하게 부목을 대고 왜가리를 정성스럽게 쓰다듬어 주었다. 다 죽어 가듯이 눈을 감고 있던 왜가리가 하롱의 손길을 받으면 눈을 떠보곤 했다. 아저씨가 고개를 갸우뚱했다.

"사람은 역시 겪어 봐야 한다더니, 오늘 참 새로운 것 많이 봤다. 맨날 모지리같이 애들하고 게임만 하던 내가 당숲을 치우고 나니까 마을에서 뭔가를 좀 한 것같이 뿌듯한디야. 그란디 하림아, 너 충호가 오늘 좀 괜찮아 보이지 않냐?"

충호는 애들이 쉬는데도 자기는 쉬지 않고 숲속에 들어가서 남은 잔가지를 치우고 있었다.

"갸가 그런 카리스마가 있을 줄 누가 알았어요. 공부방 선생 노릇 좀 하더니 많이 컸네요. 초딩들 데리고 맨날 기 잡고 훈련시키더니, 이젠 지도자가 다 되었어. 옛날 같으면 턱도 없는디. 먹을것만 보고 달려들었제. 근디 오늘은 충호가 영 딴판이네."

샛별이 깔깔거리며 아저씨에게 대꾸했다. 그러자 하림도 배가 아프다는 듯 두 손으로 배를 쓰다듬으며 응수했다.

"오늘 값어치 한 애들 많네. 나도 한몫 했어. 그나저나 하롱 아줌마가 제일 신기하네. 맨날 아저씨 눈치만 보고 취나물 데치는 것 못해서 털어 너는 것만 하더니, 오늘은 아저씨 기선을 잡아 부렀어."

반 아이들은 샛별과 하림이 떠들든 말든 오전에 한 노동만으로도 얼굴이 벌겋게 달아올라서 퍼져 있었다.

"얘들아, 점심은 잘 먹었니? 미안하다. 충호가 하도 잘해서 난 바닷가 쓰레기를 치웠어. 다들 피곤하겠구나."

털보 샘이 벌겋게 상기된 얼굴로 나타났다. 애들이 샘을 향해 눈을 한번 떠보더니 여전히 휴식 모드로 들어가 버렸다. 샛별이만 낄낄거리며 선생님께 대꾸를 했다.

"담임 샘 맞아요? 우린 충호 지휘 아래 일하고, 샘은 어디 갔다 오시는 거예요? 오늘 담임 포기하셨나요?"

샘은 수건으로 땀을 닦으며 손을 내저었다.

"미안, 미안. 우선 급한 일부터 해야지. 그리고 사람을 제 역할에 맞게 쓰는 게 지도력이야. 오늘 딱 보니까 충호가 지도력이 있더구만. 그럼 제자들의 잠재 능력을 키워 주어야제, 내가 거기에다 뭘 간섭하고 있겠냐? 할 일이 널려 있는데 효과적으로 인력을 투여해야제. 샛별아, 그렇잖니? 너에게 쇼핑몰 일을 맡기면 아주 잘할 수 있을 거야. 그런데 너에게 수학 문제 푸는 일을 맡기면 어떨까? 아마 밥맛 떨어질 걸."

그러자 하림이 낄낄거리며 샘에게 다가왔다.

"샘, 그럼 저는 무슨 일을 맡기면 될 것 같애요?"

"오늘 일도 아주 잘하던데. 하림인 무슨 특별한 일을 하고 싶은 모양이지? 아직 너에 대해선 생각이 잘 안 떠오른다. 함께 고민해 보자."

샘은 누워 있는 아이들을 일으켜 세워 마지막 정리를 하기 시작했다. 숲속으로 들어가서 모아 놓은 잔가지를 공장으로 나르게 했다. 취나물을 데칠 때 화덕에 쓰기 위한 땔감을 만들어 주려는 것이었다. 그리고 바닷가에 가득 쌓인 쓰레기 봉지들을 트럭에 싣기 시작했다.

"일을 잘하는 사람은 정리를 잘하는 사람이란다. 어질러 놓고 일을 벌이는 것은 누구나 잘하지. 그러나 정리를 하면서 일을 진행하는 사람이 더 전문가야."

반 아이들은 담임 샘의 잔소리를 들어 가며 바닷가에 놓인 쓰레기 봉지를 하나도 남김없이 옮겼다. 숲속도 나뭇가지 하나 남지 않게 깨끗이 치워 냈다. 나뭇잎마저 떨쳐 버린 텅 빈 숲에는 얕은 바람만 머물렀다.

해질녘이 되어서야 일이 마무리되었다. 딱돌이 아저씨는 털보 샘 손을 잡고 감사의 뜻을 전했다.

"이렇게 마을 일을 도와주서서 정말 감사합니다. 지 혼자 하려고 했으면 엄두가 안 났을 것인디, 학생들 덕분에 빨리 끝났네요."

그러자 털보 샘은 멋쩍은 표정으로 얼버무렸다.

"깡이부터 찾아야 하는데 비바람은 어디서 피했는지? 마음이 편하질 않네요. 마을 일이라도 도울 수 있어서 다행입니다."

"아, 깡이요. 제가 경황이 없어서 그 말을 못 전했구만. 어제 깡이 잡으러 갔다가 놓치고 왔소. 그나저나 비바람 속에 내가 깡이 아빠를 두고 왔는디 괜찮은가 모르겠네. 하루 종일 이 사람이 얼굴을 안 보인 것이, 아직 마을로 안 온 모양인디."

딱돌이 아저씨는 호주머니를 뒤지며 어제 일을 주섬주섬 털보 샘에게 전했다. 두서없이 하는 소리라 털보 샘은 놀란 표정으로 이야기의 앞뒤를 맞추느라 귀를 쫑긋하고 있었다. 딱돌이 아저씨는 그 사이 핸드폰으로 깡빠에게 전화를 했다. 그러나 전화기가 꺼져 있었다.

"뭔 일이 없어야 하는디, 영 기분이 께림칙하요. 하도 아쉬워하기에 깡빠를 광장에 혼자 두고, 난 취나물 걷으려고 정신없이 달려왔단 말이요."

딱돌이 아저씨는 얼빠진 표정으로 중얼거렸다. 털보 샘은 시계를 보며 할 수 없이 인사를 했다. 아이들이 막차를 놓치기 전에 가도록 하려면 빨리 마을을 떠나야 했다. 뉘엿뉘엿 해가 기울자 군청에서 나온 청년들도 떠나갔다. 활개바위 뒤로 여전히 발간 노을이 찾아 들었다. 사람들이 모두 떠나가고 마을은 고요 속에 잠겼다. 왁자했던 왜가리 숲도 정적에 싸였다. 다리를 절뚝이며 부상당한 왜가리들이 숲속에서 서성였다. 나뭇가지 둥지에 들어 있는 왜가리 떼는 몇 마리 되지 않았다.

와글거리는 왜가리 떼를 창고를 넣어 두고 딱돌이 아저씨는 평상
에 앉아서 담배 한 대를 물었다. 하롱 아줌마는 여전히 아이를 돌
보듯 새떼들을 돌보고 있었다. 아저씨는 물끄러미 아줌마를 바라보
았다. 작은 키에 까무잡잡한 피부, 별로 애교도 없고 요리도 취나물
도 제대로 하지 못했는데, 오늘 하롱은 영 달라 보였다.

"취나물 대신 왜가리를 길러 팔아야 할 모양이다. 하롱 아줌마가
이 일을 더 잘하는구나."

하림과 샛별이 평상으로 오자 아저씨는 인사 대신 한 마디를 푹
던졌다.

"천연 기념물을 보호하고 더 많이 보급시키는 일은 경제적 가치보
다 더 많은 정신적 이익을 가져다 줄 것 같은데요?"

샛별이가 아저씨의 말에 대꾸하자 아저씨가 군밤을 주며 대답했다.

"경제적 가치? 무슨 그런 에려운 말을 해쌓냐? 왜가리도 생명인디
우리 곁에서 저것들이 죽어나가 봐라, 기분이 좋은가? 살려 놔야제.
오늘 사람 노릇은 좀 한 것 같다."

"근디 아저씨, 오늘 일하다가 생각해 봤는데요. 취나물이 저렇게
난리가 나불면 아저씨네 공장은 당분간 일이 없잖아요. 창고에 쌓
인 말린 취나물만 팔아야 하는데, 생취만 찾는 사람들이 더 많고
그란께, 인터넷으로 쇼핑몰 하나 만듭시다. 그러면 말린 취나물도
사시사철 팔 수 있고, 생취는 냉동 창고에 보관해서 팔면 될 것 같
은디요?"

샛별이가 아저씨에게 인터넷 쇼핑몰을 하나 만들자고 제안했다.

"그란께 니가 맨날 옷 사는 데같이 그런 인터넷 가게를 열자는

거냐?"

"그라제라, 아저씨. 생각해 보세요. 맨날 서울로 건취는 보내고 생취만 인근 채소가게로 가는데, 우리 고장 특산품으로 인터넷 판매를 해불면 전국에서 사묵을 거요."

"맞다, 맞어."

아저씨가 무릎을 치며 좋은 의견이라고 했다.

"근디 그 컴퓨터 일은 누가 맡을 건데?"

"그야 물론 컴박인 송충이보고 홈피를 만들라고 하고, 털보 샘더러 지도해 달라고 하면 되지요."

샛별은 신이 나서 쫑알거렸다. 그러자 하림도 거들었다.

"아저씨, 하롱 아줌마 오늘 보니까 일 정말 잘하던데, 컴퓨터 배우라고 권해 보세요. 다문화 센터에 나가 한국말도 곧잘 배웠잖아요."

그러자 아저씨는 담배연기를 깊게 내뱉으며 하롱 아줌마를 건너다보았다. 아줌마는 자기 이야기를 하는 줄도 모르고 여전히 왜가리 뒤치다꺼리를 하고 있었다. 산들바람이 불었다. 하늘은 언제 흐렸냐 싶게 아주 말갛게 개어 있었다.

"근께 말이다. 오늘 본께로 하롱 아짐씨가 보통 사람이 아니더라. 재주가 숨어 있었어. 처음에 목사님이 소개해서 공장에서 일을 시키기는 했는디, 어찌나 뭘 모르는지 참 애가 탔는디, 오늘 본께 그것이 아니더라."

아저씨는 담배 연기를 내뿜으며 자꾸 하롱을 바라보았다. 그러자 샛별은 하림의 옆구리를 찌르며 속삭였다.

"너 민이 오빠하고 헤어졌다고 소문이 자자하던데? 새로 전학 온

현준이랑 작업 중이라며? 오늘 청문회 좀 하자. 궁금해 죽겠더니 이제야 기회가 되네."

"채팅만 하는데 가긴 얼마나 가겠어. 아저씨도 듣는 데 정말 이럴거야?"

하림이 눈을 부라리며 샛별을 나무라자, 아저씨가 씨익 웃으며 둘의 대화에 끼어들었다.

"하림이 니가 남자친구 많은 거 모른 사람 누가 있다고 쉬쉬 하냐? 나보다 낫다. 나는 마흔이 넘어도 애인 한 명 없는디 니가 부럽다야."

하림은 어이없는 표정으로 아저씨를 돌아보았다.

"놀리지 마시오. 부러울 것이 없어서 나같이 아무런 희망이 없는 사람을 부러워 해요. 난 아저씨가 부러워 죽겠소. 아저씨는 취나물 공장 있은께 평생 굶어 죽진 않제. 난 할매 고생하는디, 빨리 내가 돈을 벌어야 해라."

"그래, 근디 돈 버는 거 하고 남자친구하고 무슨 상관이 있냐? 왜 공부는 안 하고 친구만 사귀냐?"

"하도 답답한께 안 그라요. 어디 풀 데가 있어야제. 샛별은 맨날 옷만 사대고, 나는 돈이 없어서 옷은 못 사는디, 그라고 우리 집에는 컴퓨터도 없고 공부에는 취미도 없는디 무슨 일을 하겠소. 그냥 저냥 남자 친구나 사귀면 내 이야기도 들어 주고 재밌잖아요."

그러자 아저씨가 고개를 살살 흔들며 하림을 건너다보았다.

"여기저기 신경 쓰면 아무 것도 못 해야. 하나라도 제대로 해야 밥 묵고 살제."

하림은 생각에 잠겼다가 다시 대답했다.

"자꾸 바꾸고 싶어서 바꾸겠소. 애들이 처음에는 호기심으로 사귀었다가, 내가 부모도 없고 할매랑 둘이 살고, 대학 진학은 꿈도 못 꾸는 아이란 걸 알면 저절로 떨어져 나가 부러요."

"그라면 안 사귀면 되제, 뭐 할라고 자꾸 사귀냐?"

아저씨가 인상을 쓰며 되물었다.

"집에만 오면 할매하고 밭에 가서 일하고, 학교 가서는 공부는 하기 싫고 그런께 네이트에 들어가서 넋두리하제. 내가 소설 속 주인공이나 되는 것처럼 뻥도 좀 치고."

"에끼, 이 녀석! 그런께 니가 뻥친다는 거 알면 애들이 떠나가는구만."

하림이 낄낄거리며 고개를 끄덕였다. 아저씨도 그만 껄껄 웃었다. 그러자 갑자기 샛별이 박수를 치며 말을 꺼냈다.

"그래, 맞아. 난 깡이가 왜 도둑질을 했을까 이해를 못 했어. 깡이 아빠는 깡이에게 넉넉한 용돈을 주었으니까. 그래도 깡이는 할매들 집을 돌면서 돈을 훔쳤거든. 네 이야기를 듣다가 깨달았어. 깡이는 할 일이 없었어. 아무도 관심을 가져 주지도 않았고, 그래서 그 무료함을 깨는 방법이 바로 훔치는 거였던 거제. 그런데 훔쳐도 아무도 관심을 가져 주지 않은 거야. 처음에는 무척 긴장했을 텐데, 할머니들은 돈을 잃어버렸다는 것조차 모를 때가 태반이었어. 그래서 나중에는 관심을 끌려고 했던 거 같은디."

"정말 그럴까?"

딱돌이 아저씨는 눈동자를 굴리며 샛별의 이야기를 듣고 있었다.

입술을 꼭 다문 채 생각에 잠긴 모습이었다.

"깡빠는 내 친구지만 참 착실하게 살제, 너무 착실한 것이 문제요. 식구들이 뭔 생각을 하는 줄도 모르고 일만 하제. 각시가 외로워서 하소연을 하면 듣기 싫어도 그냥 듣는 척이라도 해주제, 혼자 일만 한께로 깡이 엄마가 떠나 불렀어. 근디 이번에는 깡이 차례야. 일만 하지 말고 깡이랑 좀 놀아 주고 그라제. 새끼가 나보고 맨날 애들하고 논다고 충고하고 난리더니 결국 깡이가 저렇게 나온다. 사람은 누구나 자기의 장점이 단점도 된다는 걸 잘 몰라야. 내가 아주 바보 같지만, 그래도 좀 괜찮아 보일 때도 있제?"아저씨는 하림과 샛별에게 동의를 구하며 눈을 굴렸다.

"그라제라. 아저씨가 없다면 우리가 동네에서 어디 가서 시간을 보내겠소. 할매랑 하네들은 대화가 안 통해서 아주 죽을 맛인디."

샛별이 박수를 짝짝 쳤다. 하림도 웃으면서 고개를 끄덕였다.

"근디 오늘 송충이가 아주 큰일을 하든디, 벌써 교회 가부렀냐?"

아저씨는 주변을 둘러보며 충호를 찾았다.

"말도 마시오. 교회도 난리가 났다요. 목사님은 교회 수습하느라 당숲에 내려오지도 못했는데, 산에서 물이 쏟아져 공부방이 잠겼다가 이제야 물을 다 뺀 모양입디다. 목사님 호출 받고 송충이는 곧바로 올라갔제라."

아저씨는 고개를 끄덕였다. 충호는 놀 새가 없었다. 아직 어린 나이인데 안타까울 정도로 교회 일에 얽매였다. 하림과 샛별이 늘 노는 데 비해 충호는 항상 일을 했다.

"그래, 충호는 저렇게 바빠서 스트레스를 게임으로 푸는가 보다.

목사님이 아주 학을 떼더라, 밤늦게까지 컴퓨터 붙들고 있다고. 무슨 애가 낮에 일을 했으면 피곤해서 자야 하는디, 요즘 애들은 밤이 되면 더 쌕쌕하게 살아서 컴퓨터 질이래."

그러자 하림이 입술을 쑤욱 내밀고 대꾸했다.

"피이, 아저씨도 안 그라요. 낮에 아주 피곤에 절어서 취나물을 데치다가도 밤이 되면 게임 하잖아요."

"내가 무슨 청춘이냐? 나는 취나물 안 나오는 겨울에만 많이 하제. 봄에는 게임할 시간도 읎어. 어쩌다가 일요일에나 좀 하려고 하면 니그들이 컴퓨터를 다 차지해 버리잖냐."

딱돌이 아저씨가 긴 하품을 했다. 너무 일을 많이 해서 기운이 꺾여 눈꺼풀이 내려앉았다. 아이들은 자리를 털고 일어섰다. 그런데 갑자기 공장 앞에 환한 불빛이 비쳤다. 요란한 경운기 소리와 함께 이장 할아버지와 상쇠 할아버지가 마당으로 들어섰다.

"니그들 오늘 고상했다. 왜가리도 돌아오고 2월 초하룻날 솔개구름도 뭉실뭉실 떠다녀서 올해는 마을에 좋은 일이 많을 거라고 했는디, 이게 뭔 꼴이냐? 그래도 또 모른다. 이게 액땜이 되어서 참말로 좋은 일이 일어날 수도 있을 거여."

이장 할아버지가 까만 비닐봉지를 펼쳤다. 과자랑 막걸리가 풀어져 나왔다. 상쇠 할아버지가 목을 꿍꿍거리며 사설조로 이야기를 풀었다.

"으른은 그냥 으른이 되는 것이 아니여, 으른 노릇을 해야제. 오늘 딱돌이가 으른 노릇을 제대로 해서 우리가 치하하러 왔다. 그런디 왜 깡빼가 안 보이냐? 마을 사람들이 다 보이는디 깡빼만 읎어.

어디 갔다냐?"

아이들은 할아버지가 사 온 과자를 덥석 물고 신이 나서 먹어 대기 시작했다.

"다 잡은 깡이를 놓치고 홧병이 났는지 집에 안 돌아왔어라. 읍내 어디서 술에 박혔는갑소."

딱돌이 아저씨는 막걸리를 한잔 털어 넣고 신세타령을 했다.

"저도 성가서 죽겠습니다. 깡빠가 끄떡하면 깡이 찾으러 가자고 난리를 안 피우요. 근디 아무리 코딱지만 해도 공장을 운영하는디 일이 없겠소. 메뚜기도 한철이라고 취나물은 지금이 대목인디, 새끼가 아무리 친구라고 해도 자꾸 물귀신같이 날 끌어들이네."

상쇠 할아버지는 딱돌이 아저씨가 사발 가득 따라 주는 막걸리를 수염까지 묻혀 가며 마시고 한 마디 던졌다.

"그래도 친구 간에 그라믄 안 된다. 서로 도와야제. 몇 사람 되지도 않는디 서로 자기 잘살라고 넘을 안 돌보면 죄 받는 벱이여."

이번에는 이장 영감이 그 말에 고개를 크게 끄덕여 호응해 주었다. 딱돌이 아저씨는 고개를 살짝 돌리고 성가시다는 표정을 지었다.

"그건 그렇고, 오늘 정말 고생했다야. 니그들이 없었으면 마을이 어쩧게 되어 부렀겠냐? 인젠 왜가리하고 백로만 치료하면 되제. 저 눔들이 떠나 불면 우리 마을은 참말로 망해 분다. 니들도 그건 알아야 써."

이장 할아버지와 상쇠 할아버지는 텅 빈 숲을 바라보며 주거니 받거니 막걸리를 마셔 댔다. 딱돌이 아저씨도 싱글벙글 술잔을 받았다. 그런데 갑자기 목사님이 들이닥쳤다. 목사님은 안절부절 정신을 못 차리고 소리쳤다.

"사고요, 깡이 아빠가 다리를 다쳤대요. 오토바이를 타고 태풍 속에서 돌아오다가 전봇대와 부딪친 모양입니다. 읍내에서 할 수가 없어서 어제 대학병원으로 호송을 했다는데, 가족과 연락이 되지 않아 교회로 연락이 왔답니다. 수술을 해야 하는디 보호자가 없다고."

다들 딱돌 아저씨를 바라보았다. 그러자 딱돌이 아저씨가 가슴을 쳤다.

"아이고, 복도 많어. 뭔 복이 이렇게 하루아침에 터진다냐? 이틀 내내 태풍 수습하느라 눈꺼풀이 감긴디, 이젠 깡빠까지 사고를 쳐? 죽일 놈이 끄떡하면 날 잡고 늘어진당께. 벵원에서 퇴원만 해봐라, 내가 가만두나."

아저씨는 욕을 바가지로 해대면서도 얼른 가방을 챙겼다. 막걸리를 마실 대로 마셔서 운전은 할 수 없이 목사님이 하기로 했다. 할아버지들은 표정이 굳어져서 말을 잃어버렸다. 애들은 눈치를 보다가 목사님의 차가 출발하자 집으로 돌아가기 시작했다. 딱돌이 아저씨는 차 안에서 아이들에게 소리를 쳤다.

"내가 올 때까지 공장 좀 봐주라. 하롱 아줌마는 아직 뭘 잘 모른께 니그들이 가르쳐 줘야 써. 밀린 일은 없다마는 왜가리들을 살려야제. 애써 구해 놨는디."

하림과 샛별은 숲가에 서서 고개만 끄덕거렸다. 아무 뜻도 모르고 하롱 아줌마가 애들 곁에 서서 주억거리며 떠나는 사람들에게 인사를 했다.

새 살

"나는 억울해, 억울해 죽겠어야. 세상에는 나보다 더한 놈들이 얼마나 많은디 내가 왜 이런 형벌을 받아야 하냐, 도둑놈들이 벌을 받아야제. 혼자 살려고 발버둥쳤는디 왜 내가 빙신이 되어야 하냐고?"

수술실로 들어가며 깡빠는 가슴을 쥐어뜯었다. 말리는 목사님의 셔츠를 잡고 늘어져서 목사님은 목에 상처가 깊게 패였다. 빗속을 달려오다가 오토바이가 고목을 박고 깡빠의 몸은 허공으로 붕 떠올랐다. 다행히 빗물이 고인 길 위로 떨어져서 머리는 다치지 않았지만, 마주 오던 자동차가 브레이크를 잡지 못하고 깡이 아빠의 다리를 스쳐 버렸다. 깡빠의 종아리는 뼈를 간추릴 수도 없이 망그러져 버린 것이다. 다리를 절단하지 않고는 방법이 없어 보였다. 부서진 뼛조각과 염증으로 곪아 가는 상처가 허벅지까지 번진다면 생명까지 위험한 상태이다.

딱돌이는 보호자 대신 수술 동의서에 서명했다. 만일 무슨 사태가 나더라도 책임은 자신이 져야 할 것 같았다. 그런데 수술실 앞에서 깡빠가 옆구리를 붙잡으며 통사정을 했다.

"내가 만약 죽거든 우리 깡이를 부탁한다. 너밖에 없다."

"죽긴 누가 죽어. 평생 날 갈구고 살아도 괜찮응께 암 말 말고 고 통이나 잘 참아 내거라. 생명엔 지장 읍단다."

깡빠는 이를 바드득 갈면서 애처로운 눈빛을 거두지 못하고 수술실로 들어갔다. 목사님을 보내고 딱돌이는 밖으로 나와서 수술이 끝날 때까지 혼자 서성였다. 10년 전 IMF가 닥쳤을 때, 몇 푼 안 되는 재산을 들고 공장 문을 나섰을 때도 이처럼 막막했을까? 깡빠와 딱돌이는 공고를 졸업하자마자 하남공단에서 일했다. 10여 년 일한 끝에 제법 안정된 생활을 할 수 있었다. 친구들끼리 대기업에 납품하는 공장을 세워 운영하다가 그만 IMF가 닥친 것이다. 대기업들이 줄줄이 도산하는 바람에 협력 업체들은 이미 납품해 놓은 상품 값도 못 받은 채 10여 년 일한 재산이 허공으로 날아가 버렸다.

그래도 그들에겐 돌아갈 고향이 있다는 게 큰 위안이었다. 깡이 엄마는 시골로 내려가는 것을 극구 반대했지만, 철없는 향수에 젖어서 그와 깡빠는 옛 낭만과 여유를 기대하며 낙향했다. 그러나 고향 생활 10여 년에 깡빠는 아내가 떠났고, 아들은 문제아가 되어 버린 것이다. 차라리 도시에 남아서 하루하루 노동으로 살아가는 것이 더 나을 수도 있었다. 고향에서의 삶은 어릴 적 낭만을 떠올릴 수 없게 삭막하고 고단했다. 노인들만 남아 있어서 늘 초상이 났고, 젊은 사람이 없으니 그 일은 깡빠와 자신의 일이었다. 골치 아픈 아이들이 할머니에게 맡겨져 있어서 동네아이들을 친조카처럼 껴안고 가야 했다. 그는 미간에 주름을 잔뜩 세우고 담뱃가게를 찾았다.

한 해 한 해 미루다가 어느새 불혹을 넘긴 나이가 되었건만, 그에게는 가정도 윤택한 노후 설계도 없었다. 이러다가 어느 날엔가 구부정한 허리에 일할 기운마저 없어져서 공장까지 포기하게 될지도 몰랐다. 그는 갑자기 초조해졌다.

담배 연기를 길게 내뿜으며 깡이를 생각했다. 어디에 숨어 있는지, 하루하루가 얼마나 초조하고 힘들지, 어쩌다가 그렇게까지 되어 버렸는지, 그것마저 자신의 책임인 양 견딜 수가 없었다. 돌이켜 보면 그에게는 아무 책임도 없었다. 그러나 그는 외로웠고, 그나마 아이들과 노는 게 즐거움이라면 즐거움이었다. 막막한 시간을 보내기가 버거울 때, 공장을 찾아든 아이들과 게임이라도 한판 하고 나면 시간이 잘 갔다. 깡이랑 게임만 할 게 아니라 이야기를 좀 했어야 했다. 그는 깡이의 머릿속에 무슨 생각이 들어 있는지 헤아려 보지 못했다. 그도 그럴 것이, 그의 머릿속에도 별다른 생각이 없었다. 공장은 실실 돌아가고 겨우 밥이나 굶지 않을 정도의 수입이 나왔다. 부양할 가족이 없으니 더 이상 욕심낼 필요도 없었다. 그저 남은 시간에 게임이나 좀 하고, 깡빠가 고기를 잡아오면 그것을 안주 삼아 술타령이나 하면 시간은 그럭저럭 잘 흘러갔다.

그는 복잡한 생각을 한다거나 으리으리한 야망을 키우는 일 따위는 귀찮고 싫었다. 한번 IMF 때 당하고 나니까, 아무리 무슨 일을 하고 싶어도 운이 따라야 한다는 게 그의 지론이었고, 운이 언제 다가올지는 기대하지 않았다. 자기만의 공장을 세우기 위해 그렇게 아끼고 절약했던 청년 시절, 그는 꿈같은 자기 공장을 차렸다. 하지만 이듬해 협력 업체의 줄도산으로 빚만 지고 공장 문을 닫지 않았던가? 차라리 모아놓은 돈으로 공장을 차리지 않았다면 지금 이렇게 고생하지 않아도 되는 거였다.

그에게 꿈이란 위험천만한 도박이었다. 그는 다시는 도박 같은 건 하지 않으리라 생각했다. 그저 있는 현실 속에서 가지고 있는 것만 놓치지 않고 살아도 현상 유지는 된다며 야망을 품는 자들을 빈정댔다. 그는 동네 목사님이 지역 아동센터를 열고, 농어촌에 버려진 아이들을 모아서 위탁 경영을 하며, 그 아이들의 미래를 열어 주려고 여러 가지 방법을 모색해 가고 있어도 굳이 그 교회를 돕진 않았다. 하림이나 깡이를 교회 공부방에 가라고 권하지 않는 것도 그 때문이었다. 쓸데없는 욕망을 부추기는 것은 도박보다 더 위험한 발상이란 생각이었다. 홀몸 노인들에게 맡겨진 아이들은 그 아이들 대로 살아갈 방법을 터득해 가기 마련이었다. 아이들이 자율성이 없다는 것을 빌미로, 아이들을 교회에 모아 놓고 자신의 능력이나 정체성을 성찰해 볼 시간도 없이, 목사님이 정해 놓은 길을 따라가는 것은 결코 현명한 방법이 아니었다. 그러나 깡이가 이탈을 하고 보니 후회스러웠다. 가장 나쁜 것은 혼자 놓아두는 것이다. 사람을 방치하는 것이 가장 안 좋은 일인 것이다. 어쨌거나 사람은 사랑을 주고받으며 살아가야 하는 존재다. 그의 담배는 쓰고 깊었다. 자꾸 자꾸 담배가 당겼다. 생각할 게 한두 가지가 아니었다.

수술은 길어졌다. 처음에 세 시간이면 끝난다고 하더니, 연장된다는 메시지가 들어왔다. 그는 수술실로 돌아와 의자에 앉아서 졸았다. 피곤이 몰아쳐서 견딜 수가 없었다. 그런데 갑자기 핸드폰의 진동이 울렸다. 털보 샘이었다. 그는 머리를 흔들며 엘리베이터 대신 계단으로 뛰어 내려갔다.

"근무 중이실 텐디 일부로 올라오셨구만이라. 참 미안하고 죄송스러우요. 애들도 애들이고, 이젠 어른까지 일이 꼬이니 어렵습니다."

딱돌이는 털보 샘에게 중얼중얼 어눌한 말을 이어갔다.

"참으로 안되셨네요. 다리를 절단하셨다니, 정신적인 충격은 또 얼마나 크겠습니까? 깡이를 빨리 찾아야 하는데 그것도 쉽지 않고, 뭐라고 위로의 말씀을 드려야 할지 모르겠습니다."

털보 샘은 자판기에서 커피 두 잔을 빼서 병원 뜰로 내려갔다.

"저눔의 새끼가 날 영 성가시게 하네요. 이젠 치다꺼리도 징글징글헌디, 이건 맛뵈기고 본 게임은 진짜로 남아 있소. 다리 땜새 일도 못 하게 생겨 부렀는디, 일자리도 마련해 줘야 쓰고 깡이도 찾아야 쓰고, 내가 뭔 복인 줄 모르겠단 말이요."

딱돌이 아저씨는 공장 일마저 아이들에게 맡겼다며 투덜거렸다. 목사님에게 신세 한탄을 했다가, 그래도 깡빠에겐 남아 있는 단 한 사람의 은인이라고 추켜세워 주는 통에 꼬리 내린 아저씨는 누군가에게 하소연을 하고 싶었었다. 그러던 차에 털보 샘이 나타난 것이다. 딱돌이는 할 말이 아직 많다는 표정으로 담배를 꺼냈다. 털보 샘은 입술을 단단히 닫고 침묵만 지켰다. 복잡한 마음속을 담은 양 눈빛이 충혈되어 있었다. 딱돌이 아저씨도 무슨 말을 먼저 꺼낼지 몰라 길게 연기만 내뿜었다. 한참 후에 털보 샘이 입을 열었다.

"애들이 한결같이 결핍을 안고 살아갑니다. 불과 5년 전만 해도 결손가정 아이들이 이렇게 많진 않았죠. 지금은 시골에 가면 어느 학급이나 할머니와 살아가는 아이들이 태반이에요. 우리나라 사회 현상이 급속도로 바뀐 거죠. 가정이 해체된 거예요. 굳이 나쁜 거라고 말씀드리는 것이 아니라, 다만 하나의 사회 현상이라는 거죠. 이건 국가가 개입해서 어떻게 다시 합쳐 볼 수 있는 일이 아닙니다. 왜, 우리가 자랐던 80년대는 '딸 아들 구별 말고 둘만 낳아 잘 기르자.' 또는 '잘 기른 딸 하나 열 아들 안 부럽다.' 같은 가족계획 홍보가 먹혀들어 갔잖아요?"

털보 샘은 낮은 목소리에 힘을 실어 이야기를 이어갔다.

"그런데 지금은 그런 홍보가 먹혀들어 가지 않습니다. 지금은 '자기가 낳은 자식 버리지 말고 기르자.' '자식을 낳는 것이 애국하는 길이다.'이런 현수막이 필요하지요. 누가 그런 홍보를 하지도 않지만, 그런 홍보를 들을 사람도 없는 거죠. 이젠 극도로 개인의 이익을 추구하는 사회로 변화해 버린 겁니다. 선진국 형 개인주의가 우리나라에 급속도로 와전되면서 퍼진 것이죠. 자신의 행복에 대한 철학적 성찰을 하지도 못한 채 부모가 되었고, 주변의 경쟁적인 삶으로부터 자유롭지도 못한 개인들이 본질적인 인간관계를 버리고 자기 행복을 위해서 떠나 버린 것입니다. 오늘날 많은 엄마들이 아이들을 버리고 가정을 떠나는 것은 희생만 강요하는 가정 안에서 자기 행복을 기대하기 어려운 까닭이죠."

"선상님, 난 뭔 소린 줄 모르겠소만, 깡이 엄마가 깡이를 버리고 가지 않았다면 일이 이렇게 꼬이진 않았을 거요. 개인주의나 자아가 뭔지 난 몰라라. 똑똑한 우리나라 여자들이 싫다고 떠나 버린 농촌에 다른 나라 여자들이 들어와서 둥지를 트요. 그 여자들도 넉넉해지면 다시 자기를 찾아 떠나 불까요? 그런 생각을 하면 참 끔찍하요. 장가들 생각도 읖고, 시상은 변했소만 깡빠나 나나 시상에 적응을 못 하고 살아가는 쪼까 부족한 사람들이제."

딱돌이는 쓴 입맛을 다셨다. 털보 샘은 다부진 표정으로 아저씨를 바라보며 미소를 지었다.

"그래도 아이들이 있잖아요. 마을에 살고 있는 아이들을 잘 돌보면 그게 더 큰 의미가 있는 거지요. 다만 이 아이들은 자기들이 얼마나 소중하고 아름다운 존재라는 것을 모르는 게 안타깝습니다."

"태어날 때부터 가정이 붕괴된 애들도 있고, 살다 보니 어느 날 엄마가 떠나가 버린 애들도 있지만, 다 자기 나름대로 살아가는 방법을 알고 있어라. 깡이만 걱정이제."

딱돌이는 냉랭한 말투로 대답했다. 잠시 왔다가 사라지는 학교 선생님이 아이들에게 얼마나 큰 관심을 가질까 의문을 담은 목소리였다.

"제 말씀은 이 아이들의 결핍을 결핍으로 풀어 가자는 것입니다. 하림은 맨날 문어발로 남친을 낚아챕니다. 충호나 깡이를 남친으로 한다면, 그 모든 것이 흠이 되지 않을 것인데요. 게임 중독에 빠져 있는 충호나 쇼핑에 미쳐 있는 샛별이, 그리고 외롭고 힘든 상황을 절도를 통해서 알리고 싶은 깡이가 함께 모여서 정말 이해하고 이해받는 친구가 된다면, 그들의 문제는 풀릴 거란 생각이 들더군요."

딱돌이는 머리를 박박 긁으며 대답했다.

"선생님 말씀이 뭔 말인지 난 잘 모르겠는디요?"

그러자 털보 샘은 긴 한숨을 토해 냈다. 그리고는 딱돌이에게 부드러운 목소리로 물었다.

"이젠 가족의 의미가 바뀌고 있습니다. 전엔 혈연관계로만 가족 구성원이 되었지만, 지금은 친구랑 같이 살기도 하고 결합 가족도 많잖아요. 아저씨도 한번 생각해 보세요. 사람은 혼자 살 수 없는 동물인데, 애들이랑 같이 살면 그래도 서로 의지가 되지 않을까요?"

딱돌이가 머리를 빡빡 긁으며 대꾸했다.

"옴메, 징해 죽겄는디 나보고 그 애들을 입양이라도 하라는 소리요?"

털보 샘이 웃으며 대답했다.

"꼭 그런 게 아니라 아저씨도 기존의 가족 형태만 고집하지 마시고, 새로운 형태의 가족을 꾸려 보라는 겁니다. 구성원은 누가 되든지 애정과 관심만 있으면 최고 아닐까요?"

딱돌이는 알 듯 모를 듯한 미소를 지으며 고개를 살래살래 저었다. 그러자 털보 샘은 다시 깡이 이야기를 꺼냈다.

"깡이는 외로워서 관심을 끌려고 도둑질을 한 거예요. 물론 피시방에서 게임하려고 돈이 필요하기도 했고, 옷가지나 패스트푸드를 사려고 돈이 필요하기도 했지만, 본질적으로 깡이를 잘 살펴보면, 관심을 끌려고 한 짓이에요. 왜냐면 아무도 깡이에게 관심을 가져 주지 않았거든요. 깡이 아빠는 아들을 제대로 이해하지 못했어요. 다른 애들에 비해서 아빠라도 있으니까 다른 존재라고 생각하고 오히려 애들을 무시했지요. 너희들은 부모도 제대로 없는 애들인데, 우리 깡이는 이렇게 건전한 아빠가 떡 버티고 있다고 말이죠."

"글쎄라, 꼭 그런 것만은 아닐 거요. 그래도 부모가 자식을 더 많이 알제, 우리 같은 제 3자가 깡이를 알면 얼마나 알겠소?"

털보 샘은 고개를 완강하게 저었다.

"아니죠, 깡이는 아빠에게 제 모습을 속였어요. 공부도 잘하고 있는 것처럼 속이고 행동도 잘하고 있는 듯이 속였죠. 그러다 보니 어느 날부터 불안해지기 시작했어요. 자꾸 속이다 보니 언젠가는 들킬 것 같고, 그래서 무엇인가 자꾸 쫓기는 심정이 절도로 폭발한 거죠. 한번 훔치고 나니 짜릿한 즐거움도 있고, 정작 피해자는 행동이 느린 할머니들이고, 그러니까 행동에 대한 대가는 치르지 않아도 되고, 그러니까 계속 더 하고 싶어진 거예요. 더 강한 자극을 노리고, 훔치면서 기쁨을 느끼고, 누군가에게 보복하는 듯한 즐거움도 생긴 거죠. 그러면서 도덕적 불감증에 빠져 들기 시작한 겁니다."

딱돌이는 그만 고개를 떨궈 버렸다. 생각해 보니 그럴 듯도 싶었다. 깡이가 자꾸 훔치고 다녀도 누구 하나 깡이를 나무라지도 않고, 관심을 갖지도 않는 듯했다. 깡이를 보면 낌새가 안 좋고 기분이 나빠서 약간 피했을 뿐이었다.

"그럼, 이젠 선생님은 그 아이들을 어떻게 지도할라요? 진학은 어떻게 했으면 좋겠소?"

"그래서 제가 찾아온 거죠. 아저씨가 도와주셔야 해요. 저애들은 읍내 인문계 고에 갈 형편도 못 되지만, 가서 적응도 쉽지 않을 것입니다. 곁에 있는 종고에 보내야죠. 그런데 저애들을 함께 묶어 줘야 해요. 사장님 네 공장에서 알바를 할 수 있게 해주십시오."

"아이고, 그건 너무 어려운 주문이요. 나 혼자 벌어 묵기도 힘들고, 베트남 아줌마를 한 명 썼는디, 달마다 월급 주기도 땀나요. 그런 말은 허지도 마시오. 아주 애기들하고 깡빠만 봐도 징글징글헌 께로."

털보 샘은 딱돌이 아저씨의 완강한 거절에 어이없는 표정으로 팔짱을 낀 채 침묵을 지켰다. 아저씨는 화난 김에 말을 막 해놓고 괜히 미안해서 슬며시 깡이 이야기를 꺼냈다.

"깡이는 어떻게 된답디까? 잡히면 형을 받게 되나요? 어디 있는 줄이나 아요?"

그러자 털보 샘은 기다렸다는 듯이 밝은 목소리로 대답했다.

"오늘 경찰서에 들러서 왔습니다. 깡이를 잡을 방법은 이제 하나밖에 없답니다. 깡이가 인터넷을 쓰면, 쓰고 있는 컴퓨터 아이피를 이용해서 있는 곳을 파악해 낸다네요. 엊그제 서울에서 아이피가 잡혔답니다. 서울로 간 것 같네요. 조만간 좋은 소식이 있을 겁니다."

아저씨가 목소리를 내리깔았다.

"돌아와도 문제요, 문제. 벌써 마을에는 깡이에 대한 소식이 쫙 퍼져 부렸소. 이장 어른부터 벼르고 있다요. 골목골목마다 돌면서 할매들 돈을 안 만진 디가 없다고, 버릇 잡는다고 난리당께요. 잘못하면 쫓겨나게 생겼는디, 우리 공장으로 도망 오면 내쫓도 못 하고 그 노릇을 어찌할꼬?"

"실제로 경찰서에서 접수해 놓은 자료를 보았습니다. 정말 많더군요. 초등학교 때부터 묵은 사건들이 엄청났습니다. 그러나 사실 여부는 깡이가 와봐야 확인이 됩니다. 소문이란 원래 눈덩이처럼 불어나지만, 시간이 흐르면 눈 녹듯이 또 사라져 버리곤 하죠. 그게 모두 깡이가 한 사건은 아닐 겁니다."

갑자기 전화기가 울렸다. 깡빠가 수술실에서 회복실로 옮겼다는 소식이었다. 둘은 회복실로 올라갔다. 아직 마취가 풀리지 않아서 깡빠는 잠이 들어 있었다.

"깨어나면 아마 힘들어 할 것입니다. 보호자분들이 이해를 해야 합니다. 걷잡을 수 없는 상실의 아픔이 분노로 표출되지요. 옆에 있는 사람에게 실컷 화풀이를 하고 나면 아마 편안해질 것입니다. 며칠 지나면 자신의 상황을 받아들이게 됩니다."

담당의사는 팔뚝에 묶인 진통제를 확인해 보며 짧게 상황을 설명해 주고 나갔다. 딱돌이는 또 진땀이 났다. 성질 사나운 깡빠가 깨어나면 얼마나 난동을 부릴지 알 수 없었다. 멀쩡한 다리 한 쪽을 잃었으니, 또 한 차례의 강한 태풍이 불어 닥칠 것이다. 그리고 그것을 온몸으로 받아야 할 사람은 자신밖에 없었다. 그는 차라리 도망이라도 치고 싶었다. 그런데 담임 선생님이 계시니 그럴 수도 없었다.

딱돌이가 없는 공장은 폐허처럼 쓸쓸했다. 폭우가 지나간 취밭은 밀려온 진흙이 엉켜서 쉽게 취나물이 자라지 못하게 되어 버렸다. 스프링쿨러가 돌아가고 노인들은 밭마다 눌러앉아 진흙을 떼어 내느라 진땀을 뺐다. 이장 할아버지는 하림이 네 취밭을 도와주러 왔다.

"안 되겠어. 밭을 갈아엎어 버리고 새로 씨앗을 심어야제. 언제 이 많은 취나물을 닦아 내겠어."

할아버지는 하림이 할머니에게 물어보지도 않고 트랙터를 가지고 와서 밭을 밀어 버렸다. 취나물은 뽑혀서 땅 속으로 들어가고, 빛깔 고운 황토가 정갈하게 골라졌다. 할아버지는 신이 나서 하림이 네 골목길을 들어서며 소리 쳤다.

"에에! 하림이 할매, 내가 아주 존 일을 해 부렀은께 술상이나 한

상 봐주시오."

새벽에 나가서 진흙을 씻어 내느라 진땀을 뺀 할머니는 기운이 빠져서 자리에 누워 있다가 이장 영감 소리를 듣고 간신히 몸을 일으켰다. 대문을 밀고 할아버지가 들어섰다.

"내가 할매 도와주려고 취밭을 아주 깨끗하게 설거지를 해부렀당께. 얼른 나와 보시오."

할머니는 상황 판단을 못 하고 다리를 질질 끌며 마당으로 나왔다. 언덕 위의 취밭을 올려다보다가 그만 벼락같이 소리를 질렀다.

"오메, 오메! 저게 뭔 일이당가. 새벽에 나가서 반은 골라 놨는디, 다 살려 놓은 취밭은 왜 갈아 옆어. 내가 못 살겠네. 새로 심으면 취가 나서 자랄 때까지 한 달은 걸릴 것인디, 이게 뭔 일이여."

그러자 할아버지는 멋쩍은 표정으로 얼버무렸다.

"한 달은 안 걸릴 것이여. 여름이라 한 보름이면 취 벨 수 있어. 깨끗하게 새로 난 놈을 베어야제. 물속에 잠겨 버린 취나물을 언제 살려낼 것이요?"

"저놈의 영감탱이는 자기 할 일이나 잘하제, 가만 놔둬도 잘 자랄 것인디, 뭐 하러 놈의 취밭엔 와서 취밭을 갈아 옆어 버렸다냐. 못 살겠네."

"함씨가 도와줘도 난리여. 가만 있어 보시오, 다른 취밭보다 더 빨리 취나물을 벨 것이구만. 잔소리 그만하고 아, 술이나 한 상 봐 주라고잉."

할머니는 하림을 불러서 술상을 차리라고 했다. 하림은 냉장고에서 김치를 꺼내고 찬장에서 술잔을 내렸다. 할머니는 마실 사람이 없어도 늘 술을 몇 병 준비해 놓곤 했다. 작은 방에서 놀고 있던 샛별이 하림에게 다가와서 물었다.

"니그 할매하고 이장 할배하고 사귄 거 아니냐?"

그러자 하림은 실실 웃으며 대답했다.

"모르제, 궁금하면 직접 물어봐라?"

샛별은 고개를 갸우뚱하며 다시 물었다.

"니그 할매 새 옷 찾고 안 그라냐?"

"가시내야, 세상 사람들이 다 너 같냐? 관심 꺼. 사귀거나 말거나 으른들인디, 우리가 상관할 일 아니잖어. 으른들은 으른들대로 알아서 한다고."

샛별은 그래도 이상하다고 했다. 왜 이장 할아버지는 자꾸 하림이 네 취밭만 기웃거리고 다니는지, 그 정도가 좀 심하다고 말했다.

"너 혹시 남친 밝히는 거 유전 아니냐? 니그 할매도 보통 아닌디?"

샛별은 혼자서 낄낄거렸다. 하림은 들은 척도 하지 않고 술상을 차려 내갔다.

공장 창고에서 왜가리들은 하루가 다르게 회복되어 갔다. 하림과 샛별은 학교가 끝나면 곧장 공장으로 돌아왔다. 하롱 아줌마는 왜가리를 아이들처럼 돌보고 있었다. 그 사이에 왜가리들은 부목을 뗀 것도 많았다.

"새들은 다리가 빨리 붙어. 사람과는 다른가 봐."

하림은 신기해서 자꾸만 왜가리들을 들여다보았다. 신기한 것은 왜가리뿐만이 아니었다. 숲속에선 나무마다 새싹이 나오고 있었다.

여린 새순들이 3월처럼 나무 끝에서 뾰족뾰족 머리를 내밀었다.

"다시 봄이 온 것 같애. 당숲이 새순으로 덮였네."

충호가 목사관에서 당숲을 내려다보다가 공장으로 놀러 왔다. 충호는 왜가리들이 숲으로 돌아간 것을 보고 놀라서 물었다.

"하롱 아줌마, 베트남에서 왜가리 키워 봤어요?"

그러자 하롱은 고개를 끄덕했다.

"강가에 이써요."

하롱은 낮게 흐르는 하천을 가리키며 왜가리들이 깃들어 산다는 것을 손으로 표현해 보였다. 충호는 아줌마에게 일부러 말을 많이 시켰다. 아줌마가 말을 많이 해야 한국어 실력이 는다며, 하림과 샛별에게도 대화를 많이 하라고 했다.

"아줌마! 하노이에 가고 싶죠?"

충호가 지도책을 펼쳐 놓고 하노이에 동그라미를 그려 주었다. 아줌마는 지도책을 보더니 눈가에 눈물이 고였다.

"가고 싶어요. 이번 가을에, 갈 수 있다고."

하롱은 창고를 가리키며 취나물 수확이 어느 정도 끝나는 가을이 되면 아저씨가 베트남에 보내 준다고 몸짓으로 말했다. 충호가 고개를 끄덕이며 목사님 소식을 전해 주었다.

"목사님이 가을쯤에 하롱을 데리고 베트남에 간대요. 베트남으로 장가들고 싶어 하는 이웃 마을사람들에게 신부도 소개시켜 주고, 아저씨가 좋다고만 하면 딱돌이 아저씨 신부도 데리고 온다고 했어요."

하롱은 고개를 아주 크게 끄덕이며 두 팔을 벌리고 만세 부르는 시늉을 했다.

"근데 말이야. 사모님이 그러시는데 식구가 늘면 수입도 늘어야 한대. 그래서 우리들이 만들려고 하는 쇼핑몰에다 마을 특산품을 더 추가하라고 하시더라. 사모님이 뒷산에서 채취한 들꽃차도 있고 약초도 있대. 우리가 아저씨 안 계실 때 그 일을 해 놓으면 어떨까?"

"맞아, 아저씨도 깡이 아빠 병간호하느라 힘들 텐데, 우리도 아저씨를 좀 돕자. 하롱 아줌마도 이젠 우리 동네에 계속 살고 싶은 눈치인데 우리도 뭔가 도와야지. 송충아, 네가 홈피부터 완성해라."

샛별이 당당하게 명령했다.

"니들은 디카로 마을 풍경이나 좀 찍어 와라. 왜가리 숲과 취나물 밭이 들어가게 찍어."

충호의 요구대로 하림과 샛별은 디카를 들고 나섰다. 하롱도 웃으면서 뒤따라왔다. 언덕을 올라가면서 하림은 입안에 맴돌고 있는 이야기를 꺼냈다.

"종고에 전학 온 오빠가 있어, 현준이라고. 나 그 오빠랑 사귄다."

"못 살아. 벌써 또 작업 걸었냐? 그런 애들 다 도시에서 사고치고 학교 못 다니게 됐게 시골로 전학 온 것인디, 왜 그런 애들만 사귀냐고?"

"그럼 누구를 사귀어? 민이는 이미 현화랑 둘이 눈 맞아 버렸고, 이 주변에선 내가 누구랑 사귄지 다 아는데, 새로 전학 온 애들이나 모르제."

"그래도 얼마 가야 말이제, 그게 뭔 짓이여. 장난 그만 쳐라이."

"설교 좀 그만해라. 친구란 상대의 입장을 이해해 주려고 하는 존재이지 가르치는 존재가 아니란다. 그래서 내가 자꾸 남친을 사귀는 거야. 이성친구가 훨씬 이해를 잘 해주니까."

"피이, 이해 좋아하네. 처음에는 다 잘하는 것이여. 이해를 못 하니까 자꾸 헤어지잖아."

샛별과 하림은 또 언쟁을 시작했다. 하롱은 알 듯 모를 듯 아이들의 이야기를 들으며 미소 짓고 있었다. 샛별은 여기저기 마을 풍경을 찍기 시작했다. 왜가리 숲과 배가 둥둥 떠 있는 앞바다를 향해 샛별이 종종거리며 뛰어 다녔다. 포구로 내려가 마을을 올려다보며 그림 같은 풍경들을 잡아내고, 언덕에 올라 충무사에서 내려다본 옛 전쟁터를 찍었다. 하림은 발포 만에서 거북선을 지휘하고 있는 이순신을 그렸다. 부푼 날개가 활개바위까지 펼쳐지고, 예리한 기상이 달빛을 품듯 바다로 퍼져 나가는 그림이었다. 공장으로 돌아오자 충호가 그림과 사진을 합성해서 홈페이지 배경 화면으로 넣겠다고 했다.

"정말 근사하다. 아저씨가 틀림없이 좋아할 거야."

샛별이 충호 뒤에서 박수를 쳐댔다. 하롱 아줌마는 이순신 장군이 무과에 급제해서 첫 발령을 받은 기념으로 만들어 놓은 동상 사진 앞에서 고개를 갸우뚱하며 물었다.

"이 할아버지 누구예요? 이 마을에 사는 사람인가요?"

칼을 차고 거북선에 올라타서 전쟁터를 바라보고 있는 이순신을 보고 그렇게 묻자 세 아이들은 또 한바탕 큰 소리로 웃어 젖혔다.

"할아버지 아니에요? 고작 40대인데 너무 근엄하게 만들었어. 저 언덕 위에 모신 충무사 위인인데."

그러자 샛별이 하롱을 쳐다보며 말했다.

"제너럴 리, 디스 이즈 코리아 그레이트 히어로."

하롱 아줌마가 고개를 끄덕였다. 충호가 하롱 아줌마를 데리고 충무사로 올라갔다. 샛별과 하림도 함께 언덕을 오르기 시작했다. 취밭은 어느새 새순들이 빼꼼히 고개를 내밀고 있었다. 아저씨가 없는 공장에서 네 사람은 고개를 맞대고 쇼핑몰을 만들기에 여념이 없었다. 하롱 아줌마는 아이들이 홈피를 만들기 시작하자 몹시 신이 난 모양이었다. 일주일에 두 번 나가는 다문화센터 소장에게 컴퓨터 강좌도 열어 달라고 했다며 날마다 충호를 기다렸다. 충호는 할 수 없이 공부방 일을 샛별과 하림에게 맡겼다. 하림과 샛별은 어색한 발걸음을 교회로 옮겼다. 사모님이 뜰에 나와서 애들을 기다리고 있었다.

"나는 이 공부방을 만들 때부터 너희들을 기다렸는데, 드디어 오늘 너희들이 왔구나. 어서 오너라."

사모님은 야외 탁자에다 간식을 차려 놓았다.

"저희들이 도움이 될지 모르겠어요. 충호처럼 범생이 아니어서."

샛별이 솔직하게 자신을 드러내며 어색한 미소를 지었다.

"처음부터 완전한 사람은 없단다. 네가 충호에게 홈피를 만들어 달라고 했다기에 정말 잘한 일이라고 생각했다. 마을 사람들이 네가 쇼핑 중독에 빠진 거라고 다들 걱정을 많이 했었단다. 그런데 네가 공장 쇼핑몰을 만들 생각을 해냈으니 얼마나 기특한 일이니? 사람은 시행착오를 두려워하지 말아야 한단다. 그게 오히려 약이 될 때도 많지."

그러자 하림이 의미 있는 미소로 사모님을 쳐다보았다. 사모님은 싱긋 웃기만 했다.

"남자친구를 많이 사귀어서 제가 얻는 게 뭘까요? 남들은 저만 보면 못마땅한 표정을 지었는데, 저는 애들과 생각이 달랐어요. 서로를 이해 못 하면 헤어지는 것은 당연하겠죠. 이성 친구는 서로 이해받기 위해서 만나는 것이라 생각했거든요. 샛별에게 핀잔을 많이 듣고 생각해 보니, 제가 가슴에 고무풍선을 키운 것은 반성이 되고요. 그나마 제가 얻은 것은 남을 좀 이해하려는 태도인 것 같아요. 사모님도 그렇게 생각하지 않으세요? 우리 셋 중에서 제가 그대로 남 이야길 젤 잘 듣잖아요."

사모님이 고개를 끄덕여 주었다.

"너희들한테 이래라 저래라 말하는 것은 좋은 일이 아니야. 너희들은 나름대로 생각이 있고, 느끼고 깨닫는 대로 새 세계를 만들어 가는 나이이지. 어른들의 선입견이나 편견으로 너희들을 함부로 평가하고 싶진 않구나. 그게 내가 이곳에 와서 얻은 깨달음이란다. 나도 처음에는 너희들이 참 불행한 아이들이란 생각을 했어. 그런데 막상 내가 너희들의 살아가는 모습을 보니까, 너희들은 참 행복한 아이들이야. 시행착오를 하긴 하지만, 스스로 너희들 인생을 헤쳐 나가고 있잖아?"

"와아, 진작 사모님에게 올 걸 그랬어요. 충호는 사모님이 이렇게 대화가 잘 통하는 사람이라고 우리에게 말 안 했는데요."

하림은 자신을 인정해 주는 사모님이 좋아서 얼굴이 환해졌다.

"충호는 늘 바빴지. 우리가 일을 너무 크게 벌렸고, 교회랑 공부방을 같이 운영하고 노인들을 위한 사업도 많이 하다 보니, 스스로를 생각할 시간도 없었을 거야. 우선 교회일 돕느라 너희들보다는 몇 배로 힘들었어. 그래도 충호가 제 능력으로 동네 쇼핑몰 홈피를 만들게 되었으니 얼마나 자랑스럽니?"

하림은 자신이 충호를 대신해서 공부방 일을 할 수 있게 된 것이 다행스러웠다. 사모님은 두 사람을 초등 공부방으로 데리고 갔다. 애들이 아주 즐거워했다. 특히 여자애들이 멋쟁이 샛별이 곁으로 다가서며 옷이건 머리핀이건 다 만져 보았다.

"샛별이 인기 짱이네. 여자애들 머리도 묶어 주고 멋 내는 것도 가르쳐 주고 그러렴."

샛별은 초딩들이 자기를 너무 잘 따르는 것이 신기했다. 새엄마 몰래 늘 옷을 사면서 나중에 옷가게나 했으면 좋겠다고 생각했는데, 유치원 교사를 해도 좋겠다는 생각이 들었다.

"하림아, 나에게도 능력 있는 게 있었어."

샛별은 아이들과 금세 친해졌다. 색종이를 잘라 종이접기도 하고 아이들의 이야기를 들어 주기고 하며 즐거운 비명을 질렀다.

"유치원 샘, 딱이네. 공부 잔 해라. 그게 니 장래야."

하림은 팔짱을 끼고 샛별을 내려다보았다.

기어이 잡히고 말았지

깡이는 밤마다 두려움에 떨었다. 아빠의 억센 손길을 뿌리치고 군청 광장에서 도망 칠 때 다리를 삐끗했다. 행렬 사이를 빠져나오면서 다리를 더 심하게 접 질러 몹시 아팠다. 그러나 치료를 할 수가 없었다. 병원에 가려면 보험 카드가 있어야 하는 데다, 무엇보다도 수배 중이어서 금방이라도 경찰이 들이닥칠 것만 같았다.

깡이는 밤만 되면 다리 통증에 시달리고 가위에 눌렸다. 읍내에 있다간 독 안에 든 쥐였다. 그래서 새벽에 다리를 절뚝이며 산자락을 넘어 군내 버스를 탔다. 그리고 서울로 갔다. 날마다 하는 일이라곤 피시방에 박혀서 게임을 하는 게 전부였다. 네이트온에 들어가서 친구들 소식을 알아보고 싶었지만, 그게 자신의 발목을 잡는다는 것을 알았기에 네이트온은 의도적으로 피했다. 친구들을 생각하면 쏩쓸한 분노감이 들었다. 어렸을 때부터 함께 자랐기 때문에 자신이 아무리 나쁜 짓을 해도 친구들은 허용해 줄 거라고 생각했다. 그런데 친구들과 딱돌이 아저씨가 한 패거리라니, 믿을 수가 없었다. 게임할 땐 제일 친한 친구 같더니 왜 아저씨가 혈안이 되어서 자기를 잡으러 다니는지 알 수 없었다. 자신의 손목을 질끈 잡고 따라오던 아빠보다 뒤에서 감시하는 아저씨가 더 미웠다.

잠잘 곳은 쉽게 찾을 수 없었다. 처음에는 주머니에 있는 돈을 털어서 고시원으로 갔으나, 경찰이 자주 다녀가는 것을 보고 금방 나와 버렸다. 사람들의 눈길을 피할 수 있는 사각지대는 의외로 많지 않았다. 허름한 건물 옥상으로 올라가 구석진 곳에 종이상자를 깔고 자는 게 가장 안전한 길이기도 했다. 은행이나 오피스텔 화장실에 들어가서 세수를 하고 피시방을 찾아 다녔다.

다행인지 불행인지 자신과 처지가 같은 필훈을 만났다. 필훈은 아무것도 가진 게 없었다. 학교가 다니기 싫어서 장기 결석을 하고 유예되었다고 했다. 여기저기 도망 다니느라 깡이에게도 남은 돈이 거의 없었다. 둘은 얼굴을 맞대고 빈집을 털기로 했다. 필훈은 겁이 많았다. 깡이는 할 수 없이 필훈에게는 망을 보라고 했다. 둘은 날마다 주택가를 돌면서 늦은 밤까지 불이 켜지지 않는 집을 물색했다. 주인이 멀리 여행을 갔거나 잠시 비어 있는 집을 목표로 삼았다. 치밀한 계획을 세우자, 그런 집은 의외로 많았다.

가로등 불빛이 비껴가는 후미진 주택을 찾아 며칠씩 망을 보았다. 늦은 밤이 되도록 그 집엔 불이 켜지지 않았다. 주인이 밤일을 나가거나 여행 중이라는 뜻이었다. 필훈은 도로 가의 전봇대 밑에서 누가 지나가나 망을 보기로 했다. 혹시라도 누가 들어오기라도 하면 창문으로 돌을 던지라고 했다. 그러면 뒷문으로 도망칠 수 있었다. 깡이는 큰 돌멩이를 들고 문고리가 있는 쪽을 향해 유리창을 깨뜨렸다. 쨍그랑! 소리가 제법 크게 들렸지만 인기척은 없었다. 깡이는 미리 준비한 고무장갑을 끼고 베란다를 통해 문안으로 들어갔다.

처음에는 심장이 하도 크게 뛰어서 제대로 일을 할 수가 없었다. 책상 서랍을 열어서 잔돈이 나와도 주위지지 않았다. 고무장갑을 낀 손이 둔하기 그지없었고, 떨려서 돈을 주워 넣을 수가 없었다. 장갑을 벗을까도 생각했지만, 지문을 남기면 돌이킬 수 없는 근거를 제공한다는 사실을 되새겼다. 그러나 주체할 수 없는 떨림도 시간이 지나가 곧 나아지기 시작했다. 10여 분이 지나고 집안에 아무도 들어오지 않는다는 것을 인지한 순간 깡이는 대담해졌다. 그리고 과감하게 비닐봉지로 씌운 신발을 신고 여기저기 방을 기웃거렸다. 패물이 들어 있을 만한 장롱을 뒤졌다. 금반지 몇 개를 훔쳐 호주머니에 넣었다. 현금은 없었다. 아무리 뒤져도 현금이 보이지 않자 깡이는 몹시 실망했다. 이 방 저 방 두리번거리다 책꽂이 위에 있는 저금통을 발견했다. 들어 보니 묵직했다. 까만 비닐봉지를 찾아 저금통을 넣었다. 그리고 베란다 문을 통해서 훌쩍 뛰어 내렸다. 망을 보던 필훈이 깡이를 보자 빠른 걸음으로 골목길을 빠져나갔다. 후미진 건물의 옥상으로 올라가서 저금통을 깼다. 만 원짜리 두어 개와 동전이 잔뜩 나왔다. 주머니에 넣어 둔 금반지도 꺼냈다. 몹시 오래된 듯 금반지의 색깔이 거무튀튀했다. 필훈이 금반지를 깨물었다.

"틀림없이 금반지야. 여기 깨문 자국 좀 봐. 말간 색이 나오잖아?"

필훈은 두어 돈은 될 거라며 낄낄거렸다.

"금반지는 필요 없어. 돈으로 바꿀 수가 없으니까. 우리가 이것 가지고 피시방에 가서 돈으로 바꾸어 달라고 하면 당장 경찰서에 신고가 될 거야. 조심해야 돼."

깡이는 금반지를 비닐봉지에 넣어 옥상 끝에 있는 물탱크 아래에 숨겨 놓았다. 그리고 100원짜리 잔돈도 그곳에다 놓아두고, 지폐와 500원짜리 동전만 골라서 피시방으로 향했다. 둘이는 배가 몹시도 고팠다. 그래서 분식점에 들러 김밥을 먹었다.

"내일은 그 옆집으로 가자."

필훈은 자신이 봐둔 집이 오늘도 전기불이 켜지지 않았다고 했다. 깡이는 고개를 흔들었다.

"안 돼, 어제 그 집이 벌써 도둑 들었다고 신고했을 거야. 경찰은 주변을 순찰할 것이고, 그러면 우리는 독 안에 든 쥐야. 우리가 그 집하고 벌써 몇 정거장이나 떨어졌으니까 망정이지, 그렇지 않으면 주변 피시방부터 순찰이 시작되었을 걸."

깡이는 읍내에서 본 풍경을 이야기했다. 읍내에도 좀도둑이 많았다. 도둑이 들면 제일 먼저 피시방 불심검문부터 시작되었다. 호주머니에 들어 있는 것을 모두 꺼내라고 하고 옷도 벗으라고 했다. 그런데 대부분의 범인들은 훔친 돈과 물건을 그대로 가지고 피시방에 들어왔다. 그래서 경찰의 불심검문에 잡히기 일쑤였다.

깡이는 점점 대담해져 갔다. 필훈을 훈련시키면서 잡히지 않는 방법을 계속 연구했다. 처음엔 호기심으로 할머니들만 사는 빈집을 털었었다. 그러나 나중에는 그냥 비어 있는 집만 보면 몸이 근질근질해졌다. 이상하게 그런 일을 하면 할수록 감각이 발달했다. 비어 있는 집은 기운부터가 달랐다. 왠지 음침하면서도 고적하고 쓸쓸한 분위기가 느껴졌다. 그러나 비어 있다고 해서 돈이 있는 것은 아니었다.

깡이와 필훈은 일부러 전철을 타고 변두리 피시방으로 향했다. 밤새 게임을 할 생각이었다. 만 원짜리 두 장만 있으면 밤을 샐 수 있었다. 게임 점수를 올리는 게 깡이의 유일한 즐거움이었다. 그러나 필훈은 게임에도 쉽게 몰입하지 못했다. 자꾸 게임 종류를 바꾸다가 의자에 고개를 기대고 잠이 들곤 했다.

그런데 어느 날 깡이의 게임 점수를 보고 쪽지를 보낸 사람이 있었다. 아이디를 사겠다는 것이었다. 깡이는 순간 소름이 쫙 돋았다. 쫀득이가 간첩이듯, 누군가 자신의 게임 아이디를 추적해서 쫓아오는 것만 같았다. 깡이는 얼른 게임에서 빠져나왔다. 그리고 당분간은 게임을 할 수가 없었다. 밤마다 누가 쫓아오기라도 하는 듯 가위에 눌렸다. 그러나 이상하게 그 쪽지는 깡이의 마음속에서 떠나지 않았다. 아무도 그동안 관심을 가져 주지 않아서 더욱 강하게 그쪽으로 끌렸다. 깡이는 자신에게 쪽지를 보낸 그 사람이 자신을 알고 있을 거란 생각이 들었다. 그렇다면 고향 사람이기라도 한 것일까? 오랜만에 네이트온에 들어가 보았다. 그것도 친구들이 아무도 접속하지 않을 시간에 들어갔다. 새벽 네 시나 다섯 시, 아이들이 대부분 잠들어 있을 시간이었다. 깡이에게 친구들이 보낸 쪽지가 여러 통 와 있었다. 깡이는 떨리는 손으로 쪽지를 클릭하다가 그만 가슴이 얼어붙는 것 같았다.

'너희 아빠 입원했어. 다리를 절단해야 한대. 연락 바람.'

충호가 보낸 쪽지였다. 벌써 한 달이나 지났다. 깡이는 누가 쫓아오기라도 하듯 얼른 네이트온을 빠져나왔다. 누군가 네이트온에 들어온다면 자신이 접속했다는 것을 금방 알아차렸을 터였다. 깡이는 또 한 번 두려움에 떨었다. 당장이라도 자신을 잡으러 선생님이 쫓아올 것만 같았다. 깡이는 아무것도 모르는 필훈을 데리고 먼 곳으로 도망을 쳤다. 최소한 자신이 지금 있는 곳으로부터 멀어지고 싶었다. 그래야 누군가 자기를 잡으러 와도 안전할 것 같았다. 자신의 모든 것이 감시당하는 것만 같았다.

"아이피가 떴어. 고시촌 근처의 피시방이야."

사이버 수사대에 긴급 명령이 떨어졌다. 젊은 강 형사는 오랫동안 추적해 온 깡이의 아이피가 발견되었다는 소식에 차 시동부터 걸었다. 금방 깡이를 잡기라도 할 듯, 혈기에 차서 그는 휴게소에도 들르지 않고 여섯 시간을 줄곧 운전해 갔다. 그러나 정확한 정보를 확인하고 깡이의 게임 아이디가 사용되고 있는 컴퓨터 앞에 섰건만, 난데없는 중년 사내가 게임에 빠져 있었다. 뒤통수로 한 대 맞은 기분이었다. 그는 먼저 신분증을 내밀었다.

"누구 아이디입니까?"

중년의 사내는 컴퓨터와 강 형사를 번갈아 보더니 뒤통수를 긁으며 말했다.

"인터넷에서 산 거라서…."

"뭐라고? 왜 그걸 생각하지 못했지? 한동안 이리저리 떠돌던 깡이가 한 곳에서 계속 게임을 하는 것은 변수였는데, 아이디를 팔았을 거라곤 예측하지 못했군."

그는 중년 사내와 함께 사이버 수사대로 향하면서 허탈한 미소를 지었다. 뛰는 놈 위에 나는 놈 있다고, 깡이는 너무 빨랐다. 바닷가에서 놀던 잔챙이가 아니었다. 하루 만에 깡이를 잡아서 포상 받으려 했던 그는 다리에 힘이 쭉 빠지고 말았다. 할 수 없이 사이버 수사대에 들러서 사내에게 깡이와 연락을 취하라고 했다. 사내는 깡이가 친구 아이디로 게임방에 늦은 밤에야 접속한다고 했다. 강형사는 빠르게 머리를 굴렸다. 깡이가 우선은 아이디를 판 돈으로 연명할 것이었다. 당분간은 절도를 행하지도 않을 것이고, 그렇다면 사람의 눈에 띄지 않는 곳에 숨어 있을 수 있었다. 여름이라 찜질방은 영업을 하지 않을 터였고, 목욕탕이나 영화방 따위에 숨어 있을 가능성이 높았다.

그는 깡이가 접속해 오도록 밤까지 기다릴 것인가, 아니면 깡이를 찾아 나설 것인가 고민하다가, 최근 서울 시내에서 발생한 절도 사건을 알아보기 시작했다. 가급적 후미진 파출소에 전화를 걸어서 사건 처리도 되지 않을 만큼 작은 규모의 좀도둑이 들었는지 묻기 시작했다. 그의 메모지에 몇 개의 사건이 적혔다. 그는 집중적으로 문을 어떻게 열고 들어갔는지에 대해 물었다. 돌멩이로 유리창을 깨고 돈을 훔쳐간 사건이 몇 군데 있었다.

"바로 이거야. 이건 틀림없이 깡이 짓이야."

그는 깡이가 폐교에 숨어 들어가 돌멩이로 유리창을 박살 내놓은 사건을 잘 알고 있었다. 깡이는 폐교마다 돌아다니며 남아 있는 유리창을 박살내 놓았다. 돌멩이질엔 타고난 소질이 있었다. 깡이가 어딘가에 있다는 증거가 속속들이 드러났다. 그는 지도를 펼치고 사건이 난 곳을 살피기 시작했다. 대여섯 군데가 다이아몬드 모양처럼 그려졌다. 그렇다면 깡이는 지금 그 한가운데 어디쯤 살고 있다는 뜻이었다. 절도는 한 장소에서만 일어난 게 아니라, 일정한 거리를 두고 있었다. 분명 깡이가 잡히지 않으려고 머리를 쓴 흔적이었다. 강 형사는 지도에서 깡이가 숨어 있을 만한 공간을 압축해 보았다. 고시원을 중심으로 반경 5킬로미터 지점이었다. 피시방이 두어 개 있는, 후미진 골목을 낀 주택가였다. 강 형사는 그 중에서도 상가 선물을 위성사진으로 확대해 보았다. 주택가나 고시원에는 깡이가 깃들 데가 없었다. 금방 사람들 눈에 띌 것이고 순찰도 많이 도는 곳이었다.

그는 그곳으로 가서 혼자 잠복근무를 하기로 했다. 왠지 깡이의 숨결이 코앞에 있는 것만 같았다. 한동안 깡이의 사건을 맡고 깡이가 벌인 일들을 조사하면서 강 형사는 깡이에 대해 샅샅이 알아 버린 느낌이었다. 부리부리한 큰 눈에 담긴 외로움과 두려움. 사실은 몹시 여린 성격이었는데, 아무도 깡이의 마음을 어루만져 주지 않자 점차 독해지기 시작한 것이다. 깡이는 이제 훔치는 것이 중독처럼 되어 버려서 그게 나쁜 짓이란 생각조차 하지 못하고 있었다. 습관처럼 훔쳤다. 깡이는 생계형 범죄가 아니었다. 단지 중독일 뿐. 먹고 살기 위해 범죄를 저질렀다면 당분간 깡이는 도둑질을 하지 않을 터였다. 게임 아이디를 판 돈이 상당히 있었으므로 그 돈을 쓰면 되는 것이다.

그는 동물적인 육감으로 깡이가 오늘 밤도 훔칠 거라는 생각이

들었다. 장소를 이동하기 위해 전철을 탈 것이고, 일이 끝나면 홀가분한 마음으로 게임방으로 들어갈 것이다. 그래서 그는 근처의 전철역에서 사람들 속에 묻혀 있었다. 사람들은 흘러가는 물처럼 고였다 다시 흩어지곤 했다. 다만 그 혼자 섬처럼 움직이지 않고 앉아 있었다. 그는 번잡함 속에서도 마치 휴가를 나온 것처럼 편안함을 느꼈다. 많은 사건들이 그랬다. 해결할 조짐이 보이지 않을 때가 답답하고 힘들었지, 해결책이 보이고 나면 다만 시간이 필요할 뿐이었다. 몇 달 동안 깡이를 찾기 위해 고심했던 날들이 이젠 며칠만 지나면 끝날 것이다. 그는 미리 휴가라도 받은 듯 느긋하게 사람들을 바라보았다.

그 시간 깡이는 필훈과 함께 그 전철역을 통과하고 있었다. 미리 가서 장소를 탐색하고 어둠이 내리길 기다려야지 하며 터덕거렸다. 서두르면 서두를수록 위험했다. 둘은 오전 내내 자다가 오후가 되자 서서히 길을 나섰다. 어제와는 다른 방향의 전철을 타고 다섯 정거장을 가서 내리기로 했다. 너무 먼 거리를 가도 잊어버리기 일쑤였다. 항상 다섯 정거장으로 정해 놓고 돌아다녔다. 서울에 올라온 지 벌써 한 달이 넘었다. 이제 둘은 서울 생활에 거의 적응이 다 된 것 같았다. 그래도 잠자리가 문제였다. 지금은 건물 옥상의 옥탑방 사이에 창고 같은 공간이 하나 있어서 몰래 숨어든다. 옥탑방은 마침 비어 있어서 아무도 올라오지 않았다. 그러나 추워지면 더 이상 그곳에 머물 수는 없는 일이다. 깡이는 차라리 돈이 모이면 시골로 내려가리라 생각했다. 시골에는 빈집이 너무 많기 때문이었다.

그러나 사람의 흔적이 아주 미치지 않는 빈집은 또한 찾기 어려울 터였다.

"끝나고 피시방에 들르는 거 맞지?"

필훈이 깡이에게 물었다. 깡이는 대답 대신 큰 눈을 깜박였다. 필훈은 요즘 게임에 열을 올리고 있었다. 깡이가 게임 아이디를 판 것을 보고 자극을 받아서 자기 아이디로 게임 점수를 올리려고 날마다 피시방에서 시간을 보냈다.

"참새 방앗간이지. 근데 오늘은 왠지 기분이 이상하다. 넌 안 그러냐?"

깡이는 차창으로 스쳐가는 건물을 바라보며 눈을 가느스름하게 떴다. 필훈은 아무렇지도 않은 듯 배고프다고 투정만 했다.

"내려서 뭐 좀 먹고 가자. 어젯밤부터 배가 고파 미치겠다."

깡이는 배를 만지며 인상을 썼다. 깡이는 배가 살살 아프면서 밥맛이 전혀 없었다. 물이라도 좀 마셔야 할지, 입안이 꺼끌꺼끌했다.

"오늘만 하고 차라리 내려갈까? 이러고 돌아다니는 것도 지쳐서 안 되겠어. 난 엄마한테로 가고 싶어."

필훈이 창가에 대고 작은 목소리로 중얼거렸다. 깡이는 못 들은 체해 버렸다. 벌써 며칠째 필훈은 그렇게 중얼거리고 있었다. 그래서 깡이는 그렇게 두려우면 가라고 했다. 그러나 다시 밤이 되면 망설이기만 할 뿐 정작 집으로 가진 못했다. 깡이는 다섯 정거장이 되자 전철에서 재빨리 뛰어 내렸다. 그리고 필훈을 끌고 인적이 드문 의자로 갔다.

"정말 갈 거야? 집에 가자마자 경찰서에 잡혀갈 텐데, 그래도 좋아?"

필훈은 겁먹은 표정으로 쉽게 대답하지 못했다. 한참을 얼버무리다가 한숨처럼 말을 쏟아 냈다.

"엄마가 너무 보고 싶어. 엄마 때문에 가출했는데, 막상 나와 보니 엄마한테 너무 미안해. 이젠 밤만 되면 너무 무서워서 싫어. 차라리 집에 돌아가서 엄마한테 용서를 빌래. 그러면 엄마가 무슨 방법을 마련해 줄 거야."

그러자 깡이는 고개를 살래살래 저었다.

"넌 진짜로 뭘 모르고 있는 거야, 바보야. 니가 한 것도 아닌 사건들이 다 니가 한 걸로 되어 있을 걸. 니네 동네에서 일어난 도둑질은 다 니가 한 걸로 되어서 넌 소년원에 가게 된다고!"

필훈은 깡이의 독기 어린 말투에 기가 죽어서 눈을 끔벅이다가 기죽은 목소리로 대답했다.

"여기도 마찬가지야. 감옥에 사는 거나 똑같잖아. 먹을것도 제대로 못 먹고, 아, 이런 소리 하지 말고 우선 먹을것 좀 사줘."

둘은 터벅터벅 역 광장을 빠져나와 분식집으로 들어갔다. 라면 두 개를 시켜 놓고 필훈이 또 투덜거렸다.

"어제 엄마에게 전화했어. 엄마가 너무 놀라서 어디냐고 묻더라."

"뭐라고? 그래서 서울이라고 했냐?"

"응."

"설마 동네까지 말한 건 아니제?"

"그랬제. 난 동네 이름도 몰라. 뭔 동인지도 모르는데 어떻게 말하냐?"

"어쩐지 오늘 예감이 좋지 않더라니…. 오늘은 일하지 말자. 일했다간 딱 잡히겠어. 너희 엄마가 경찰에 신고했을 터이고, 형사들이 서울로 널 잡으러 오고 있을 거야."

"차라리 그랬으면 좋겠어."

"뭐라고? 이 배신자!"

깡이는 금방이라도 필훈을 때려죽일 것같이 노려보았다. 깡이의 눈에 불이 켜진 듯 이글이글한 빛이 돌았다. 필훈은 등골에 식은땀이 솟았다. 이대로 있다간 깡이한테 한 대 맞을 것만 같았다. 필훈은 슬그머니 일어나 화장실로 향했다.

라면이 나왔지만 필훈은 오지 않았다. 깡이는 필훈을 부르다가 대답이 없자 화장실로 갔다. 필훈은 어디론가 사라지고 없었다. 깡이는 걷잡을 수 없는 분노가 일었다. 누군가 한 대 쥐어 패고 싶었다. 그러나 우선 배가 고팠다. 허겁지겁 라면 두 그릇을 다 먹어 치웠다. 깡이의 얼굴에 땀이 비 오듯 쏟아졌다. 한 손으로 땀을 훔치며 깡이는 거침없이 거리로 내달았다. 웬일인지 눈물이 쏟아졌다. 가슴에서 용광로처럼 뜨거운 기운이 불근불근 솟아났다. 깡이는 주체할 수 없는 분노와 슬픔을 느끼며 필훈이 사라졌을 도로를 향해 이리저리 뛰어다녔다. 땀방울과 눈물이 겹쳐서 얼굴에선 쉴 새 없이 물기가 흘러내렸다. 플라타너스 가로수에 기대어 낮잠을 자고 있는 개 한 마리가 보였다. 깡이는 재빠르게 주변을 살펴보았다. 유월 한낮의 거리는 한산했다. 가게 앞에서 사람들이 웅성거렸지만, 깡이 곁을 지나가는 사람은 보이지 않았다. 깡이는 모든 분노를 발끝에다 모아서 졸고 있는 개를 차버렸다.

"깨애애애갱 깨갱!"

자다가 공격을 받은 개가 단말마의 고통을 담은 울음을 토해 냈다. 창자가 토막이라도 난 듯 개는 금방 고꾸라져 버렸다. 노인의 해소기침처럼 얕은 신음소리를 토해 내며 말이다.

"누구얏!"

가게에서 한 중년 사내가 달려 나오면서 소리 질렀다. 깡이는 달리기 시작했다. 사내도 무엇인가 커다란 몽둥이를 치켜들고 깡이를 따라 달렸다. 그러자 깡이는 입술을 앙다물고 뛰기 시작했다. 어디선가 호루라기 소리가 들렸다. 몇몇 행인들이 소매치기라도 보듯이 깡이를 잡으려고 달려들었다. 그러나 억센 깡이의 발길질에 나가 떨어졌다. 한 길로 계속 달리면 순찰차에 잡힐 게 뻔했다.

깡이는 이리저리 살피면서 치타처럼 달리다가, 음식점이 늘어서 있는 골목길로 살짝 방향을 틀어 버렸다. 골목길 끝이 아파트 광장으로 이어졌다. 깡이는 유유히 아파트로 사라져 갔다. 그리고 엘리베이터를 타고 위로 올라갔다. 아무런 소음도 들리지 않았다. 깡이는 비로소 한숨을 내쉬고 땀을 닦았다. 맨 꼭대기 층까지 올라갔다가 다시 계단으로 서서히 내려왔다.

아파트 광장으로 내려온 깡이는 두 주먹을 꼭 쥐고 부들부들 떨었다. 이젠 혼자 숨어 있어야 했고, 어제까지 숨어들었던 공간은 포기해야 했다. 언제 형사들이 들이닥칠지 모르는 일이었다. 깡이는 필훈을 끌어들인 것을 후회했다. 필훈 때문에 두려움이 덜하긴 했지만, 이렇게 혼자 도망쳐 버리면 자신은 독 안에 든 쥐다. 깡이는 다시 도로로 나와서 걸었다. 억지로 뒤를 돌아보지 않았다. 그래도 아무도 자신을 쫓아오지 않는다는 것을 느꼈다. 그 사이에 자신을 뒤쫓던 사람들은 다들 사라진 것 같았다. 막막했다. 아빠의 거친 손에서 빠져나와 군청 뒷골목을 타고 달리던 그날처럼 심장이 고동 소리를 높이고 있었다. 이제 잡히면 아빠의 그 거친 손아귀에서 죽을 것만 같았다.

주머니를 뒤졌다. 아직 두툼하게 지폐가 남아 있긴 했다. 그러나 돈이 있다고 해서 갈 곳이 많은 것은 아니었다. 사방이 다 위험했다. 오히려 사람들 속이 더 안전했다. 깡이는 일부러 번화가를 찾아 걸었다. 바쁘게 걸어가는 사람들은 옆 사람을 의식하지 않았다. 이제 어디로 가야 할지 막막했다. 그래도 습관처럼 들를 곳은 한 군데밖에 없었다. 깡이는 피시방으로 들어갔다. 그리고 필훈의 아이디로 게임을 시작했다. 게임방에 들어가자마자 쪽지가 날아왔다.

'아이디 살까?'

깡이의 닉네임으로 날아온 쪽지였다. 아이디를 산 아저씨였다.

'제 거 사고도 또 필요해요?'

깡이는 아무런 의도도 알아채지 못한 채 대화를 시작했다. 아저씨는 내기 게임을 하자며 계속 대화를 이어갔다. 깡이도 열이 난 참에 잘되었다 싶었다. 마우스로 게임에 열을 올리면서 잠깐잠깐 자판을 두들겼다. 깡이는 나중에는 대화는 무시하고 게임에만 몰두했다. 필훈에 대한 적대감이 게임으로 표현되어 아저씨를 이기려고 무작정 공격만 해대고 있었다. 깡이는 아무런 감각이 없었다. 길거리에서 개를 걷어차듯이 마우스에다 분노를 쏟아 부었다. 일단 분노가 표출될 대상이 나타나자 깡이는 정신을 잃을 정도로 열을 올렸다. 아저씨도 그동안 게임 실력이 많이 늘었는지, 그런 깡이를 대적해서 공격을 늦추지 않았다. 깡이는 마침내 제대로 된 상대를 만난 것 같았다. 그래서 땀을 뻘뻘 흘리며 게임 수가를 올렸다.

피시방 주인은 충혈된 눈으로 컴퓨터를 노려보고 있는 깡이가 아무래도 이상해서 전화기를 들었다. 깡이는 마치 환각제라도 마신 듯 눈빛이 심하게 흔들리고 있었다. 다리를 덜덜 떨었고, 금방이라도 무슨 큰 사고를 낼 것 같은 분위기였다. 주인은 신고를 할까 쫓아낼까 하다가, 살그머니 깡이의 뒤로 와서 게임하는 것을 지켜보았다. 깡이는 뒤에 사람이 서 있다는 것도 모르고 이리저리 마우스를 조정하고 있었다. 마우스를 쥔 손도 심하게 떨리고 있었다.

주인은 한숨을 내리 쉬며 출입구로 향했다. 아무래도 심상치가 않았다. 자꾸만 깡이를 돌아보며 수화기를 들었다 놓았다 반복했다. 전에도 저런 손님을 본 적이 있었다. 손님은 결국 돈이 없다며 술을 가져오라고 두 시간 동안 행패를 부리다가 경찰의 출두로 해결되었다. 아직은 다른 손님에게 피해를 주지 않고 있지만, 만약 나쁜 일이 발생하면 손님들은 슬슬 자리를 떠나고 그날 영업은 망치는 것이다. 지금이라도 사태를 예비한다면 큰 손해를 막을 수 있다. 그가 마침내 긴 호흡을 하고 수화기를 드는데, 살며시 출입문이 열리며 한 남자가 들어왔다. 남자는 피시방을 살피며 주인보고 조용히 하라고 입술에 손가락을 댔다. 그러고 나서 신분증을 내밀었다.

깡이는 정신없이 게임에 몰두하다가 자신의 손에 차가운 기운이 느껴지자 비로소 고개를 돌렸다. 강 형사는 깡이를 뒤에서 안고 두 손을 모아 수갑을 채웠다. 깡이의 눈에서 불이 났다. 깡이는 도망치려고 발버둥을 쳤다. 자리를 박차고 일어나 달리려 했다. 어찌나 기운이 센지 강 형사는 깡이의 발에 채여 뒤로 나동그라졌다. 그러나 주인이 출입문을 닫아 버리자 깡이는 두 손으로 문을 열어 보려 안간힘을 쓰다가, 강 형사에게 목덜미를 잡혀서 경찰차로 실려 갔다.

"이젠 어쩔 수가 없어. 더 이상 도망갈 생각 말아라. 너를 몇 번이나 놓쳤지만, 이젠 아니야."

강 형사는 깡이에게 군밤을 한 대 쥐어박으며, 내려가는 시간이 오래 걸리니 잠이라도 한숨 자 두라고 했다. 깡이는 수갑 찬 손으로 유리창을 수없이 때리다가 나중에는 힘에 부친 듯 나가 떨어졌다. 코 고는 소리가 차 안에 울려 퍼졌다. 강 형사는 깡이를 돌아보았다. 상처를 크게 입은 짐승이 우리에 갇혀서 울부짖듯이 깡이의 얼굴에는 아직도 분노가 가득 차 있었다.

깡이는 수갑을 찬 채 깊이 잠들었다. 이젠 더 이상 피해 다니지 않아도 된다는 사실이 모든 긴장감을 떨어지게 했다. 서울에서 내려오는 몇 시간 동안 정신을 차릴 수 없는 잠 속으로 빠져들어갔다. 꿈속에서 다리 잘린 아빠가 쫓아오는 것도 같았고, 감옥에 들어간 자신이 허우적거리며 담을 넘으려고 안간힘을 쓰는 것도 같았다. 한편으로는 차라리 마음이 편하기도 했다. 더 이상 불안하게 떨지 않아도 된다는 안도감에 젖어서 두 다리를 뻗고 잠이 들었다. 휴게소에서 경찰이 무얼 먹겠냐고 묻자, 차에서 내리려고 몸을 일으켰다. 그리고 손에 차인 수갑을 보자 고개를 꺾었다. 깡이는 차에서 내리지 않고 음료수만 부탁했다. 사람들이 자기만 쳐다보는 것 같아서 차 안에서도 고개를 푹 숙여 버렸다. 돌이킬 수 없는 상황이었다. 이제는 도망을 가고 싶어도 갈 수가 없었다.

경찰차는 고속도로를 계속 달렸다. 오후가 되어서야 낯익은 고장의 풍경이 눈에 들어왔다. 아지랑이가 피어나던 봄날에 떠났던 읍내 풍경은 어느새 뜨거운 여름으로 바뀌어 있었다. 가로수들이 푸른 잎새로 뒤덮였고, 햇볕은 꼿꼿하게 군청 광장을 내리쬐고 있었다. 낯익은 풍경이 펼쳐졌다. 군청 광장엔 또다시 사람들이 모여 있었다. 현수막이 펄럭이고, 노인들이 트럭에서 집단으로 내리고 있었다. 깡이는 미소 지었다. 저 시위대 사이로 아빠를 따돌리고 도망친 기억이 떠올랐다. 그 사이에 문제는 해결되지 않은 모양이었다. 노인들의 수는 더 늘었고, 젊은 사람들도 끼어 있었다. '화장장 설립 반대 성공'이라는 선명한 문구의 현수막과 깃발들이 물결을 이루고 있었다.

"제기랄! 막혔어. 더 이상 진입할 수가 없어. 사거리가 온통 시위대로 포위되었어. 돌아가도 경찰서 앞은 통과할 수가 없어. 여기서 내려서 저애를 데리고 경찰서로 들어가게. 과장님껜 자네가 보고하고, 난 시위대를 해체시켜야 해. 할아버지들이 일이 성공으로 끝났으면 동네에서 막걸리나 마셔야지, 왜 길을 막고 이 난리야, 참."

강 형사는 투덜거리며 깡이에게 소리 질렀다.

"내리자, 걸어가야겠다."

깡이는 눈이 부셔서 광장을 멀거니 쳐다보았다. 분명 노인들의 시위대인데 오늘은 왠지 느낌이 달랐다. 잔칫날 같았다. 정말 이상한 일이었다. 전에는 할아버지들이 모두 장례식에 참가한 것처럼 흰 옷을 입고 있었는데, 오늘은 다들 울긋불긋한 옷들을 걸치고 있고 농악대가 꽹과리를 쳤다. 깡이는 귀에 익은 꽹과리 소리에 놀라서 상쇠 할아버지를 쳐다보았다. 틀림없이 왜가리골 할아버지였다. 깡이는 그제서야 지금 치고 있는 농악이 왜가리골에서 행사 때마다 치는 문굿가락이라는 것을 알았다. 그런데 참 이상한 일이었다. 상쇠 할아버지를 보자 또 아빠가 떠오르며 깡이의 다리가 심하게 떨리기 시작했다. 깡이는 이제 더 이상 빠져나갈 곳이 없다는 것을 알면서도 강 형사를 냅다 뿌리치고 앞으로 뛰어나갔다.

"새끼, 뛰어 봤자 벼룩이야. 수갑 차고 어딜 가?"

강 형사는 잡지도 않았다. 교통정리를 하고 있던 경찰이 깡이를 보고 호루라기를 불고 사이렌을 울리기 시작했다. 하지만 깡이는 들은 체도 하지 않고 시위대를 파고들었다. 전에처럼 인파 속에 가려서 도망갈 수 있을 거란 확신이 들었던 것이다. 메가폰 소리가 들리고 시위를 주도하는 노인의 목소리가 울려 퍼졌다.

"그동안 우리는 수차례 화장장 건립 반대를 했었소. 그런데 당국에선 노인들이 무슨 힘이 있냐고 하면서 우리를 슬슬 달래려고만 했소. 노인들은 사람이 아니요? 노인들이라고 해서 수년 동안 살아온 마을에 혐오 시설이 들어와도 참고 견뎌야 한다는 것이 말이 될 소리요? 그런데 우리들은 없는 힘을 모아서 결국 화장장 설치를 막아냈소. 이젠 우리 고장에 화장장이 들어설 일은 없소. 여러분! 이건 우리들이 해낸 일이요. 그래서 오늘 우리는 당당하게 이 자리에서 한판 놀아야 하요. 우리보고 늙었은께 추태 그만 부리고 집으로 돌아가라는 말은 하지 마시오. 선거 때만 되면 우리 표 하나 얻으려고 노인당에 나타나서 굽신굽신하다가, 우리가 무슨 일로 군청이라도 찾아들면 완전히 힘없는 사람 취급을 하는디, 그라면 안 돼요. 지금 우리 고장엔 노인 인구가 전체 인구의 5분의 1을 차지하고 있소. 그랑께 우리가 우리 고장의 중심이란 말이요."

깡이는 또다시 낯익은 목소리에 발걸음을 주춤했다. 왜가리골 이장님이 어느새 화장장 반대 추진위원이 되어 있었다. 그 사이에 마을마다 연대가 이뤄진 듯 마을 별로 깃발을 들고 늘어섰다. 깡이는 고개를 숙였다. 마을 노인들이 군청 문 앞에 줄지어 서 있었다. 왜가리골 이장님은 원래 말씀하시길 좋아하셨다. 새벽만 되면 할 말이 없어도 마이크를 잡고 일기예보라도 전해 주는 게 습관으로 배인 사람이었다. 깡이는 동네사람들의 시선이 비끼는 쪽으로 슬슬 도망을 치면서도 낯익은 목소리에 소름이 돋았다. 늘 들어 온 소리는 소리를 들을 당시의 감정마저 전해 주는 법이다. 이장 할아버지의 목소리는 깡이에게 왜가리골에 대한 어두운 기억을 떠올리게 했다. 후미진 골목길을 걸으며 누가 보지 않나 혼자 감시까지 해가면서, 슬쩍 문단속이 소홀한 집으로 들어가 돈을 훔치던 기억들이 떠올랐다. 깡이는 기억에서 벗어나려고 발버둥 쳤다. 그래서 더욱더 행렬 사이를 빠져나가고 싶었다. 여전히 경찰의 호루라기 소리와 사이렌이 울려 퍼지고, 사람들은 이리저리 깡이를 피해 줬다. 하지만 경찰이 깡이를 쫓고 있다는 것은 몰랐다. 갑자기 경찰의 메가폰 소리가 들렸다.

"어르신들, 잔치도 좋지만 부탁 하나 드립니다. 지금 어르신들의 돈을 훔친 깡이란 녀석이 이 속에 있습니다. 이 녀석을 잡을 수 있게 협조해 주십시오. 이 녀석이 행렬 속에 있습니다. 여러분들이 도

그 숲에 깃들다 **167**

와야 합니다."

그러나 그 소리는 본부석까지 도달하지 못했다. 왜가리골 이장은 카랑카랑한 목소리로 외쳤다.

"우리 고장은 대대로 공장 하나 읎이, 아니 작은 공장 말고 큰 공장 말이여. 근께로 깨끗한 공기와 물로 장수 고을로 알려졌제. 이렇게 살기 좋은 고장에다 어떤 호랠 물어갈 놈이 화장장을 설치해? 이젠 우리가 다 해냈어. 다시 화장장 말만 꺼내 봐라, 그 말 꺼낸 사람은 아무것도 못 해 묵도록 우리가 단결해서 표를 안 준당께. 젊은 놈들은 놀러 가느라 투표를 안 해도, 우리덜은 몸만 안 아프면 다들 투표를 하러 다닌께로, 우릴 우습게보지 말고 할 말 있으면 막걸리나 좀 내오시오."

이장은 한번 마이크를 들자 자꾸만 할 말이 떠올라 신이 나서 말을 이어갔다. 그런데 이장이 행렬의 딱 중간을 쳐다보고 있는데, 이상한 아이 하나가 자꾸만 사람들을 밀치고 앞으로 나오고 있었다. 이장은 돋보기 안경을 밀어 올려 그 이상한 아이를 쳐다봤다. 아무래도 낯이 익은 얼굴이었다. 저놈이 지금 뭐하고 있다냐? 연설을 끊어 놓고 이장의 시선이 깡이에게 꽂혀 버렸다. 그리고 잠시 후 이장 영감의 폭탄 같은 목소리가 튀어 올랐다.

"아따, 저놈의 새끼가 왜 이곳으로 파고들어 부냐. 여러분! 지금 저 한가운데 도둑놈의 새끼가 있소. 모두 힘을 합쳐서 저 도둑놈을 잡아들입시다. 저 숭악한 놈이 하필 혼자 사는 노인들 집만 털어 부렀어. 노인들이 뭔 힘이 있다고, 애써 벌어 놓은 임금까지 훔쳐서 도망을 친 놈이요. 깡이 넌 드디어 잡혔다. 아이고, 살다 본께 벨 일을 다 보겠네. 저것이 왜 지 발로 우리덜 속으로 찾아들었냐?
여러분! 모두 손을 잡아요! 아니, 어깨를 거시오. 어깨를 서로 껴안
고 떨어지지 맙시다. 도둑놈이 지금 한가운데 있응께 둘러싸시오.
빨리 둘러싸랑께."

왜가리골 이장은 이제 신이 나서 군중을 향해 명령을 내리기 시
작했다. 아무것도 모르고 서 있던 노인들은 마이크에 귀를 기울이
기 시작했다. 그리고 어깨동무를 하고 파도처럼 몰려들었다. 그제
야 경찰은 군중을 포위하며 여기저기에서 몰려들었다. 깡이는 이제
사람들에게 돌돌 말려 있었다. 더 이상 도망칠 수가 없었다. 한두
명의 노인들이라면 밀치고 나갈 수가 있겠는데, 100여 명의 노인들
이 깡이를 돌돌 말아서 싸고 있으니 꼼짝없이 잡힌 것이다.

연락을 받고 온 털보 샘은 경찰서 옥상에서 깡이를 바라보고 있
었다. 광장에선 도저히 사람들 속에 갇힌 깡이를 찾을 수가 없었
다. 그래서 성큼 옥상으로 올라온 것이다. 동그란 빵의 한가운데 들
어 있는 팥 앙금처럼 깡이는 행렬의 한가운데 끼여 있다가, 포위한
경찰에 의해서 다시 끌려 나왔다. 노인들이 우! 하고 소리를 질렀
다. 요란하게 울려 퍼지던 문굿 소리가 그치고 사람들의 낑낑대는
소리만 광장을 메웠다. 이윽고 호루라기를 불며 사람 띠를 뚫고 경
찰이 들어가 깡이를 데리고 나왔다. 깡이가 건너편 경찰서로 가자
농악대는 다시 문굿을 치기 시작했다.

"캔지캔지캔지 캔. 캔지캔지캔지 캔."

그것은 임진란 때 이순신이 바다에서 전투를 마치고 언덕 위의
성 앞에서 승전을 했으니 성문을 열라는 신호이기도 했다.

"문 열어라, 문 열어라, 성문을 열어라."

"캔지캔지캔지 캔, 캔지캔지캔지 캔, 캔지캔지캔지 캔, 캔지캔지캔지 캔."

상쇠 할아버지는 조상들이 무신으로 임란에 참전한 가계를 보존하기 위해 스스로 문굿을 보존하려 온갖 노력을 해오고 있었다, 이제 문굿은 왜가리골에서만 유명한 것이 아니라 읍내까지 보급된 것같았다. 군중들은 신이 나서 춤을 추며 본격적인 잔치를 이끌어 갔다. 어디서 그런 힘이 나오는 걸까? 겨우 걷기도 힘들 것 같은 허리가 구부러진 노인들이 손에 손을 잡고 광장을 돌았다. 털보 샘은 추레한 깡이를 내려다보며 가슴이 몹시 쓰렸다. 그러나 한편으로 노인들이 자신의 권리를 스스로 찾는 것을 보며 쉽게 옥상을 내려갈 수가 없었다. 털보 샘은 팔짱을 끼고 행렬을 뚫어지게 내려다보았다. 노인들과 버려진 아이들만 사는 게 농어촌이었다. 사람 사는 곳에는 어딘가 희망이 있고, 그 희망은 스스로 만들어 가는 것이라는 사실을 저 광장에 모인 노인들이 증명이라도 해주는 것 같았다.

"캔지캔지캔지 캔, 캔지캔지캔지 캔."

상쇠의 힘에 넘친 가락은 삶이란 스스로 열어 가는 것이지 누군가에 의해 정해진 것이 아니라는 신호라도 되는 것 같았다. 거침없는 가락이 털보 샘의 의식마저 바꾸어 주는 것 같았다. 털보 샘은 서서히 계단을 내려가면서 깡이도 하림도 샛별도 스스로 자신의 삶을 열어 갈 수 있는 주역이라는 생각을 했다. 털보 샘은 늘 아이들의 문제를 해결해 주어야 한다고 머리가 아프게 고민했으나, 그게 아니라는 깨달음이 온 것이다. 아이들은 스스로 해결책을 이미 가슴에 키우고 있을 터였다. 깡이가 잡혔으니 이젠 제 길을 갈 수 있도록 안내하는 일만 남은 것이다. 그동안 깡이를 잡기 위해 온갖 방법을 모색해 보던 시간들이 깡이에 대해 더 많이 이해할 수 있도록 해준 것 같았다. 경찰서로 들어가며 털보 샘은 아주 많이 깡이를 알고 있는 듯했다. 의자에 앉아 조사를 받던 깡이가 털보 샘을 보고 퀭한 두 눈을 빛냈다. 상처 입은 짐승의 눈이었다. 털보 샘은 깡이에게 눈빛으로 인사를 보내고 의자에 앉았다.

치유 학교

깡이는 소년원으로 이송되었다. 그러나 아무도 소년원이라는 단어를 쓰지 않았다. 정보산업학교의 새벽은 산책 겸 구보로 시작되었다. 빽빽한 미루나무 사이 길엔 새소리가 가득 찼다. 깡이는 우선 모르는 아이들이 좋았다. 서로 낯선 아이들은 제각기 문제들을 안고 들어왔지만 선입견이 없어서 편했다. 소년원에 들어온 이유를 가슴에 숨긴 탓에 눈길을 마주치면 멋쩍은 웃음만 나눌 뿐이었다. 집에서라면 죽어도 하지 않을 새벽 구보를 아무런 거부감 없이 하게 되는 것도 좋았다. 여기선 생각을 하지 않을수록 좋을 것 같았다. 몸을 명령대로 맡기고 나면 하루가 갔다.

담당 선생님은 노트 한 권을 내놓고 잠들기 전에 생각나는 얼굴을 쓰라고 했다. 깡이는 한참을 망설이다가 엄마라고 썼다. 아빠 때문에 집에서는 한 번도 입 밖으로 내놓을 수 없는 단어 엄마! 깡이는 아무도 의식하지 않아도 된다는 사실을 확인하자 가슴 깊이 묻어 두었던 엄마에 대한 기억을 떠올렸다. 이상한 일이었다. 다 잊어

버렸다고 생각한 엄마에 대한 기억이 하루가 다르게 새록새록 솟아 났다.

엄마! 늘 정신없이 어질러 놓고 한숨만 쉬던 엄마. 엄마 품에 안겨 잠들 때는 항상 불안했다. 엄마는 깡이가 잠들기만 하면 방에 뉘어 놓고 어디론가 나가곤 했다. 어디선가 파도소리가 들린 것도 같았다. 아빠는 멀리 고기잡이를 떠났다고 했고, 엄마는 깡이가 잠들 동안 온통 마당을 서성이며 불안한 마음을 달래곤 했다. 잡아도, 잡아도 잡히지 않던 엄마. 엄마는 아빠처럼 거칠고 큰 목소리로 이야기하지 않았다. 바람에 나풀거리는 나뭇잎 소리처럼 낮고 고요하게 깡이를 대하다가도, 한번 신경질을 내면 거침없이 엉덩이를 때리던 엄마. 그런 엄마는 어느 날 진짜로 사라져 버렸다. 깡이가 단잠에서 깨어났을 때 엄마는 보이지 않았다. 누런 들판에선 매캐한 보릿단 태우는 연기가 날렸다. 깡이는 엄마를 찾으러 맨발로 나갔다. 골목길을 지나 교회에도 충무사에도 포구에도 엄마는 없었다.

울다 지쳐 다시 잠이 들었고, 아빠의 기척을 느끼며 날이 밝았다. 아빠는 한 마디도 하지 않았다. 엄마는 없는 거라고 했다. 그러나 깡이는 날마다 학교에서 돌아오면 댓돌 위의 신발부터 확인했다. 날마다, 날마다 새로운 날이 찾아왔지만, 엄마의 신발은 돌아오지 않았다. 그러다 아빠마저 바다에서 돌아오지 않는 날이 찾아왔다. 처음 아빠가 깡이를 딱돌이 아저씨에게 맡기고 바다로 떠난 날이었다. 깡이는 육중한 기계 소리에 귀를 막고 구석에 쭈그리고 앉아 있었다. 아저씨는 너무 바빴다. 산더미처럼 쌓인 취나물이 뜨거운 김이 나오는 통으로 들어가 데쳐지고, 짤순이 통으로 들어가 물을 다

뺀 후에 빨래처럼 건조대로 떨어져 나왔다. 아저씨는 건조대에서 꺼 낸 취나물을 털어 넣었다. 깡이도 처음에는 취나물을 털어 넣었다. 그런데 조금 하고 나니 재미가 없었다. 같은 일을 반복하자니 지루 하기 그지없었다. 그래서 공장 구석에 쪼그리고 앉아 버렸다.

너무 심심했다. 아저씨의 일은 언제 끝날지 몰랐다. 배도 고팠다. 일하는 아줌마들은 밥을 퍼서 저녁을 먹으면서도 구석에 쪼그리고 앉아 있는 깡이를 보지 못했다. 깡이는 배가 몹시 고팠지만 굳이 밥을 달라고 말하지 않았다. 그러다 깜빡 잠이 들고 말았다. 다리 가 저리고 추웠다. 눈을 뜨자 하늘에 무수한 별들이 떠 있었다. 공 장의 불도 꺼지고, 사방은 어둠속에 묻혀 있었다. 새까만 어둠속에 서 열녀비가 느껴졌다. 무엇인가 툭 튀어나올 것만 같았다. 깡이는 너무 무서웠다. 게다가 몹시 화장실에 가고 싶었다. 그러나 어둠속 에서 어디가 화장실인지 찾을 수가 없었다. 다리도 덜덜 떨리고 마 음도 갈피를 잡을 수가 없었다. 다리 사이로 뜨거운 기운이 흐르고 이내 추워졌다. 깡이는 추위에 떨면서 골목길을 더듬어 집으로 갔 다. 텅 빈 집이라도 공장보다는 나았다. 이미 한숨 자고 난 뒤라 쉽 게 잠이 오지 않았다. 깡이는 컴퓨터를 켜고 게임을 하기 시작했다. 컴퓨터 게임은 시간을 죽이기엔 딱이었다. 부연 새벽이 찾아올 때 까지 깡이는 컴퓨터에 매달려 있었다. 그리고 다음 날도, 그 다음날 도 깡이는 그렇게 밤을 새우기 시작했다.

담당 선생님이 내준 과제를 보면서 깡이는 엄마가 떠나 버린 그 날이 선명하게 떠올랐다. 벌써 6년이란 세월이 흘렀다. 그 시간 동 안 깡이는 제 정신으로 살아온 것 같지 않았다. 선생님은 깡이에게 참고서 몇 권을 던져 주었다. 그러나 깡이는 펼쳐 보지 않았다. 아침저녁의 구보 시간과 일을 해도 좋으니 몸을 쓰는 시간이 더 좋았다. 낮엔 늘 몇 가지 심성 프로그램이 진행되었다. 깡이는 그 시간만 되면 얼굴을 찡그렸다. 자신 속으로 파고들어가는 그 시간은 몹시 괴롭고 피하고 싶은 순간이었다. 정신없이 피해 다니다가 어느 피시방에서 쪽지를 읽었다. 아빠가 다쳤다는 소식이었다. 견딜 수가 없었다. 날마다 불안에 떨었다. 아빠가 꿈속에 나타나 자꾸만 자기를 원망하고 있었다. 아빠와 마주칠 일이 끔찍했다. 아빠의 거친 손을 뿌리치고 시위대 속으로 빨려 들어가던 그날의 기억들이 자꾸만 떠올랐다.

하필 역할 바꾸기 프로그램이 진행되는 날이었다. 연극 치료였다. 담당 선생님이 깡이가 되고, 깡이는 아빠가 되었다. 무대 위로 올라가자 깡이는 그만 도망을 치고 싶었다. 그러나 꽉 막힌 공간에는 빠져나갈 곳이 없었다. 창문은 잘 닫혀 있었고, 출입문엔 교도관이 서 있었다. 깡이는 불안하게 눈동자를 굴리며 상대를 쳐다보았다. 심리치료 의사는 옷차림도 깡이처럼 하고 있었다. 그리고 깡이에게 어른 티셔츠를 하나 내밀었다. 깡이는 셔츠를 옷 위에 걸치고 아빠가 뱃일 갈 때 쓰는 것과 비슷한 모자도 썼다. 먼저 심리 치료사가 입을 열었다.

"아빠, 나도 할 말 있다고요. 왜 날 혼자 놓아두었어요? 여기까지 온 게 모두 내 탓이라고 생각해요?"

그러자 깡이는 대답할 말이 생각나지 않았다. 아빠 입장보다는 자기 입장을 더 이야기하고 싶었다. 깡이는 역할을 잊어버리고 소리

쳤다.

"그래요, 난 아빠가 싫어요. 아빠 때문에 엄마가 나갔잖아요. 아빠는 그것도 모르고 여전히 엄마 탓만 하제라."

치료사는 역할에 대해 교정하지 않고 계속 대화를 이어 나갔다.

"아빠는 엄마 이야기를 안 들었어요. 엄마는 힘들었다고요. 아빠가 엄마 이야기를 자꾸 무시하고 술만 마시니까 엄마가 떠난 거라고요."

이상한 일이었다. 상대가 그렇게 나오자 깡이는 자기도 모르게 아빠가 되어 변명이 나왔다.

"나는 맨날 바다에 가서 힘들게 일하고 왔어. 니 엄마는 집에서 살림만 했다. 우리 동네에선 집에서 살림만 여자는 한 명도 읎어. 모두가 산에 들에 나가서 일하면서 살제. 근디 그게 뭐가 힘들어서 집을 나간단 말이냐, 아들까지 두고."

"그래도 아빠가 엄마 이야기를 들어 봐야죠. 엄마가 시골에 내려와서 살아가는 일이 얼마나 힘든지 들어 봤어야지. 아빠는 내 이야기도 하나도 듣지 않았잖아요. 내가 왜 도둑질을 했는지 알기나 하세요?"

깡이는 가슴이 뜨끔했다. 자기가 왜 도둑질을 했는지 치료사가 알고 있을까? 깡이는 그것이 더욱 궁금해서 얼른 아빠 역할을 해나갔다.

"나는 힘들게 돈 벌어서 너한테 용돈도 두둑이 주었다. 근디 너는 뭣 땜시 혼자 사는 할매들 돈을 훔쳤냐?"

"심심하고 외로워서요. 아무도 나하고 놀아 주지 않았어요. 공장에서는 하림이가 딱돌이 아저씨하고 늘 게임을 했고, 샛별이는 샛별이대로 놀고 충호는 공부방에서 안 내려오니까, 동네에서 나만 혼자잖아요. 난 할 수 있는 게 없었다고요. 외롭고 지쳤어요. 견딜 수가 없었다고요. 그래서 빈집에 들어가 돈을 훔쳤어요. 그리고 그 돈을 가지고 피시방에 갔다고요."

깡이는 고개를 폭 숙였다. 그 말이 얼마 정도는 맞는 듯도 했다. 상대가 자신의 속내를 더 잘 알고 있다는 것이 신기했다. 상대의 말을 통해서 자신도 알지 못했던 내면을 맞이하고 있었다.

"나라고 괴롭지 않은 것은 아니야. 나도 네 엄마가 떠나 버렸을 때, 막막하고 힘들었어. 어린 너를 혼자 두고 고기잡이를 나갈 때 가슴이 아팠다고. 그렇지만 먹고 살아야 하잖아. 널 그동안 먹여 주고 키워 주니까 결국 도둑질이나 하냐?"

깡이는 아빠의 입장이 되어 거침없이 이야기했다. 그리고 스스로도 놀랐다. 아빠 입장을 한번도 생각해 보지 않았었다. 늘 원망만 했었다. 그런데 아빠가 되어 보니 정말 아빠는 자기를 혼자 두고 바다에 나갔을 때 가슴이 많이 아팠을 것 같았다. 깡이는 점점 아빠가 되어 갔다. 그러자 엄마의 심정도 알 것 같았다.

"아빠! 잘못했어요. 아빠가 다쳤다는 말을 듣고 너무 힘들었어요. 저 때문에 다리를 잃고…."

치료사는 깡이를 향해 정중하게 사과를 했다. 깡이는 아빠의 입장에서 그 사과를 받아들였다.

"내 잘못이다. 나는 다리 한 쪽을 잃고 널 때려죽이고 싶도록 미워했지만, 이제 생각하니 내 잘못이다. 니 엄마가 떠난 것도 내 잘못이제. 다리를 잃고도 니가 잘못되어 불면 참말로 아무 짝에도 필요 없는 희생인데, 제발 그러지 말아라."

깡이는 제 입으로 아빠의 심정을 이야기해 놓고도 놀라서 가슴이 쿵쾅거렸다. 아빠의 다리가 자꾸만 눈앞에서 어른거렸다. 무릎을 꿇고서라도 아빠에게 미안하다고 하고 싶었다. 이게 연극이 아니라 실제 상황이라면 좋겠다고 생각했다. 분노와 슬픔이 아우러져 깡이의 눈에서 눈물이 흘러내렸다. 깡이는 아빠가 되어 울었다. 아빠는 정말 슬프고 원통할 것 같았다. 치료사가 깡이의 어깨를 안아 주었다.

"연극 치료는 상대의 마음을 조금이나마 짐작하게 해준단다. 아빠 마음을 조금이라도 알겠니?"

깡이는 대답 대신 눈만 껌벅였다. 목구멍에서 계속 울음이 치솟았다. 당장이라도 아빠에게 가고 싶었다. 그리고 사과하고 싶었다. 그러나 아빠는 아직 병원에 있다고 했다. 아빠를 만날 일이 끔찍하게 느껴졌다. 연극 치료의 효과는 대단했다. 깡이는 교실로 돌아와서도 자꾸만 그 대목이 떠올랐다. 그리고 아빠가 되어 중얼거렸다.

'우리 가족 셋은 서로 대화를 안 한 거야. 힘들면 힘들다고 나를 설득해야지, 어린 아들을 두고 떠나 버리면 어떻게 살아가란 말이냐?'

깡이는 아빠가 되어 엄마를 원망해 보기도 했고, 엄마가 되어 아빠를 미워해 보기도 했다. 밤이 되자 깡이는 잊어버렸던 엄마를 떠올리며 스케치북을 꺼내 엄마를 그리기 시작했다. 엄마의 도톰한 두 손이 깡이의 머리를 어루만지는 모습을 그렸다. 깡이는 엄마가 머리를 쓰다듬어 주는 게 좋았다. 처음엔 아무런 느낌도 없더니 그림을 그릴수록 기분이 좋아졌다. 마치 옆에 엄마가 있는 것처럼 사각사각

연필이 스케치북을 스치며 머릿속의 생각을 구체적으로 표현해 주기 시작했다. 연필 끝에서 엄마가 애잔한 모습으로 깡이를 바라보고 있었다. 참 이상했다. 한번 연필을 잡으니까 놓을 수가 없었다. 깡이는 돌담과 바다로 이어지는 골목길을 그렸다. 시누대가 우거진 뒤꼍이 그려지고, 바람이 대나무에 스치는 소리가 들리는 듯했다. 깡이는 눈을 감았다. 너무나 선명하게 마을이 보였다.

당숲을 가득 채운 잣밤나무와 왜가리 떼를 그리기 시작했다. 지금쯤 왜가리들은 새끼를 키워서 나는 연습을 하고 있으리라. 그리고 당숲 가에 작은 집, 빨간 지붕을 달고 있는 하림이 네 집을 그렸다. 창가에서 하림이가 왜가리를 쫓고 있었다. 그제야 깡이의 얼굴에 미소가 어리며 하림이가 생각났다. 그날 당숲에서 왜 하림을 괴롭히려고 했는지 자신도 몰랐다. 다만 밀폐된 공간이고, 그 공간 속에서는 하림을 마음대로 할 수 있다는 충동이 먼저 떠올랐기 때문이었다. 하림이보다 더 큰 힘을 가지고 있다는 것을 보이고 싶은 욕구가 치밀었고, 그래서 하림을 떠밀었다. 하림이가 굴러 내려가지 않았다면 아마 더 큰 일을 저질렀을지도 모른다. 그래도 하림에게 미안하지 않은 것은 무슨 까닭일까? 깡이는 창가에 앉아 있는 하림을 그렸다. 다시 돌아간다면 또 하림을 놀려 주고 싶은 충동이 일었다. 오래도록 깡이는 하림을 그리고 있었다.

토요일이었다. 오전에만 면회가 허락되는 날이다. 아이들이 하나 둘 면회실로 불려 나갔다. 깡이는 너무 무료해서 플라타너스 그늘 아래 누워 있었다. 마을에선 목사님만 한 번 다녀갔을 뿐, 깡이를 면회 오는 사람은 없었다. 너무 무료하면 읽으라고 선생님이 『마시멜로 이야기』를 대출해 주었다. 깡이는 첫 장을 펼쳐 몇 줄 읽어 보았지만, 도무지 재미가 없어서 덮어 버렸다. 마시멜로라는 과자를 일하기 전에 먹는 것과 일하고 나서 먹는 것이 뭐가 다르단 말인가? 배고프면 먹고 배부르면 먹지 않는 게 상책이지 않은가? 왜 그 따위 글을 가지고 베스트셀러라고 하는지. 깡이는 책을 멀리 던져 버렸다.

쫓길 때는 그렇게 쏟아지던 잠이 자라고 하면 왜 오지 않는지 알 수 없었다. 두 눈을 질끈 감고 잠을 청해도 정신은 말똥말똥 그대로였다. 컴퓨터가 그리웠다. 무료할 땐 컴퓨터만큼 시간을 보내기 쉬운 게 없었다. 그러나 이곳에선 아무것도 소일거리가 없었다. 미술 치료사가 주고 간 비누가 있었지만, 비누 조각을 만들고 싶진 않았다. 깡이는 잠을 청해 보기로 하고 홑이불을 머리끝까지 덮었다. 그때 노크 소리가 들렸다. 교도관이었다.

"면회 왔어. 친구들이랑 담임 샘이야."

깡이는 후다닥 생활실로 뛰어 들어갔다. 트레이닝복을 청바지로 갈아입고 세면대로 갔다. 아무렇게나 흩어진 머리카락과 새까만 얼굴이 싫었다. 비누로 박박 문질러 닦았다. 까만 얼굴이 이제는 발갛게 달아올랐다. 수건으로 대충 닦다 말고 밖으로 나갔다.

누가 자신을 찾아왔는지 가슴이 콩닥거렸다. 친구들이라야 남자 애들하곤 싸움질밖에 하지 않았는데, 설마 마을 아이들이 선생님과 함께 온 것일까? 반가움과 두려운 마음이 동시에 들었다. 어색한 표정에 잔뜩 기대를 숨기고 면회실로 들어갔다. 뜻밖에도 송충이와 하림이 웃고 있었다.

"너희들 웬일이냐?"

깡이가 쑥스럽게 웃었다.

"니 보고 싶어서 왔제."

송충이가 장난스레 대답했다. 송충이는 그 사이에 엄청 커 있었다. 벌써 친구들을 못 본 지가 두어 달이 넘었다. 하림은 긴 머리를 풀고 짧은 치마를 입고 있었다. 당숲에서 하림에게 한 행동 때문에 얼굴이 달아올랐다. 부끄러웠다. 송충이가 성경책을 건네주었다. 깡이는 차마 거절하지 못하고 어색하게 받았다.

"교회 다니라고?"

깡이는 빙그레 웃으며 송충이를 건너다보았다.

"아냐, 목사님이 너무너무 심심하면 읽어 보래. 세계 베스트셀러 1위래."

하림과 송충이가 깔깔거리며 웃었다. 깡이는 머리를 긁적이며 책을 읽고 있다고 말했다.

"베스트라고 교도관 샘이 『마시멜로 이야기』를 건네줬는데, 하나도 재미없더라."

"니가 책을 다 읽고 있다고? 마을 뉴스 감인데?"

송충이가 톱뉴스라고 친구들에게 전하겠다고 말했다. 하림은 깡이의 얼굴을 자세히 보다가 작은 목소리로 물었다.

"여기 생활은 괜찮냐? 살찐 거 같아."

"그래, 나에게 딱 맞는 생활이야. 여기에 있어야 동네 할매들이 편하제."

깡이는 일부러 빈정거렸다. 하림의 표정이 어두워졌다. 쓸쓸한 것 같기도 하고 화가 난 것 같기도 한 표정을 보며 깡이는 더 이상 말을 잇지 못했다.

"너에게 전해 줄 말이 있어서 왔어. 네가 나오기 전에 꼭 알려주고 싶었어."

깡이는 다시 긴장이 되었다. 자신에게 알려줄 이야기가 뭐가 있단 말인가? 또 다른 사건이라도 발각되었을까? 가슴이 콩닥거렸다.

"너에 대해서 조사가 다시 시작되었어. 네가 변명하지 않아서 많은 할매들이 니가 훔쳤다고 신고를 했는데, 아무래도 이장 하네가 이상하다고 다시 조사해 보자고 했어, 그렇게 많은 집을 돌진 않았다고, 그랬다면 이장 하네가 눈치를 챘을 거라고. 그런데 니가 훔친 것을 하네는 한번도 본 적이 없대."

하림은 보고를 하듯이 마을 소식을 전했다. 깡이는 어이가 없어서 씩 웃고 말았다.

"먼저 나에게 물어봐야 하지 않을까? 어디어디 들어가서 뭘 훔쳤는지?"

"넌 이미 경찰에서 시인을 했잖아. 할매들이 신고해 놓은 것을 다 했다고 하면 어떡하냐? 지금 상태로는 재판을 받으면 넌 더 오래 이곳에 있을 수도 있대."

하림은 안타까워서 소리 쳤다. 깡이가 고개를 돌리고 힘없이 말했다.

"상관없어. 난 이곳이 좋아. 아빠를 만날 일이 죽기보다 더 싫어."

하림과 충호는 입을 다물어 버렸다. 깡이도 한참이나 말이 없었다.

"털보 샘도 오셨어. 사무실에 들렀어, 곧 오실 거야."

깡이의 얼굴이 일그러졌다. 하림과 송충이는 깡이의 표정을 살폈다. 한참 동안 고개를 돌리고 있던 깡이가 머뭇거리며 학교 이야기를 꺼냈다.

"내가 없으니까 학급 분위기는 더 좋아졌겠지? 아이들은 나보고 뭐라고 하던?"

하림이 배낭에서 종이 한 장을 꺼냈다. 하늘빛 색지에 아이들의 글이 실려 있었다. 깡이의 모습을 본뜬 마스코트도 그려져 있었다.

'왕눈이 깡이 빨리 학교에 나와라.' '깡이야 보고 싶어.' '네 빈자리가 울고 있어.' '맛있는 거 줄게, 빨리 와.' '세수는 하고 지내니?'

샛별이가 썼음직한 메모도 보였다.

"깡아, 새로운 소식이 있어. 딱돌이 아저씨 사업이 커졌어. 샛별이가 인터넷 쇼핑몰을 만들어서 운영하고 있거든."

송충이가 신이 나서 깡이의 어깨를 치며 말했다.

"내가 말이지, 홈피를 하나 만들었거든. 왜가리골 쇼핑몰이야. 여기서도 인터넷 할 수 있지? 한번 들어가 봐라. 순전히 내 실력이 90%이고, 나머진 털보 샘의 도움으로 만들었지."

하림이가 송충이를 꼬집으며 말했다.

"샛별이 이야기도 해줘야지. 샛별이가 말이야, 순전히 쇼핑 중독에 빠져 있었는데, 그 경험을 살려서 상품 포장도 하고 쇼핑몰 관리도 잘하고 있어. 하롱 아줌마가 신이 나서 멸치랑 다시마랑 마을에서 캐낸 쑥까지 다 포장하고 있어. 하롱 아줌마도 이젠 일하는 데 도사가 되었다."

깡이는 하림과 송충이를 번갈아 쳐다보았다.

"그럼 너희들은 언제 공부해? 고등학교엔 가야 하잖아."

"공부? 우리가 언제 집에서까지 공부했냐? 공부는 학교에서 하는 걸로 충분하고, 고등학교는 모두 교문 너머 종고로 가기로 한 걸."

송충이가 의기양양하게 대꾸했다. 깡이는 여전히 아이들에게 거리감을 느끼며 냉소적인 미소를 지었다. 그러자 하림이 깡이의 분위기를 알아차리고 깡이에게 속삭였다.

"딱돌이 아저씨가 널 몹시 기다리고 있어. 오늘 함께 오려고 했는데 일이 너무 많이 쌓여 있어서 못 왔단다."

깡이가 놀란 표정으로 두 눈을 크게 떴다.

"왜? 왜 나를 찾아, 난 아저씨한테 뭐 훔친 거 없는데?"

"그게 아니고, 아저씨가 니네 집을 공장에다 다시 지었어, 황토방으로. 니가 좋아하는 색으로 벽지를 고르겠다고 온다고 했는데."

깡이는 대답이 없었다. 털보 샘이 문을 열고 들어왔다. 깡이는 털보 샘을 보자 고개를 푹 숙여 버렸다. 털보 샘은 이것저것 서류를 갖추느라 늦었다며 깡이를 보고 머리를 쓰다듬어 주었다.

"다시 시작하자. 길은 늘 열려 있고, 없는 길도 새로 만들어 갈 수 있단다. 마을에서 어른들이 탄원서를 써줘서 판사에게 전달하고 왔어. 네 일이 많이 부풀려졌고, 너 때문에 아빠가 다쳤다는 것까지 상세히 올렸다. 정상이 참작될 거야. 아무리 그래도 니가 한 일만 시인을 해야지, 하지도 않은 일까지 다 했다고 하면 어떻게 되니? 노인들이 원래 마음이 약해서 이것저것 생각 안 하고 말했다가 다시 번복하고 그러는데."

깡이는 입술을 깨물고 듣고만 있었다. 제발 털보 샘이 아빠 이야기만은 하지 않길 바랐다.

"다음 주에 재판이 열릴 거야. 그날 판결이 떨어지면, 그날 집으로 돌아갈 수도 있어. 초범이어서 관대히 대해 줄 수도 있다고 하더구나. 네 상황을 잘 정리해서 목사님과 내가 의견서를 제출했단다. 아빠도 다음 주에 퇴원한다. 아빠는 집에서 만났으면 좋겠구나. 일이 잘못되어 네가 여기에 오래 있게 되면 아빠가 불편한 몸으로 널 만나러 와야겠지만, 그렇게까진 안 될 것 같다."

털보 샘은 깡이의 등을 두들겨 주었다.

"너는 인복이 많은 사람이야. 아빠가 다쳐서 그게 너무 슬프지만, 목숨을 잃지 않은 것만으로도 위안을 삼아야 해. 딱돌이 아저씨가 양아버지 노릇을 해주잖아."

털보 샘은 더 이상 말을 하지 않았다. 미소를 띠고 깡이를 바라볼 뿐이었다. 미리 주문해 놓은 짜장면이 나왔다. 깡이가 입맛을 다셨다. 털보 샘도 송충이도 짜장면을 비비기 시작했다. 하림은 볶음밥을 시켰다. 아이들은 모처럼 맛있게 점심을 먹었다. 깡이도 음식을 보자 닫았던 마음을 열고 젓가락질을 시작했다. 가로수에서 울창한 매미 소리가 들렸다.

삽상한 바람이 찾아들고

"왜가리들이 이상해요, 모두 날아오르고 있어요."

하롱 아줌마는 당숲을 쳐다보며 딱돌이 아저씨를 불렀다. 아저씨는 창고에 가득 쌓인 미역을 꺼내 포장을 하고 있었다.

"아, 저거요. 쟤들이 갈 때가 된 거예요. 해마다 이맘때면 갈 준비를 해요. 남쪽나라로 갔다가 다시 온대요."

아저씨는 일손을 멈추고 평상으로 나왔다. 울창한 매미 소리가 숲을 덮고 있었다. 모기떼가 극성을 부리는 한여름이었지만, 이 여름 속에서도 가을은 소리 없이 세력을 넓히고 있었다.

"하롱 아줌마도 쟤들이 떠나갈 때쯤 고향에 한번 다녀오세요. 목사님이 함께 가시겠다고 했는데."

하롱 아줌마는 설레는 표정으로 아저씨 곁으로 다가왔다.

"그동안 고생하셨어요. 아줌마 덕분에 여기 살림도 안정이 되었네요. 처음엔 저 혼자 하는 공장이라 귀신 나올 것같이 더럽다고 했는데, 아줌마가 청소도 잘하고 일도 잘해서 내년에는 공장을 한 채 더 지어야겠네요."

"제가 가면 쇼핑몰 관리는 어떻게?"

하롱 아줌마는 컴퓨터를 쳐다보며 걱정스럽게 물었다. 아저씨는 당숲을 건너다보며 낮은 목소리로 말했다.

"이가 없으면 잇몸이 그 역할을 한다고, 다 방법이 있을 거요."

아줌마는 아저씨의 말을 못 알아듣고 그저 먹먹하게 서 있었다. 아저씨는 아줌마에게 다시 한 마디를 덧붙여 주었다.

"다 잘된다고요."

하롱 아줌마는 입가에 미소를 띠고 왜가리 숲을 바라보았다.

"이번에 가면 아들 데려와도 되죠? 여기에서 키우고 싶어요."

아저씨는 몇 번이나 들어서 귀에 박힌 그 소리를 신경질내지 않고 또 들었다. 얼마나 보고 싶으면 하롱은 입만 열면 아들 이야기를 할까. 아저씨는 바람이 일고 있는 당숲을 하롱과 함께 바라보며 이제 취나물도 두어 번의 수확기가 남아 있다는 것을 생각했다. 식구가 늘면 겨울엔 미역과 김을 더 많이 말려야 했다. 취 건조용을 만드는 공장이라 김과 미역을 말리려면 확장 공사도 필요했다. 아저씨는 손가락으로 식구를 세어 보았다. 하롱과 그의 아들과 깡이와 깡빠, 네 식구가 늘 것이었다. 하롱은 딱돌이 아저씨와 거리를 두고 아저씨의 눈치를 보고 있었다. 무엇인가 할 말이 더 남은 표정이었다. 아저씨는 묵묵히 아줌마를 건너다보았다. 아줌마는 수줍게 입을 열었다.

"싸장님, 목사님이 이번에는 신붓감을 알아보자고 하던데, 어떤 여자가 좋으세요?"

아저씨는 얼굴이 빨개져서 손을 내저었다.

"아직 그럴 마음이 없어요. 깡이네 식구가 돌아오면 공장에서 살아야 해요. 겨울이 오면 공장을 다시 확장해야 하고, 힘이 부치네요. 잘 다녀오세요. 지금 있는 식구도 많은데, 가족을 더 늘린다는 게 힘듭니다."

아줌마는 머뭇거리며 무슨 이야기인가 더 하려고 했다. 그러나 딱돌이 아저씨는 창고로 들어가 버렸다. 왜가리가 가득 찼던 창고에는 포장 취나물이 쌓여 있었다. 몇 달 전의 이야기가 꿈속같이 느껴졌다. 숲가에는 떠남을 준비하는 왜가리 떼의 군무가 한창이었다. 그렇게 많은 새떼들이 죽었지만 살아남은 것들도 꽤 많았다. 새끼들이 다 자라서 창공을 날아오르고 있었다. 어쩜 당숲은 이때가 가장 아름다울 듯싶었다. 단풍이 들기 전의 나무들은 마지막 세력을 펼치듯 잎새들이 기운을 뻗치고 짙푸른 빛을 띠었다. 태풍으로 잔가지를 모두 떨어내고도 다시 새순이 나와서 바쁜 일정을 진행했다. 연초록 새순은 여름날의 뜨거운 햇살 아래 곧바로 진초록으로 변해 갔고, 이젠 검푸른 빛을 띠고 있었다.

"무서운 회복력이야. 사람의 손발도 다시 저렇게 자랄 수 있으면 좋겠어."

아저씨는 창고 앞에서 나물 더미를 다시 쌓아 올리며 깡빠를 떠올렸다. 깡빠는 이제 휠체어를 타고 다녀야 했다. 당분간은 그 상황을 받아들이기 힘들어서 또 해코지 꽤나 할 것이었다. 일주일에 한 번 목사님과 면회를 가서, 의사가 시키는 대로 상황을 받아들이도록 하는 교육을 꽤나 많이 했지만, 번번이 분노를 표출하곤 했다.

주말이면 깡빼가 퇴원할 것이다. 그때는 또 무슨 날벼락이 떨어질지 몰랐다. 마음의 준비를 해야 했다. 아직도 마루 끝에 앉아서 하노이 생각에 빠졌는지 하롱은 아저씨가 마당을 가로질러 대문으로 나가자 번뜩 고개를 들었다. 그리고 아저씨의 등 뒤에서 속삭였다.

"지금 아니면 너무 늦다고 했어요. 이젠 아저씨도 나이가 많아지잖아요. 기회가 계속 계속 오는 건 아니래요."

아저씨는 발걸음을 멈추고 하롱을 건너다보았다. 하롱은 매우 진지한 표정으로 아저씨를 바라보았다. 많이 생각을 했는지 손끝에는 메모지가 들려 있었다. 아저씨에게 할 말을 적었는지 메모지가 까맣게 차 있었다. 아저씨는 하롱의 곁에 앉았다. 그리고 턱을 쓸며 한참이나 생각에 빠졌다. 하롱은 아무 말도 하지 않고 아저씨만 바라보았다.

"가족이 더 있어요?"

아저씨가 아줌마에게 물었다. 아줌마는 머뭇거리며 눈을 크게 뜨고 그 말의 뜻을 이해하려고 생각에 잠겼다.

"우리 가족이요?"

"그래요, 아줌마네 아들 말고 또 누가 있냐고요?"

그제야 하롱은 뜻을 알아들었다는 듯이 환하게 웃었다.

"엄마 있어요."

"그럼 이번에 가서 함께 와요. 이곳에 와서 살 수 있게 할게요. 죽을 때까지 이곳에서 살 생각으로 와요."

하롱은 아저씨가 화가 난 듯 목소리가 굵어져서 그만 울상이 되어 버렸다. 가족을 데려오라는 것은 아주 기쁜 일인데, 아저씨는 왜

화난 표정인지, 웃어야 할지 울어야 할지 알 수 없었다. 하롱은 아무래도 하림과 샛별에게 아저씨의 마음을 물어야겠다고 생각하며 가방을 챙겼다. 남편을 잃고 베트남에선 혼자 일을 해서 먹고 사는 게 너무 힘들었다. 그런데 한국에는 얼마든지 일자리가 있다는 게 신기했다. 하롱은 그동안 모아 놓은 저금통장을 꺼내 보며 교회로 향했다. 골목길에서 자전거를 탄 하림을 만났다. 아줌마는 너무 신이 나서 춤추듯 하림을 붙잡았다.

"하림아, 아줌마 고향에 간다. 엄마랑 아들이랑 만날 거야. 엄마랑 아들이랑 데리고 올 거야."

하림은 자전거를 세우고 하롱을 마주 보았다. 하롱은 기쁨에 들떠서 어쩔 줄 몰랐다.

"아저씨가 아들이랑 엄마를 데리고 오라고 했어요? 왜요?"

하롱은 고개를 흔들며 대답했다.

"몰라요, 그냥 한국에서 오래오래 살라고 했어요, 아주 오래오래."

하롱은 손가락을 세며 '오래오래'를 반복했다. 하림은 고개를 살래살래 저으며 입가에 미소를 띠고 대답했다,

"아줌마, 축하해요. 내년에는 우리도 데리고 가요. 우리도 베트남 여행 가고 싶었는데. 아저씨네 공장에서 일하고 번 돈으로 저축해 놓을게요. 그럼 하노이도 구경할 수 있잖아요. 그나저나 아줌마가 가버리면 이 일은 모두 우리 차진데…"

아줌마는 고개를 아주 크게 끄덕이며 발갛게 상기된 얼굴로 교회를 향해 뛰어갔다. 하림은 자전거를 타고 공장으로 갔다. 그리고 쇼핑몰 홈피로 들어가서 주문을 확인했다. 건취 한 박스가 주문되어

있었다.

"이거 택배 사에 갖다 주고 와야 하는데 아저씨는 어디 갔지?"

하림은 전화기를 들어서 아저씨를 수배했다. 아저씨는 숲가에서 담배를 피우고 있다가 트럭을 공장 앞에 댔다. 하림은 말린 취나물에 주소를 붙이고 아저씨의 트럭에 올라탔다.

"어디 다녀오셨어요? 좋은 공기가 느껴지는데, 아저씨 좋은 일 있죠?"

"좋은 일?"

아저씨는 시치미를 떼고 물었다.

"음모가 느껴지는데? 아저씨 우리 몰래 비밀 키우시죠?"

하림은 점점 재미를 느끼며 아저씨를 채근하기 시작했다.

"그래, 이 녀석아, 1급 비밀이야."

"피이, 그런 게 어딨어요? 난 아저씨에게 비밀도 다 말했는데, 아저씬 왜 그래요?"

"어른하고 애하고 같냐?"

"그럼 아저씨 이젠 친구 그만 해야겠다."

하림은 농담 삼아 말했지만 왠지 아저씨가 멀리 떠나가는 것 같았다. 아저씨는 어른과 애, 중간 사이에 있는 것 같더니, 이젠 어른의 자리로 돌아가 버렸다.

"너무 바빠서 요즘엔 오락을 즐길 새가 없었어. 빨리 일 좀 해놓고 게임 수가나 좀 올리자."

딱돌이 아저씨가 빈 말로 하림을 구슬렸다. 하림은 아저씨 대신 자기 이야기를 꺼냈다.

"아저씨, 제가 민이와 헤어지고 현준이 사귄 줄 알죠?"

아저씨가 하림이 쪽으로 고개를 돌렸다. 할 수 없다는 표정으로 이야기를 들으려는 것이었다.

"현준이는 또 누구냐? 그 짓 그만하라고 했는디 또 했어?"

"민이가 자꾸 다른 여자애들이랑 친해서 화가 났단 말이요. 아저씨도 생각해 봐요. 내 남친을 다른 애들이 만나고 있어 봐, 열 안 나는지."

"그래, 그랬지. 그래서 도시에서 전학 온 누구를 사귀고 싶다고 했제. 그것까진 생각나는디, 그게 현준인가 하는 애냐?"

"그게 아니고요, 누굴 사귀냐가 중요한 게 아니라, 어떻게 사귀냐가 중요하다고 털보 샘이 말했다고요. 그러니까 제 이야기 잔 잘 들어 봐요."

"알았다, 알았어."

아저씨는 두 손을 흔들며 항복 자세를 갖추었다. 하림은 아저씨의 이야기를 듣기 위해서 자기 이야기를 했다. 하롱 아줌마 이야기부터 하고 싶었지만 아저씨가 무색할까봐 슬슬 돌렸다. 자신의 이야기를 하면 아저씨도 속내를 비추지 않을까 싶었다.

"제가 문어발이라고 소문이 자자한데요. 그게 제 이야기를 잘 들어 보면 다 이유가 있다고요."

아저씨는 운전을 하며 하림의 이야기를 듣는 둥 마는 둥했다. 그대로 하림은 참새처럼 재잘거렸다.

"제가 처음 사귄 남친은 후배가 채갔고요, 두 번째는 그애 네 엄마가 나보고 자기 아들 만나지 말라고 난리를 했어요."

"그 다음엔?" 하림이가 고개를 돌리며 아저씨에게 알밤을 먹이는 시늉을 했다.

"전에 이야기 다 했잖아요. 노는 방법이 달라서 헤어졌어요. 토요일이나 일요일에 영화 보러 가거나 옷 사러 가는 게 취미래요. 맨날 나보고 옷 사러 가자는데, 전 보다시피 주말엔 할머니랑 쌔가 빠지게 밭에서 일해야 해요. 그래야 우리 집은 먹고 산다고요. 그런데 그런 걸 이해해 주는 애들이 어딨어요? 우리 동네 샛별이나 송충이나 이해해 주지."

"그란께 말이다. 뭐 할라고 쌀개 빠진 놈들 사귀냐? 그냥저냥 옆에서 이해해 주는 애들이 젤이제. 송충이나 깡이를 사귀면 되지, 뭐 할라고 자꾸 도시에서 전학 온 놈들하고 사귀냔 말이다. 도시에서 적응하지 못하고 전학 온 것인데, 너는 그 애들이 새롭게 보이제, 맨날 노는 애들은 시시해 보이고?"

"우와! 한 동네에서 코딱지 붙은 것까지 다 보고 자라는 애들에게 무슨 신비감이 들어요? 송충이나 깡이를 사귀라고요? 아저씨 정말 대화 안 되네?"

아저씨는 실실 웃으며 운전을 계속했다.

"현준이는 정말 문제가 있더라고요. 도시 학교에서 사고치고 잘리려고 할 찰나에 전학 온 거였어요."

"그래서 니가 상처 있는 사람이 서로를 잘 이해하고 어쩌고 한다고 했잖아. 그래서 현준이랑 잘 사귀어 보겠다고."

하림은 아저씨가 호응을 해주자 신이 나서 재잘거렸다.

"이럴 땐 또 대화가 된다니까. 아저씨는 어쩔 때는 친구 같고 어쩔 때는 막캥이 같애. 아주 꽉 막힐 때가 많다니깐. 근데 아저씨! 아저씨 말이 맞는 것도 있어요. 현준이는 형편없었어요. 욕도 잘하고 생활 태도도 엉망이고, 학교도 나가다 말다 그랬어요. 그래서 앞으론 잘 아는 아이들을 사귀어야겠어요. 모르는 애들은 거짓말을 너무 많이 한당께."

딱돌이 아저씨는 하림을 가만히 건너다보더니 갑자기 나무젓가락을 하나 건네주었다.

"하림아, 그걸로 가슴 좀 찌르고 바람 좀 빼라. 허파에 바람이 들어갖고 언제 정신 차릴래? 공부해서 취직해야제, 시집부터 갈려고 하냐? 누가 널 멕여 살리겠냐? 요즘은 여자도 다 일을 해야 써."

그러자 하림이 낄낄거리며 웃어 댔다. 트럭은 어느 새 택배 사에 와 있었다. 하림은 내려서 상품을 건네주고 영수증을 받아서 다시 차에 올라탔다. 돌아가는 길엔 아저씨 이야기를 신나게 들을 참이었다. 아저씨는 한심하다는 듯이 하림을 쳐다보았다.

"그건 그렇고 이젠 아저씨가 대답할 차례에요."

"뭘?"

"하롱 아줌마에게 왜 가족들 데리고 오라고 한 거예요?"

하림은 넘겨짚으며 아저씨를 추궁했다. 아저씨는 뒷머리를 긁적이며 대답했다.

"너에게 먼저 상담을 했어야 했는데 말이다, 어떻게 해야 할지 몰라서. 말하고 나니 영 후회스럽다."

"어떻게 했는데요?"

하림은 아저씨를 보챘다. 아저씨는 나이답지 않게 얼굴이 발개졌다. 사춘기 소년처럼 꿈에 부풀어 하림을 한번 바라보았다.

"그래도 담배 냄새 날까봐 이빨은 닦고 말했다. 베트남에 계신 아들과 엄마를 데리고 오라고."

하림은 자신의 예감이 적중해서 신바람이 났다.

"피이, 그렇게 시시하게 프러포즈를 했다고요? 아줌마는 아저씨가 왜 아들이랑 엄마를 데리고 오라고 한지 모르던디요?"

"그래? 그럼 또 말해 줘야 하겠냐? 아무래도 친정에 다녀오면서 엄마에게도 말을 해야 마음의 준비라도 하고 올 텐디."

아저씨는 막막한 표정으로 하림을 돌아보았다.

"그럼 아저씨는 하롱 아줌마가 아들과 엄마를 데리고 오라고 하면, 그게 결혼 신청이란 것을 알아먹을 줄 알았단 그 말이제라. 에이, 일생일대의 중요한 일을 그렇게 하면 어쩐다요?"

"쑥스러워서. 그 말도 아주 어렵게 했는데."

아저씨는 정말 곤란했다며 얼굴에 흐르는 땀을 닦았다.

"아저씨가 저한테 한 수 배워야 한다니까. 여자는 그렇게 막무가내로 나오면 싫어해요. 그런데 아저씨 언제부터 하롱 아줌마 좋아했어요? 좋아하는 마음이 생길 때 자연스럽게 잘해 줘야제라. 아줌마가 아저씨랑 데이트도 하고 그 다음에 프러포즈를 하는 거라고요."

하림이 딱돌을 올려다보며 충고를 했다. 딱돌은 하림에게 배울 점도 있다며 쓸쓸한 표정을 지었다.

"내가 너희들하곤 잘 놀지, 같이 게임하면 되니까. 그렇지만 하롱 아줌마하곤 뭐 하고 노니? 아줌마하고도 게임할까?"

아저씨는 여전히 잘 모르겠다는 표정이었다. 하림이가 자신만만

하게 훈수를 시작했다.

"그러니까 제일 먼저 하롱 아줌마가 뭘 좋아하는지부터 물어 봐요. 한국 음식 중에서 좋아하는 음식은 뭐냐? 옷은 어떤 옷을 좋아하냐? 학교 다닐 때 취미는 무엇이었냐? 어떤 삶을 살고 싶으냐? 그렇게 상대를 하나씩 알아 가면서 좋아하는 감정이 생기지, 무조건 공장에서 여자가 필요하니까 결혼하자는 거라면 참 슬픈 거제."

아저씨가 뒷머리를 박박 긁어 댔다.

"니가 연애 박사라는 걸 내가 몰랐구나. 사람은 죽을 때까지 배워야 쓴단디, 내가 모자라서 배울 줄 몰랐다. 그래, 이제부터라도 배워 보자."

아저씨가 멋쩍은 표정으로 하림에게 부탁하자 하림은 으쓱했다. 하림은 갑자기 아저씨에게 궁금한 게 뭉게구름처럼 떠올랐다.

"근데 아저씨, 언제부터 하롱 아줌마에게 맘을 품은 거예요?"

아저씨는 또 곤란한 표정을 지으며 얼굴을 찡그렸다. 하림에게 심문을 당하는 것 같았지만 옆자리에 떡 버티고 앉아서 물어 대니 피해 갈 수도 없었다.

"그게 말이야, 딱히 하롱 아짐씨를 내가 좋아한 게 아니고, 자꾸 베트남 여자를 데리고 온다고 해쌓는디, 목사님이랑 날 장가들게 한다고 처녀를 데리고 온다고 근단 말이다. 하롱도 처음에 왔을 때는 정말 이상하드라. 피부색도 이상하고 말씨도 이상하고, 한국 요리는 하나도 못 하고…. 이제 좀 적응할 만한께 새로운 여자를 데려다가 신부로 살라고 하는디, 이거 환장하겠드라. 하롱은 그동안 공장 일을 시켜 본께로 눈치도 있고 영리해서 한국말도 다 배워 부렀제, 컴퓨터도 잘하고 말이다. 그래서 나 같은 노총각이 나이도 많은데 처녀를 데리고 오면 그게 도둑놈 심보제 어디 불편해서 살겄냐? 그때 왜가리 떼 쏟아졌을 때 보니까 하롱이 괜찮아 보였어. 그렇게 생명을 귀하게 여기는 것을 보니까 아내로 맞이해도 남은 인생이 값질 것 같더구나. 나를 함부로 대할 것 같진 않제?"

"하롱 아줌마 마음씨 좋은 건 우리도 알죠, 그런데 베트남 처녀가 어때서요?"

"어떻긴 임마, 그 어린 처녀들이 한국에 대해서 환상을 가지고 올 텐데, 다 늙은 남편이 무슨 대화가 통하겄어? 그 애들만 불쌍허제. 근데 말이다. 하롱 아짐씨는 애도 하나 있다고 하니, 하롱 아짐씨 아들을 내 아들로 올리고 잘 키우면 안 되겄냐? 그래서 하롱을 다시 잘 살펴보니까 귀염성도 있고 날 싫어하는 것 같진 않아서, 이번에 베트남 다녀오는 길에 어머니랑 아들이랑 데리고 오라고 해부렀다."

"오메 아저씨, 잘해 부렀네. 근디 좀 서운하요. 아저씨 결혼하면 우린 찬밥이제?"

"찬밥은 무슨 찬밥, 너는 딸이니까 좋제, 아들도 하나 얻고 양딸도 하나 얻고."

아저씨는 기분이 좋은가 보았다. 게임하듯 장난처럼 이야기를 술술 풀어 나갔지만, 머릿속엔 하롱에 대한 계획이 들어 있는 듯했다. 하림은 동네 어귀로 들어서자 입을 다물고 생각에 잠겼다. 아무리 남친을 바꿔도 진실이 없었다. 그래서 친구는 역시 동네 친구가 제일이라는 생각이 들었다. 공장으로 돌아오니 하롱은 무슨 생각에 골똘히 잠겨 있었다. 아저씨를 한번 쳐다보더니 방으로 들어가 버렸다. 하림은 아저씨에게 윙크를 해주고 공장 문을 나섰다. 그리고 아이들에게 쪽지를 보냈다.

달밤이었다. 그것도 보름이었다. 밀물이 포구에까지 차올랐다. 방파제 계단을 핥으며 바닷물이 철썩거렸다. 서늘한 바람이 불어서 모기도 없었다. 하림과 충호가 모래톱에 모닥불을 피웠다. 일부러 솔방울만 모아서 불을 붙였다. 솔방울은 불꽃이 튀지 않고 솔향기를 풍기며 발갛게 달아올랐다. 충호는 커다란 돌덩이를 날라 왔다. 모닥불 주위로 돌로 된 의자가 만들어지고, 아이들 셋이 둘러앉았다. 돌덩이 의자는 두 개가 나란히 남아 있었다. 샛별은 클로버 꽃으로 화환을 만들어 왔다. 그리고 케이크와 반지를 준비했다. 셋이 용돈을 모아서 한 돈짜리 금반지를 샀다. 돈이 조금 부족해서 할 수 없이 샛별이 새엄마에게 온갖 구박을 받으면서 용돈을 타왔다.

하롱 아줌마는 아이들이 바닷가에서 놀자고 하니까 아무것도 모르고 즐거워했다. 아저씨랑 같이 오라고 했지만, 아저씨가 쑥스러워해서 각자 따로 바닷가로 걸어왔다. 다섯이 둘러앉자 샛별이 사회를 봤다.

"오늘 파티는 그동안 우리랑 함께 열심히 일한 하롱 아줌마의 휴가를 축하하기 위한 파티예요. 오늘 우리가 간단한 선물을 준비했어요."

샛별은 아저씨에게 꽃다발과 케이크 그리고 반지를 전했다. 아저씨는 놀란 표정으로 자꾸만 말을 더듬었다. 하롱은 아이 같은 표정으로 달빛이 쏟아지는 밤바다를 바라보고 있었다. 달빛이 넘치는 바다는 황홀했다. 아이들은 모두 기분이 좋았다. 이윽고 아저씨가 머뭇거리며 일어섰다. 그리고 하롱 아줌마에게 화환을 씌워 주었다. 하롱은 놀란 표정으로 가만히 머리를 만졌다. 아저씨는 한참이나 끙끙거리더니 떨리는 목소리로 말했다.

"하롱, 나와 결혼해 줘요."

그리고 반지를 꺼내서 하롱의 손가락에 끼워 주었다. 아이들이 박수를 쳤다. 모닥불이 탁탁 소리를 내며 타올랐다. 하롱은 믿기지 않는다는 듯 아이들을 쳐다보다가 아저씨를 바라보았다. 아이들이 박수를 쳤다. 충호가 한 마디 덧붙였다.

"아줌마는 우리 마을에 와서 너무 멋지게 일했어요. 아저씨가 반한 거예요."

"반해요?"

아줌마는 손을 반으로 접으며 '반하다'라는 뜻을 잘 모르겠다고 했다. 애들이 깔깔대며 웃었다. 아저씨가 다시 일어나 하롱에게 정중히 인사를 한 후 축하 선물이라며 케이크를 건네주었다. 아줌마의 얼굴에 눈물이 흘러 내렸다. 아줌마는 아이들과 아저씨의 표정이 장난이 아니라는 것을 깨달은 후 소리 없이 눈물을 쏟아 냈다. 하림이 아줌마를 껴안고 눈물을 닦아 주었다. 아저씨도 왠지 숙연해져서 아무 말이 없었다. 아이들이 아줌마와 아저씨를 위해서 노래를 불러 주었다. 송충이가 성가대에서 익힌 잘 닦인 목소리로 '사랑으로'를 선창하자 아이들이 따라 불렀다.

"내가 살아가는 동안에 할 일이 또 하나 있지.

바람 부는 거리에 서 있어도 나는 외롭지 않아…"

바다가 철썩하며 한 번씩 몸을 뒤집었다. 그때마다 달빛이 우르
르 파도를 타고 깔깔댔다. 하롱은 계속 훌쩍였고, 딱돌이 아저씨는
말이 없었다. 아무도 말하지 않았지만 서로 손을 잡고 리듬을 타며
위아래로 고요히 흔들렸다. 왜가리 숲엔 잔바람이 스쳤다. 밤은 깊
어 갔지만 아이들은 헤어질 생각이 없었다. 노래가 끝나고 케이크
를 잘랐다. 모닥불이 더욱 높아져 갔다.

마을은 어딘지 모르게 변해 있었다. 자신이 떠난 지 몇 달밖에
되지 않는데도 마을은 낯설었다. 무엇인가 중요한 게 빠져 버린
것도 같고, 이물스러운 무엇인가가 더해진 것도 같았다. 깡이는 마
을 입구로 들어서자 반사적으로 당숲을 바라보았다. 나뭇잎들이
우아한 자태를 자랑하는 오래 된 숲은 여전히 고아하게 마을을 지
키고 있었다. 숲가에 늘어선 열녀비들은 더욱 퇴락해 보였고, 울타
리엔 담쟁이 넝쿨이 우거졌다. 그러나 그 숲에서 노닐던 왜가리 떼
의 흔적이 보이지 않았다. 깡이는 발뒤꿈치를 세우고 숲을 올려다
보았다. 숲은 텅 비어 있었다. 그새 여름이 가고 왜가리 떼는 마을
을 떠난 것이다.
깡이는 정거장으로 다가오는 하림을 바라보았다. 반갑기도 하고
멋쩍기도 해서 어색한 표정을 지었다. 하림은 환하게 웃으며 손을
내밀었다. 깡이는 몹시 불편한 자세로 하림의 손을 잡았다. 숲속에
서는 온통 풀벌레 울음소리가 들렸다. 아직 반팔을 입고 있었지만,

왜가리가 떠난 것을 보니 가을이라는 생각이 들었다. 한 계절이 소리 없이 지나가 버린 것이다. 깡이는 숲가에 앉아 자신 삶에서 사라져 버린 그해 여름을 생각해 보았다. 왜가리 숲 가득히 비가 내리던 날 태풍 속에서 헤매던 일, 그리고 불안한 마음을 털기 위해 빈집을 떠돌던 날들이 떠올랐다. 사당으로 오르는 언덕에서 하림과 송충이가 기다리고 있었다. 깡이가 멋쩍게 웃자 하림이 초콜릿을 내밀었다. 고급스런 포장지에 담긴 하트 모양의 초콜릿이었다.

"설마 날 좋아한다는 뜻은 아니제?"

깡이는 쑥스런 마음을 접기 위해 포장지를 펼치고 초콜릿을 입안으로 밀어 넣었다. 달콤한 향기가 입안으로 퍼졌다. 송충이가 깡이를 끌며 공장을 가리켰다.

"새 터를 닦고 있지. 아저씨가 공장을 확장하고 있는 거야. 가보자! 우리들이 주인공이야. 너에게 쇼핑몰을 맡긴다고 했어."

세 아이들은 천천히 공장으로 다가갔다. 털보 샘과 아저씨가 이야기를 나누다가 깡이를 보고 놀라서 달려들었다.

"이 녀석, 고생했다. 미안하다, 면회 못 가서 정말 미안하다."

딱돌이 아저씨는 깡이의 볼을 부비며 울었다. 깡이는 멋쩍은 듯 자꾸 시선을 피하다가 아저씨의 손으로 뜨거운 눈물을 쏟아 냈다.

"저기야, 아빠가 휠체어를 타야 하니까 이제 너희 집은 살기가 너무 힘들어. 순전히 깔그막으로 올라가야 하잖아. 경사가 급해서 휠체어가 너무 위험해. 그래서 내가 방을 하나 지었다."

창고 옆에 이제 막 황토가 마르고 있었다. 깡이는 멍하니 그 방을 바라보았다. 아저씨는 힘없이 말을 덧붙였다.

"낼 아빠가 퇴원한다. 마음의 준비나 단단해 해라."

깡이는 고개를 떨구고 입술을 깨물었다. 피하고 싶은 순간이었다. 어디로 다시 도망이라도 치고 싶었다. 그러나 이제는 더 이상 피할 데가 없었다. 깡이는 눈물범벅이 되어서 친구들을 바라보았다. 그러자 샛별이 투덜거렸다.

"야아, 오늘도 파티 준비하자. 깡이가 돌아왔는데 우리가 그냥 있음 안 되제. 하롱 아줌마 떠난 날처럼 바닷가에서 축하 파티 어때?"

"근데 돈은 누가 댈 건데? 그때 아줌마 반지 사면서 우리 용돈 다 썼잖아."

송충이가 투덜거렸다.

"얌마, 니가 몇 푼이나 냈다고 그래. 난 그때만 생각하면 소름이 돋는다. 새엄마에게 용돈 타오면서 각서를 다 썼어, 다시는 인터넷 쇼핑 안 한다고. 물론 나도 더 이상 하고 싶은 맘도 없다마는…, 그 후론 정말 쇼핑 끝이야."

샛별이가 새엄마와 화해한 이야기를 덧붙였다.

"근데 정말 이상한 것은 말이야, 그러고 나서 새엄마랑 나랑 사이가 좋아졌다는 거 아니냐? 내가 자꾸 숨기려고 하니까 새엄마도 도끼눈을 뜨고 의심을 했는데, 내가 까놓고 쇼핑했다고, 이제는 그것도 재미가 없어서 그만뒀다고 했어, 이젠 마을 쇼핑몰이나 잘 관리한다고. 그랬더니 새엄마가 드디어 나하고 친구가 되어 부렀다. 같이 아빠 흉도 보고."

"잘했다, 잘했어. 진작부터 엄마랑 좀 풀라고 하니까 괜히 미워하고 난리더니."

하림이 샛별과 손을 마주쳤다. 아저씨가 지갑을 열어 만 원짜리 한 장을 내주었다. 그리곤 지갑을 닫지 못하고 중얼거렸다.

"이거 말이야, 너희들 파티 하라고 내가 주긴 주는데, 공짜 아니다. 너희들 쇼핑몰 광고 좀 때려, 아니면 몸으로 때우든지. 해수욕장에 가서 김, 미역, 취나물 홍보 좀 하고 와라. 자꾸 식구가 늘어서 많이 벌지 않으면 굶어 죽을 판이야."

장삿속 빠른 샛별이가 아저씨에게 싱긋 미소를 지으며 대답했다.

"이젠 발 빠른 깡이가 왔잖아요. 깡이가 뛰면 금방 매출이 오를 거예요. 이젠 이 공장 대박난다고요."

아이들의 웃음소리가 숲가에 머물렀다. 삽상한 바람이 불어왔다. 깡이는 어색한 마음을 풀고 활짝 웃었다. 친구들이 이렇게 가까웠는데, 항상 가슴속에 빗장 하나를 걸고 거리를 두고 살았던 것이다. 아이들은 바닷가로 향했다.

다음 날은 교회에서 파티가 열렸다. 목사님은 깡이가 돌아온 것을 기꺼이 축하해 주었다. 깡이는 창피했다. 어른들의 질책이 두려웠다. 그러나 목사님은 벌을 받지 않고 피하기보다 달게 받아 버렸을 때 행복할 수 있다고 말했다. 깡이는 예배시간에 할아버지 할머니들에게 진심으로 사과를 했다. 다시는, 다시는 돈을 훔치지 않겠다고 고개를 숙였다. 그러자 노인들은 고개를 끄덕이며 용서를 해 주었다. 깡이는 사과하고 나자 가슴속에 얹혔던 돌덩이가 하나 내려앉은 듯 마음이 한결 가벼웠다. 그래서 친구들에게도 솔직한 자신의 감정을 이야기해 버렸다.

"사실 말이야, 내가 돈을 훔친 것은 보복이었어. 너희들은 왠지 나와 다르게 느껴졌어. 처음엔 그냥 호기심으로 만 원짜리 한 장을 가지고 나왔는데, 막상 그렇게 시작하고 나니까 도저히 너희들과 같아질 수가 없는 거야. 하림아, 미안하다. 널 숲속에서 밀친 것은 그런 보복이었제. 어째 너희들이 나 같은 사람이 아니고 범생이라고 생각하니까 견딜 수가 없더라."

"우린 니가 슬슬 피해서 멀어졌제. 어렸을 땐 멀쩡하니 같이 자랐는데, 사춘기가 되고 나서 넌 변했잖아, 우리들을 실실 피하고 말이야. 자꾸 학교에서도 나쁜 짓만 하니까 우리가 가까이 갈 수가 없었다고."

송충이가 깡이에게 투덜댔다. 하림도 샛별도 고개를 갸우뚱하며 의심스러운 눈빛으로 깡이를 살폈다.

"이렇게 지금처럼 솔직하게 말해 버렸으면 그렇게 먼 길을 돌아가도 되지 않았을 건디, 나도 참 멍청했다야. 이제야 그걸 깨달았어. 이젠 너희들이 아주 편하게 느껴져. 나에 대해서 다 알아 버리니까 감출 것도 없고."

그러자 하림도 깔깔거리며 대꾸했다.

"맞아, 숨기려고 하면 항상 움츠러들고 힘들어. 나는 늘 푼수를 떨면서 내가 남친을 사귀는 것을 속이지 않았어. 니들에게 구박은 받았다만, 딱돌이 아저씨가 하롱 아줌마에게 프러포즈를 한 걸 도와주면서, 그래도 나에게도 장점이 있다는 걸 깨달았제. 우리 피차간에 너무 단점을 공격하진 말자."

그러자 샛별이 한 쪽에서 낄낄거렸다.

"사둔 남 말 하고 있네. 나야말로 하고 잡은 말이 많다. 고작 1, 2만 원짜리 옷 좀 샀다고 나보고 쇼핑 중독 걸렸다고 고자질하고 다닌 사람이 누구냐? 하림이 너잖아. 우리 스스로 왜가리와 백로처럼 서로를 헐뜯었다고. 충호도 마찬가지지 뭐. 컴퓨터 중독이라고 여기저기서 얼마나 구박받았냐? 근디 우리들이 다 장점을 살려서 쇼핑몰도 만들고 아저씨도 장가보내고 했잖아."

애들이 박수를 치며 웃었다. 마당에서 의자에 앉아 차를 나누던 목사님 내외분이 애들을 바라보며 웃었다.

"무슨 이야기가 그렇게 재밌니?"

사모님이 은근하게 물었지만 목사님은 손짓을 하며 애들에게 일렀다.

"너희들끼리 할 이야기가 많지. 어른들이 끼어들면 오히려 방해가 될 거야. 좋은 시간이구나. 앞으론 공부방에 와서 그렇게 좀 놀아라. 충호가 혼자 공부방 일을 도우면서 내심 얼마나 너희들과 놀고 싶었겠니? 너희들은 공부하라고 할까봐 발걸음도 안 했지. 공부하란 소리 안 할 테니, 충호와 그런 대화의 시간을 좀 가져 주렴."

깡이는 오랜만에 아주 실컷 웃었다. 그러나 가슴 한 쪽에 아직도 커다란 바위덩이가 앉아 있었다. 깡이는 파란 바다를 내려다보며 가슴속에서 처절하게 외쳐 대고 있었다.

"아빠!"

그 숲에 깃들다

숲가에 빗방울이 후드득 내리쳤다. 우수수 한 바탕씩 바람이 숲을 휩쓸고 지나갔다. 갑자기 쌀쌀해진 날씨 탓인지 풀벌레 울음소리도 뚝 그쳤다. 마지막 취나물을 키우기 위해 스프링쿨러를 돌리던 취밭에도 사람 그림자가 보이지 않았다. 마을은 고요에 갇혀 있었다. 하롱 아줌마가 베트남으로 간 후 딱돌이 아저씨도 공장을 돌리지 않았다. 당숲은 푸르스름한 기운을 뿜어내고, 취나물 공장은 그림자처럼 고즈넉했다. 흐린 하늘 아래 먹구름이 몰려왔다. 그날따라 늘어선 열녀비들이 더욱 퇴락해 보였다. 하오가 되자 포구를 긁는 이상한 소리가 들리기 시작했다.

"드르륵 드르륵!"

기계를 끌고 가는 듯한 그 소리는 느린 간격으로 이어졌다. 끊어질 듯 이어지는 그 소리는 한가로운 마을에 이물스럽기 그지없었다. 노인들이 하나 둘 담장으로 고개를 내밀었다. 낮은 골목길을 지나 방파제로 이어지는 한길에서는 이제까지 마을에서 찾아볼 수 없는 풍경이 펼쳐지고 있었다. 깡빠는 휠체어에 익숙하지 않아 자꾸만 제 길을 잃고 이리저리 흔들렸다. 앞으로 나가야 할 휠체어가 옆으로 밀려서 담벼락을 들이박기 일쑤였다. 깡빠는 입술을 꼭 다물고 눈에 뜨거운 기운을 품은 채 익숙하지 않은 휠체어를 타고 마을을 헤집고 다녔다. 이리저리 흔들리는 휠체어가 불안하기 그지없었다. 혼자서 몸을 뒤틀며 중심을 잡아 보려고 안간힘을 써댔다. 노인들은 고개를 살래살래 저었다. 다리를 잃은 깡빠를 어떻게 위로해야 할지 분간이 서지 않았던 것이다. 이장 할아버지와 상쇠 할아버지는 마을회관에 모여 깡빠를 걱정스럽게 바라보았다.

깡빠의 눈은 분노로 가득 차서 화기가 가라앉질 않았다. 슬프고 노여운 표정을 감추지 못하고, 잠시도 한 자리에 머물지 못했다. 그는 밤새도록 마을을 헤집고 다녔다. 딱돌이가 달래도, 목사님이 두 손을 잡고 하소연을 해도 그치지 않았다. 깡이는 그런 아빠를 피해서 방에서 한 발짝도 나오지 않았다. 밤이 이슥해지도록 깡빠는 해안가에 있었다. 이젠 예전의 집으로 돌아갈 수 없었다. 집으로 돌아가려면 누군가 깡빠를 업어야 했다. 딱돌이는 몇 번이가 깡빠를 설득했다. 집으로 가려면 데려다 주겠다고, 그렇지 않으면 공장에 새로 지은 황토방으로 가자고. 그러나 깡빠는 말을 듣지 않았다. 누구도 깡빠를 말릴 수 없었다. 바다는 너무 위험했다. 휠체어를 밀면 그대로 바다로 빠져 들어갈 수 있었다. 딱돌이는 할 수 없이 깡빠를 지키기로 했다. 달도 없이 깜깜한 하늘엔 먹구름만 가득 했다. 깡빠는 포구에 검은 물체로 그렇게 한참이나 앉아 있었다. 검은 물살이 출렁거렸다. 금방이라도 바다가 깡빠를 빨아들일 것만 같았다.

어둠속에서 깡빠의 휠체어가 움직였다. 드르륵 드르륵, 깡빠의 휠체어 소리는 어설피 잠든 노인들의 귀를 번쩍 뜨이게 했다. 사람들이 하나 둘 잠자리에서 일어나 마루로 나왔다. 깡빠는 등대를 지나 산 언덕길로 접어들었다. 언덕 위엔 폐선들이 몇 척 엎어져 있었다. 깡빠의 배도 몇 달째 그곳에 있었다. 깡빠는 어둠속에서 희망 호를 찾아 뱃전을 더듬었다. 어린 아들을 쓰다듬듯 자꾸만 자꾸만 배를 만졌다. 그러다 갑자기 흐느끼는 소리가 들렸다. 가슴 깊은 데서 나오는 깡빠의 울음소리는 지쳐 있었고, 누구도 위로가 되지 않을 것처럼 처절했다. 딱돌이는 차마 깡빠에게 다가가지 못하고 몇 발짝 뒤에서 지키고만 있었다. 이윽고 깡빠가 부스럭거리며 호주머니에서 무엇인가를 꺼냈다. 반짝하며 불이 켜졌다. 깡빠는 자신의 배에다 불을 붙였다. 한두 번 해서 불이 붙지 않자, 배의 선반에서 비닐 뭉치를 꺼내 불을 붙였다. 깜깜한 하늘에 매캐한 연기가 깔리기 시작했다. FRP로 만든 희망 호는 서서히 타오르기 시작했다. 일단 불이 붙자 걷잡을 수 없는 화염이 허공으로 치솟았다. 갑자기 동네가 환해졌다. 노인들이 깜짝 놀라서 신발을 질질 끌며 밖으로 나왔다.

"불이야! 신고해야지. 빨리 119 불러!"

누군가 경로당에서 소리 질렀다. 검붉은 불빛이 혀를 휘두르며 마을을 삼킬 듯 치솟았다. 사람들은 겁에 질려 가까이 다가갈 수가 없었다. 딱돌이가 다가와 깡빠의 휠체어를 밀고 나왔다.

"놔둬. 날 가만히 놔두란 말이다."

깡빠는 고래고래 소리를 질렀다. 딱돌이는 조용히 한 마디를 던질 뿐이었다.

"옆에 있다간 타서 죽어."

불빛은 집채만 하게 솟아올랐다. 번지면 금방이라도 마을을 다 삼켜 버릴 것 같았다. 그러나 다행히 바람은 불지 않았다. 간간이 가랑비가 뿌렸다. 노인들은 멀찌감치 노인당 앞에서 희망 호가 타들어가는 모습을 지켜보았다.

"얼마나 상심이 컸으면 배를 태워 버리겠냐? 깡빠도 참 박복하지. 각시 나가 버렸지, 새끼 저렇게 속을 썩이지, 쯧쯧."

누군가 혀를 챘다.

"아무리 속이 썩어도 저러면 안 되제, 아직 할부금도 다 안 끝난 배를 태워 불면 수협 융자금은 어떻게 갚을 거여?"

이장 할아버지는 가서 말려야 한다고 했지만, 희망 호는 이미 형체가 뭉개지고 있었다.

"가만둬. 저렇게라도 안 하면 가슴이 타서 화병으로 죽을지도 몰라. 죽는 것보단 빚 몇 푼 있는 것이 더 낫어. 그거 갚으려면 또 남의 일이라도 할 텐게."

상쇠 할아버지는 이장 할아버지를 말렸다. 불은 더욱 거세게 타올랐다. 아무도 말리지 않았다. 그저 바라보기만 할 뿐이었다.

"아으으으으, 난 억울해, 내가 무슨 죄가 있다고. 죄가 있다면 바다에 나가서 열심히 고기를 잡은 죄밖에 읎어."

깡빠가 소리 지르며 흐느꼈다. 가슴속에 쌓인 분노가 용암으로 솟아오르듯, 희망 호는 터져 나오는 화산처럼 분출하고 있었다. 목사님도 언덕 위에서 팔짱을 끼고 희망 호가 타들어 가는 모습을 바라보고 있었다. 목 안이 깔깔했다. 검붉은 기운이 마을을 덮고,

매캐한 연기 속에서 독한 냄새가 퍼져 나왔다.

깡빠는 목이 쉬도록 울었다. 불기가 사라지고 동녘 하늘에 부연 기운이 솟아오르도록 깡빠의 울음소리는 그치지 않았다. 날이 새자 노인들도 집으로 들어갔다. 희망 호는 이제 불씨만 남아 까만 연기를 가늘게 피워 냈다. 희망 호가 타버린 언덕은 마치 화상이라도 당한 듯 시커먼 자국이 남아 있었다. 한순간 깡빠의 울음소리가 그쳤다. 딱돌이는 놀라서 깡빠의 어깨를 흔들었다. 깡빠는 지친 나머지 의식을 잃어 버렸다. 딱돌이는 깡이를 불러 아빠를 업으라고 했다. 깡이는 아빠를 업고 걸었다. 언덕을 내려와서 당숲을 지나 공장까지 오는 길이 멀진 않았다. 다만 아빠가 일어나서 한 마디라도 해주길 바랐다. 그러나 지칠 대로 지친 깡빠는 깡이의 등에서 잠들어 버렸다. 깡이는 아빠에게 들릴 듯 말 듯 중얼거렸다.

"아빠, 미안해요. 이젠 제가 아빠를 보살펴 드릴게요."

깡이의 등에 뜨거운 기운이 느껴졌다. 아빠의 땀방울인지 눈물인지 모를 뜨거운 것이 등을 타고 흘러 내렸다. 깡이는 묵묵히 걸었다. 텅 빈 왜가리 숲을 지나 늘어선 열녀비들이 금방이라도 깡이의 콧잔등을 때릴 것만 같았다. 그래도 깡이는 땀방울을 훔쳐 내며 걸었다. 아빠의 다리가 한 쪽만 흔들거렸다.

다음 날 깡빠의 얼굴은 잔잔한 바다처럼 고요해졌다. 하루하루 시간이 흐르면서 깡빠의 휠체어 소리도 안정을 찾아 갔다. 이제 깡빠의 휠체어 소리가 포구에 들리면 사람들은 편안한 얼굴로 인사를 나눴다. 깡빠는 소리 없이 깊어 가는 가을 바다를 하염없이 바

라보곤 했다. 맑은 가을 햇살이 퍼져 나오고, 깡빠는 왜가리골 쇼핑
몰에 들어갈 멸치와 미역 말리는 일을 감독했다. 인근에서 채취한
김과 미역이 수협에서 운영하는 건조 공장으로 들어갔었는데, 이젠
왜가리골에서 직접 건조시키게 된 것이다. 공장에서 건조시키는 것
보다 바닷물에 데쳐서 햇볕에서 말린 게 더 윤기가 흘렀다.

깡빠는 노인들을 데리고 그 일을 시작했다. 아침이면 조업 나갔
던 배들이 엄청난 분량의 멸치와 미역을 포구에 쌓았다. 깡빠는 포
구에 대형 가스레인지를 설치하고 가마솥을 얹어 바닷물로 멸치를
데쳐 냈다. 미역도 살짝 데쳐서 물을 빼놓으면 노인들이 포장을 깔
고 털어 너는 일을 했다. 쏟아지는 일 때문에 가슴속의 분노 같은
것은 생각할 겨를도 없었다. 깡빠가 일을 차지해 버리니, 취나물 공
장은 정적만 쌓여 갔다. 딱돌이는 하롱 아줌마가 돌아올 날만 기다
렸다. 아줌마가 돌아와야 공장에 다시 웃음꽃이 필 것 같았다. 왜
가리가 떠난 숲에선 스산한 바람만 불었다.

깡이가 다시 학교에 나가자 아이들이 환호성을 질렀다. 쫀득이와
깡이의 대화 사건은 두고두고 화제에 올랐다. 깡이는 털보 샘에게
어떻게 그럴 수 있냐고 항의했지만, 털보 샘은 두 손을 흔들며 이젠
그런 방법으로 학생들을 감시하지 않겠노라고 했다. 털보 샘은 깡
이에게 반성문을 쓰라고 하지도 않았고, 다신 도둑질을 하지 않겠
다고 서약서를 쓰라고도 하지 않았다.

어느 토요일 오후였다. 털보 샘은 깡이 손을 잡고 산자락 하나를
넘었다. 정갈한 암자가 나왔다. 털보 샘은 아무 말도 하지 않고 법

당으로 들어갔다. 명부전에 제상이 차려지고 스님이 염불 중이었다. 털보 샘은 스님의 뒷자리에서 삼배를 올렸다. 깡이는 엉거주춤 서 있다가 눈치껏 털보 샘을 따라했다. 삼배를 올리고 보니 제상 위에 사진 한 장이 놓여 있었다. 짙은 눈썹 아래 왕방울만 한 눈을 가진 아이였다. 부리부리한 눈빛과 오동통한 볼에는 왠지 오기가 담긴 듯 아이의 인상은 강했다. 깡이는 사진과 털보 샘을 번갈아 쳐다보았다. 털보 샘은 아무 말도 하지 않았다. 다만 눈을 감고 묵상에 잠겨 있었다. 깡이는 왠지 사진 속의 인물이 자신을 닮았다는 생각이 들었다. 저돌적인 눈동자를 뚫어지게 쳐다보다가 그만 고개를 숙여 버렸다. 누군가 자신을 찬찬히 들여다봐도 그런 인상을 받을 것만 같았다.

스님은 긴 축원문을 읽었고 법당에는 향불이 짙은 향내를 내뿜으며 타들어갔다. 깡이는 기침이 나오려고 해서 금방이라도 밖으로 뛰쳐나가고 싶었다. 그러나 털보 샘이 눈을 감고 축원문을 듣고 있었으므로 입술을 깨물며 참았다. 스님이 축원을 끝내고 합장한 후 술잔을 올렸다. 털보 샘도 말없이 일어나 술잔을 올렸다. 털보 샘은 표정이 없었다. 그냥 담담하게 절을 했고, 사진을 뚫어지게 쳐다보다가 삼배 합장을 했다.

"음복하시지요? 올해는 안 오시는 줄 알았습니다."

분홍빛 볼에 이마가 반질반질한 비구니 스님은 나이를 가늠할 수 없었다. 공양간으로 들어가 점심상을 앞에 두고 세 사람이 마주 앉았다.

"극락왕생해서 좋은 생명으로 다시 몸을 받았을 겁니다. 염려하지 마시지요."

스님은 짧게 한 마디 하고 깡이에게 떡과 전을 권했다.

"올해 맡은 아이입니까? 성질이 보통 아니겠네요? 여기 어인 일로 데리고 오셨습니까?"

스님은 깡이를 슬쩍 쳐다보며 중얼거렸다.

"허허, 스님 눈을 어떻게 속이겠습니까? 이 녀석 문제를 많이 저질렀는데, 그래도 쓸 만한지 여쭈려고 데리고 왔지요."

깡이는 눈을 내리깔고 알 듯 모를 듯 스님과 털보 샘의 대화를 들었다.

"이 세상에 쓸모없이 태어난 생명은 없습니다. 액땜은 했으니 이젠 큰일을 하겠네요. 들판에 선 거목처럼 사람들에게 그늘도 되어 주고 열매를 맺어 먹거리도 제공해 주는 재목이군요."

스님은 합장하며 나무아미타불을 읊었다. 깡이는 그 소리가 마치 단말마의 고통처럼 가슴에 짜릿하게 박혔다. 털보 샘은 말없이 미소만 지었다. 깡이는 어색하게 떡을 받아 입으로 넣었다.

"열 사람을 구원해야 한 사람의 영혼을 달랠 수 있겠노라고 하시더니, 이제 마지막 아이인가요? 선생님도 참 대단하십니다. 그러나 열 사람으로 끝내지 마시고 계속해 나가십시오."

스님이 합장을 했다. 털보 샘은 고개를 깊이 숙이고 스님에게 삼배를 올렸다.

"저 녀석 보낼 때는 가슴이 찢어졌어요. 다신 교직을 계속할 수 없을 것 같았습니다. 스님 덕택으로 이렇게 다시 살아서 어렵고 힘든 생명을 돕게 되었습니다. 흔들릴 때마다 이렇게 기일에 저 녀석을 만나고 나면 다시 힘을 얻어 가곤 합니다. 저에겐 큰 깨달음을 준 아이지요."

스님은 여전히 합장을 풀지 않고 대답했다.

"슬픔과 고난이 사람을 더 크게 합니다. 상처가 사람을 더 움츠러들게 하기도 하지만, 원망심을 벗고 대아(大我)를 만나면 폭넓은 삶을 살아가게 되는 원동력이 됩니다. 처사님은 한 사람의 인연을 보내고 더 많은 인연들을 구제하고 있으니, 참으로 큰 삶을 살고 계시는 거지요."

털보 샘은 말없이 산자락 아래를 내려다보았다. 흰 구름이 피어오르고 있었다. 스님의 인사를 받으며 산자락을 내려올 때도 샘은 말이 없었다. 그저 묵묵히 걷기만 갔다. 깡이는 사진 속의 아이가 누구인지 몹시 궁금했다. 구름 속을 헤치고 내려오자 옷깃이 축축하게 젖었다. 샘은 자동차가 있는 주차장에 이르러서야 입을 열었다.

"내가 잘못해서 죽은 아이다. 담임을 맡았는데 내가 너무 젊어서 내 고집대로 하다가 그만 사고가 났어. 범생이를 때리고, 가출을 했는데 잡으러 가지 않았어. 그때 나는 너무 몰랐어, 아이들 마음을 말이야. 그 애는 돌아오고 싶어서 날마다 애들을 통해서 학교 소식을 듣고 있었는데, 난 늘 애들에게 용서하지 않겠다고, 돌아오기만 하면 혼을 내겠다고 했지. 밤중에 혼자 돌아다니다가 교통사고를 당했단다. 저 애가 죽고 나서 한동안 학교를 그만둘까 생각했었어. 몇 년간은 도저히 담임을 맡을 수도 없었단다. 스님을 만나고 저 아이 대신 다른 아이들을 살리는 게 남은 숙제라는 것을 깨달았단다."

깡이는 주먹으로 차창을 때리며 털보 샘에게 대들었다.

"그래서 절 그렇게 잡으러 다녔어요? 저 애 대신 살게 해주려고?"

깡이는 갑자기 가슴이 답답해져 왔다. 마음이 몹시 무거웠다. 스님의 말 한 마디 한 마디가 자신을 옥죄는 것 같았다. 깡이는 자꾸만 뒤를 돌아다보며 암자를 째려보았다. 그리고 퉁명스럽게 털보 샘에게 덧붙였다.

"그렇다고 제가 갑자기 범생이가 되진 않아요."

털보 샘이 아주 천천히 깡이를 돌아보며 웃었다.

"범생이 되라고 말하진 않아. 네가 살고 싶은 대로 살아라. 다만 남을 괴롭히는 일은 하면 안 되지. 남도 그렇고 너 자신도 그렇고, 괴롭히며 사는 것은 행복이 아니란다. 네 마음에서 꺼림칙한 일을 하지 않으면 돼."

털보 샘은 바닷가에 차를 세웠다. 그리고 문을 열고 차에서 내렸다. 깡이도 선생님을 따라 내렸다. 모래톱에 하얀 파도가 부서졌다.

"그게 아니고, 그 후론 학생과만 맡았어. 그리고 애들 사이에 들어가서 늘 정보 수집을 했지. 쫀득이는 그렇게 탄생한 거야. 애들 아이디를 하나 빌려서 사용하기도 하고. 어른들이 모르는 사이에 아이들은 사소한 이유로 돌이킬 수 없는 길을 가기도 한다. 널 감시하려고 한 게 아니라, 널 보호하려고 한 일이었지. 널 가두려고 그러는 게 아니라, 네가 혹시 모르고 진흙탕에 발을 디딜까봐 내 나름으로 노력한 것뿐이란다. 스님의 말에 너무 신경 쓰지 마라. 스님은 내가 누굴 데리고 와도 항상 저렇게 덕담을 해준다. 그래야 애들은 기죽지 않고 본인이 아주 큰 인물이 될 운명이라고 값지게 생각하게 되는 거야. 너만 유별나게 그 말에 부담을 느끼는구나."

깡이는 바다에 돌멩이를 던지기 시작했다. 깡이의 손에서 무수한 돌멩이들이 빠르게 바다로 떨어져 내렸다.

"또 훔칠지도 몰라요. 그땐 또 어떻게 잡으러 다닐 거예요?"

털보 샘은 어깨를 으쓱하며 대꾸했다.

"그땐 그때 다시 생각해 봐야지."

그러나 깡이는 쇼핑몰에 빠져 다른 것은 모두 잊어버렸다. 하롱 아줌마가 올 때까지 쇼핑몰 관리를 하던 샛별이 깡이에게 그 일을 넘긴 것이다. 깡이는 날마다 쇼핑몰에 들어가 주문을 확인하고, 관공서 홈피마다 왜가리골 청정 수산물 광고 배너를 달았다. 충호는 쉬는 시간마다 깡이를 끌고 다니며 홈피 관리를 가르쳤다.

"내가 쇼핑몰 만들었는데, 깡이만 좋은 일 났네."

샛별은 입이 쑤욱 나와서 충호를 쫓아 다녔다. 홈피 만드는 것을 배울 참이었다. 충호는 덩달아 기분이 좋아서 어쩔 줄 몰랐다. 샛별에게 홈피 만드는 것을 가르치면 샛별이가 그 대가로 초딩 공부방 도우미를 해주었기 때문이다.

"짜식들, 가르치지도 않았는데 분업을 했단 말이지."

목사님이 아이들 이야기를 들으며 즐거워했다. 바다에선 삽상한 바람이 불어오고, 당숲에선 나뭇잎 부딪치는 소리가 수런거렸다. 깡빠의 휠체어 소리도 안정되어 달그락달그락 소리만 들리면 마을 사람들은 아침이 밝았다는 것을 알게 되었다.

당숲에 단풍이 하나 둘 날릴 때 하롱이 돌아왔다. 하림이 할머니는 마지막 취나물을 걷어 내느라 땀을 빼고 있었다.

"오메, 저게 뭐당가? 긍께로, 하롱이 가족을 데리고 왔다 그 말이제? 저 까무잡잡하고 동글동글한 애기가 하롱의 아들이고, 그 옆에 머리를 뽀글뽀글 볶은 엄씨가 친정엄마라고?"

할매는 무슨 재미난 일이라도 생긴 양 언덕에서 생중계를 했다.

"아따, 저놈의 함씨가 남의 일에 웬 참견이여. 저 베트남 아줌마 참 예쁘네, 아직 젊고."

이장 할배는 하림이 네 취나물을 걷어 주러 밭에 왔다가 광장에 나타난 하롱의 엄마를 보고 기분이 좋아서 싱글벙글했다.

"아따, 이 영감탱이가 벌써부터 저 아낙을 보고 반해 부렀는갑네. 얼른 가서 장가드시오. 저 아낙도 남편이 없은께 딸을 따라왔제. 어서 가서 잘해 보라고요."

할매는 지팡이를 들고 이장 할배를 공격하기 시작했다.

"맘이야 그라제마는, 나 같은 늙은이를 받아 줄라고? 그래도 만만한 게 하림이 할매제."

이장 할배는 할매가 지팡이로 옆구리를 찔러도 도망가지 않고 능청스럽게 받아 넘겼다.

"그나저나 참말로 사람 사는 데는 사람이 들어야 젤이여. 하롱이가 떠나 분게 공장이 영 을씨년스럽더니, 다시 온께로 왜가리들이 돌아온 것처럼 기분이 들뜨네 그려."

"그람 내려가서 막걸리나 한잔 해불게라?"

할매는 산더미처럼 쌓아 놓은 취나물을 뒤로 하고 지팡이를 짚으며 뒤뚱뒤뚱 언덕을 내려왔다. 이미 광장에는 노인들이 모여 들어 있었다.

"안녕하세요?"

하롱의 엄마가 어색하게 웃었다.

"반갑소."

할매, 하네들이 새로운 가족들에게 다가가서 손을 잡았다.

"챙기챙기챙기 챈, 챙기챙기챙기 챈."

상쇠 할아버지가 문굿의 가락을 띄우고 충무사를 열어 신고식을 했다.

"그래, 장모님이 오셨응게 싸게싸게 딱돌이 겔혼식을 열어 붑시다. 기왕 할 거 지대로 해보자."

"결혼식은 전통 혼례로 올려라. 몇 년 만에 있는 마을 혼사인디, 그냥 있으면 되겄냐. 들러리는 우리가 서주마."

이장 할아버지가 창고에서 먼지가 땡땡 묻은 가마를 꺼내 물청소를 했다. 하림과 샛별이 가마 장식하는 일을 맡았다.

"새 공장 준공식과 함께 해야 쓰겠소. 군청에서 우리 마을 쇼핑몰이 잘나간다고 자꾸 홍보 영상을 찍으러 온단디, 이젠 결혼식까지 찍자고 한다요?"

"그라면 더 좋은 일이제. 우리가 그렇게 마을 문굿을 알리려고 해도 잘 알려지지 않는디, 잘되었다. 이젠 군에서 우리 마을 굿을 모르는 사람이 없게 되겠제."

상쇠 할아버지는 신바람이 나서 굿패들을 훈련시켰다. 삽상한 바람이 불어오는 초저녁 노인들은 충무사 광장에 모여서 문굿을 두들겼다.

"참말로 올해는 이상스럽다야. 무슨 유월에 태풍이 다 불더니, 50이 다 된 딱돌이가 장개를 다 가네. 왜가리를 살린 덕에 복을 받은 거여. 긍께로 사람은 참말로 좋은 일만 하고 살아야 쓴다."

하림이 할매는 다리가 아파서 충무사까지 올라가지도 못하고 숲가에서 타령을 읊어 댔다.

"불쌍하고 불쌍한 것은 깡이 아빠네. 베트남에는 다리 아픈 처자는 없다냐? 깡빠도 새 장개를 들어 줘야제. 불쌍해서 어쩔까잉."

추석날 딱돌이 아저씨의 결혼식이 열렸다. 목사님 사모님이 하롱에게 한복을 만들어 주었다. 머리를 올리고 족두리를 쓴 하롱이 아이들을 보고 웃었다. 들러리는 하롱의 엄마가 섰다. 신랑 측은 친구라야 휠체어에 탄 깡빠 혼자여서 이장 할아버지와 상쇠 할아버지가 부모 노릇과 우인 대표 노릇까지 다 해주었다. 마을회관이 결혼식장이었고, 피로연은 공장에서 열렸다. 벚나무 가로수에서 이른 단풍이 흩날렸다. 노란 나뭇잎들이 색종이처럼 음식상을 덮었다.

50이 가까운 총각은 살며시 입가에 미소가 벙긋거렸다. 그러자 상쇠 할아버지가 문굿 가락을 힘 있게 쳐주며 제의를 했다.

"살아 있을 때 인생이제, 죽어 불면 인생이 다 뭐시냐? 사람은 어린애나 늙은이나 살아 있는 동안은 즐겁게 사는 것이 제일인디, 한 많은 생이여, 슬픔이 반이고 절망이 반이더라. 늙어서라도 편해야제. 할매 할배들이 뭐 하러 따로따로 고생을 하고 사는가? 이장 영감도 하림이네 할매랑 이 기회에 결혼식을 올려 부러라."

이장 할아버지는 좋다고 지팡이를 돌리며 춤을 추었다. 하림이 할매는 무슨 남사스러운 일이냐며 손사래를 쳤다. 이장 할배가 술에 취한 김에 길가에 흐드러진 쑥부쟁이를 한 줌 꺾어다가 하림이 할매에게 바쳤다.

"할매 할매, 죽어 부면 그만이네. 우리네 인생 살아 있을 적에 잘 살아야제. 오늘 술 한 잔 먹은 김에 그냥 겔혼식 올려 불세."

"쟁기쟁기쟁기 챈, 쟁기쟁기쟁기 챈."

상쇠 할배가 더욱 힘차게 쇠가락을 녹였다. 하림의 할매는 할배가 준 막걸리 한 사발을 줄줄줄 마셔 버리고 턱을 쓸며 거나하게 한 소리를 뺐다.

"그래, 씨밧 거. 살자고 하면 살아 불제, 뭐가 걱정이여. 언제 죽을지 모를 인생, 사랑이 젤이여."

"쟁기쟁기쟁기 챈, 쟁기쟁기쟁기 챈."

함성소리가 이어졌다. 늙은 부부의 탄생을 축하하며 또 한 번의 문굿이 질펀하게 퍼져 나갔다. 활개바위가 들썩들썩하도록 푸른 바다 위에서 마을이 춤을 추고 있었다. 새로 탄생한 두 부부가 동네 사람들에게 폐백을 올렸다. 상쇠 영감은 폐백 상에 대추, 밤을 잔뜩 내려 주었다. 하롱은 동네 사람들이 시키는 대로 한복 치마로 대추와 밤을 받았다.

"아이고, 자식 많이 낳겠다."

사람들이 소리 지르자 딱돌이 아저씨가 고개를 들고 외쳤다.

"동네 아그들 다 내 아들 딸처럼 여기고 살라요."

"암마, 그래야제. 애덜이 몇 명이나 된다고? 열 손가락도 못 꼽을 건데, 꼭 니 자식들처럼 거두고 살아야 쓴다."

상쇠 할아버지가 딱돌이 아저씨에게 밤알을 두어 개 더 던져 주었다. 그러자 이장 영감은 폐백 상에 있는 밤과 대추를 통째로 집어가며 외쳤다.

"우리들도 말이여. 늙긴 늙었지만 동네 아그들을 모두 내 손자처럼 돌볼 것인께, 이것 좀 몽땅 가져다 묵고 기운 좀 차려야 쓰겄소."

사람들이 모두 박수를 쳤다. 당숲에 바람이 일고, 바다는 속삭이듯 찰싹였다. 숲가에 사람들의 웃음소리가 피어나고 있었다. 깡이는 사람들 속에 끼어서 깔깔 웃어 댔다. 더 이상 사람들을 피해 가기 싫었다. 구박을 받아도 사람들 사이에 있는 것이 편했다. 하림은 할머니를 보며 가슴이 찡했다. 할머니에게도 새로운 인생이 있다는 걸 생각하지 못했던 것이다.

숲이 일렁거렸다. 소슬바람이 불어오고, 나뭇잎들은 서서히 단풍을 준비해야 했다. 그 숲에는 짭짤한 바다 내음과 깡빠의 휠체어 소리와 하롱의 웃음소리가 깃들어 가고 있었다.